龍馬行

司馬遼太郎

1

李美惠 譯

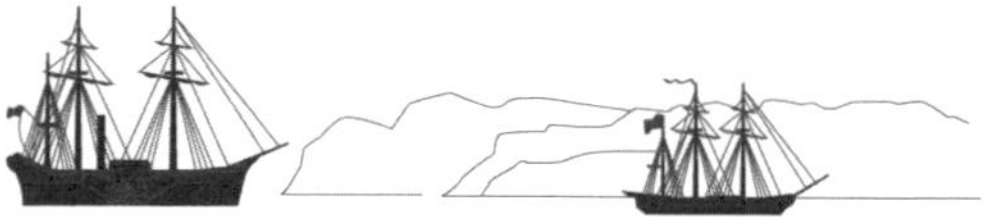

目錄

新芽初展

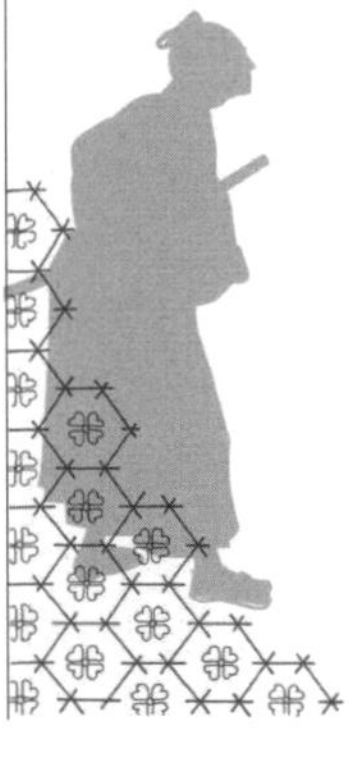

「小姐呀！」

這天一大早，源老爹就拜倒在坂本家三小姐乙女的房前，以正經八百的語調稟報。

「什麼事？」

乙女頭也不抬。她手上正忙著針線活。明天這家裡的么兒龍馬就要前往江戶進修劍道。

「天大的事呀！宅裡中庭一角的那株小櫻花樹開花了呀！」

「那個啊？我早知道了啦……」

紙門內的乙女笑道：

「一定是源老爹又在吹牛了。都舊曆三月中了，才開過的櫻花怎可能又開了呢！」

「真的！真的！」

紙門外的源老爹似乎興奮得手舞足蹈。

「不信的話您出來看看嘛！雖然只有一朵，那盛開的模樣卻教人眼睛一亮呢！」

「真的嗎？」

乙女忍不住走到簷廊瞧瞧。陽光十分耀眼。靠下方的枝頭上果真開著一朵醒目的白花。這棵小櫻花樹是小弟龍馬九歲那年一時興起隨手種下的，到現在正好過了十個年頭。

「真的耶！」

乙女由衷嘆道並目不轉睛地欣賞，但不一會兒就笑出聲來。大概是發現什麼祕密了吧。

她有個毛病：只要一笑就停不下來。有一回源老爹在外面看見一個威風凜凜的武士騎馬打播磨屋橋走過，走到橋中央時馬放了個屁，沒想到武士也緊接著放了個響屁。源老爹回來把這事告訴乙女。乙女「啊」地一聲翻起白眼，隨即不支倒在榻榻米上，接著壓住胸口，任穿著白足袋的雙腳懸在空中，笑得東倒西歪。生性嚴謹的長兄權平很認真地擔心道：

「這……要不要叫醫生來呀！」

乙女有張小圓臉，膚色白皙，身材卻異常高大，竟高過五尺八寸（編註：約一七六公分。一尺約三〇・三公分，十寸為一尺）。打滾時，沉甸甸的體重都能把榻榻米壓陷。因為她實在太胖了，大哥權平和大姐千鶴還取笑她說：

「簡直壯得像個仁王（編註：佛教守護神，又稱金剛力士）！」

沒想到這渾號卻傳了出去。在高知鎮上，只要提到「坂本家的仁王」，商人、農民可說無人不知無人不曉。乙女個子雖大，動作卻十分敏捷，使起竹劍也有劍道初階「切紙」的程度。家中么兒龍馬幼時的劍道老師，就是這個大他三歲的姊姊乙女。

「源老爹，你又來騙人了。那花是紙做的吧！」

乙女顯然發現了。仔細一問才知道，一向手拙的源老爹為了做這朵紙花，昨晚竟忙了一整晚。乙女聽了覺得好笑，但笑到一半又猛然打住。恐怕差點掉下眼淚吧。

龍馬明天就要動身了。消息傳出後，一早，位在城下本町筋一丁目的坂本家訪客便絡繹不絕。

這些前來祝賀的訪客向龍馬之父八平及其兄長權平道賀之後，接著一定會到小女兒乙女的房間來。眾人對她說的話也是千篇一律：

「少爺一走，小姐一定很寂寞吧？」

「怎麼會呢！那個鼻涕蟲不在身邊，我才落得輕鬆呢！」

當然這只是小姑娘故作堅強、嘴巴硬而已。自從母親幸子過世，只比當年十二歲的龍馬大三歲的乙女，便一路揹著弟弟哄他睡覺、照顧他直至今日。她對龍馬的感情儼然是個小母親，甚至有過之而無不及。可見龍馬幼時是個多麼教人操心的孩子。

和坂本家已有三十年交情的道具屋（編註：類似今日的日用器具雜貨店）老闆阿彌陀佛天性頑固，以當地土佐話來說就是「異骨相」。這個口沒遮攔的老人曾經這麼說：

「能把他養得如此成材可真了不起呀！雖不好明說，不過這位少爺幼時尿床尿得可厲害哪！」

他的話的確是事實。

龍馬到十二歲仍改不了尿床的毛病。附近的孩子老嘲笑他是「坂本家的尿床鬼」。懦弱的龍馬被嘲笑也不敢回嘴，總是馬上嚎啕大哭。龍馬偶爾也和附近的孩子跑到鄰近的街坊築屋敷町，一同在河床上玩耍，不過多半都是被弄到哭著回家。即使離家裡有兩三百公尺遠，他就是一路哭到家。因此在城下只要問起「坂本家的愛哭鬼」，大家都知道：「哦，就是那個住在本町筋的鼻涕蟲嘛！」

不知為何，龍馬直到十二、三歲都仍垂著兩條鼻涕。十二歲時，龍馬也和常人一樣被父親送進學堂。在城下，藩裡上士孩子去的是上町島崎七內的私塾，下級武士的子弟上的則多半是車瀨的池次作塾或大膳町的楠山庄助塾。龍馬上的就是這所楠山塾。

他上學堂時，幾乎每天都哭著回家，學認字也似乎老記不住。一個下雨的夜晚，老師楠山庄助終於親自來訪。

「這孩子我實在教不來，還是請府上自行調教吧。」

連老師也放棄了。照理說私塾的老師就是靠教書討生活的，要是連老師都放棄不教，那真可謂家門之恥了。這時連父親八平也忍不住長嘆：

「怎麼生了個這麼不長進的兒子。難道這孩子終將成為坂本家的廢人嗎？」

大哥權平同樣一臉不悅。只有乙女吃吃笑道：

「不會，龍馬絕不會的。說不定日後還能成為大人物，在整個土佐、甚至日本名留青史呢！」

「即使他會尿床也算喔！」

「沒錯！」

乙女對龍馬有著堅定不移的信心。

龍馬一出生，背上就長著一片旋渦狀的毛髮，生性豪邁的父親八平反而覺得有趣。

「這孩子還真怪，又不是馬，怎麼還長鬃毛啊。」

於是將他取名「龍馬」。

八平很高興，但後來早逝的母親幸子心裡卻不舒坦，甚至擔心：

「說不定是貓啊……」

因為幸子想起自己懷孕時，平日疼愛的公貓老愛上床來撒嬌，並經常趴在自己肚子上。

「對喔，究竟是馬還是貓呢？這可微妙了。馬的話，倒是有『千里馬』的說法。貓的話呢？有什麼說法呢？對了，有『偷吃貓』的說法。不知龍馬將來會是哪一個？」

然而龍馬漸長，竟意外成了個笨孩子，因此龍馬的千里馬之說便不了了之。大哥權平也說：

「果然是隻貓呀。而且看他那副笨樣子，恐怕連偷吃貓都當不成哪。」

乙女卻不這麼認為。這孩子雖會尿床又是個愛哭的鼻涕蟲，毛筆字都寫不好，但小小年紀卻自有其獨特的風采。或許是乙女自己心理作用吧，她覺得龍馬的模樣看起來似乎深不可測。午後三點，食量大的大哥權平正喝著粥點，聽她這麼一說，忍不住米粒都噴了出來。他大笑道：

「乙女，妳真偏愛他，而且簡直已到盲目的地步了。世上不會有人稱這種孩子氣度寬宏的，那叫遲鈍呀！」

「可是和其他小孩相較之下，總覺得他的眼神特別不同嘛。」

「那傢伙是遺傳到父親的近視眼啦。他看遠處時老是瞇著眼睛，這就是最好的證據。」

「他的確愛瞇著眼睛，但絕不是近視。」

「明明就是近視。」

權平如此強調，乙女卻堅持龍馬這孩子之所以瞇起眼睛，是因他所眺望的是旁人看不見、只有他知曉的世界。

除了乙女，龍馬還有另一位支持者，那就是愛開玩笑的源老爹。只要事關乙女和龍馬，無論任何事，這個老僕都會與他們站在同一陣線。

「少爺將來一定會成為大人物。雖然現在還垂著鼻涕，但長大後一定會成為日本第一的刀客。」

源老爹的理由十分單純，只因龍馬左臂上有個大約一寸的胎記。他不知從哪聽來相命學的說法，據說有這胎記的人只要學刀術，必將掀起天下風雲。

「你聽誰說的？」

「是從遠比釋迦佛祖更了不起的人那兒聽來的。」

「哦？城下有這等人物嗎？」

「那人就住在帶屋町。」

「哎呀，原來你是說阿彌陀佛老爹呀。」

就是那位道具屋老闆。這老人本名叫須崎屋吉兵衛，退隱之後改以阿彌陀佛為號。

不過，由不得不信。

龍馬十四歲起，乙女就開始相信阿彌陀佛老爹的預言日後可能成真——因為她發現這少年自從到附近的築屋敷町隨小栗流道場的日根野弁治習劍後，連面相都突然起了變化。

小栗流日根野弁治的道場位於潮江川（匯入浦戶。即現在的鏡川）畔，可遠望對岸的真如寺山。雖地處城下，仍屬景色優美之一隅。

日根野弁治在城下為數一數二的刀術達人，對柔道也頗精通。小栗流除刀術之外本就兼容柔道及拳法，授課教學也十分激烈。這位師傅上課時若發現弟子下手過輕便大聲斥罵：「你這力道連隻黃鼠狼也殺不了！」接著會說：

「要像這樣！」

說著就將竹劍高舉過頂，擺出「上段」架式，然後沉下腰並迅速擊打對手的護面具「面」。

「看到沒？要用腰力使勁砍下！」

被打的人自然吃不消。雖然隔著「面」，但衝擊力已直貫腦中心。有人甚至只覺鼻內一酸，兩眼一黑便昏了過去。十四歲的龍馬應該也吃過不少這種苦頭。

拜入門下一段時間後，老師曾害怕地盯著龍馬的臉道：

「嗯，真怪。」

卻未說明理由。

每天，龍馬扛著劍道護具從築屋敷返回位在本町筋一丁目的坂本宅時，姊姊乙女總是等著他。

「到庭院來！」

這是每天的固定功課。他只得重新戴起護具。乙女以防汗白手巾圈住武家小姐慣梳的高島田髮髻，並以束衣帶固定和服衣袖，手上拿著一把木刀。

「龍馬，來複習吧！」

言下之意是要他以今天學到的招式攻擊自己。

「可別因為我是女子就小看我呀。」

龍馬怎敢小看她。這位與眾不同的小姐不管龍馬如何使勁攻擊，都能輕易將竹劍格開。

龍馬有好幾次還被逼落庭院的池塘，才正要爬起來，乙女又迅速砍來，於是再度落水。有一天父親八平實在看不下去，於是喝止道：

「乙女！還不適可而止嗎？」

「爹，您誤會啦。」

乙女噘著嘴說，搖身一變成了惹人憐愛的女兒。

「我誤會什麼了？」

「人家說龍必須得雨或雲才能昇天，所以我才想讓龍馬沾沾水，看他會不會變成真正的龍呀。」

「傻孩子。爹不是可憐龍馬，而是怕妳這麼個野丫頭會嫁不出去呀！」

——過了約莫三個月，道場老師日根野弁治又和上次一樣盯著龍馬的臉說：

「果然很怪。」

龍馬莫名奇妙被如此打量，不由得板起臉來。

「你的容貌變了，和你剛入門時已判若兩人。常聽人說什麼脫胎換骨，沒想到世上真有這種事。」

龍馬的相貌愈來愈英挺，彷彿變了個人，身高也抽高至五尺八寸。到他十九歲這年春天為止不過五年，如今只要他走在城下大街上，已是個人人刮目相看的魁梧大漢。

「那是坂本家的鼻涕蟲嗎？」

與他擦身而過的人當中，有人甚至不敢相信自己的眼睛。但在乙女眼中，龍馬還有個幼時的壞習慣改不掉：即使應邀上別人家吃飯，仍不免到處掉飯粒。不過這小毛病大哥權平也有，所以大概是坂本家的遺傳吧。乙女這麼一想也只好死心了。

——龍馬刀術高強。

這年舊曆新年日根野道場舉辦了一場大型比試，從此這風聲便傳遍城下。那天乙女身穿雪白的道服及深藍色的道袴坐在道場最後方參觀，就連她都看得目瞪口呆，忍不住懷疑：「這真是我小弟龍馬嗎？」

龍馬首先與三名「切紙」資格者對決，每次都是一招便擊敗對方。接著又與兩名已獲「目錄」資格的老鳥高手過招，也成功擊中對方的護面具「面」及護胸「胴」。

比賽翌日，日根野弁治就頒給龍馬小栗流的「目錄」資格。這時龍馬才十九歲。以如此年紀獲頒「目錄」資格，在日根野道場乃是空前特例。

「你是說『目錄』資格？龍馬那小子嗎？」

率先吵嚷起來的是大哥權平。

「恐怕真是我有眼無珠。也許他真如其名，將來會長成一條龍哪，對吧？父親大人。」

他對八平說。

「也許得花點錢，不過還是讓他上江戶進修去吧。將來就讓他在城下開個劍道場。還真讓人期待呢。」

八平和權平即刻奔至日根野弁治處商談。

「令郎的確能靠劍道糊口。」

他打包票道，接著又說：

「有道是『大樹底下好乘涼』，要想將來有成，最好還是到大流派學習，其中尤以北辰一刀流為上。」

「啊，您是指千葉周作老師吧？」

權平雖是個鄉下人，這點常識倒還是有的。千葉的玄武館與京橋蜊河岸的桃井春藏、麴町的齋藤彌九郎並稱江戶三大道場。當時劍道即由此三家三分天下。

「我會幫你寫推薦函。當然最好能直接跟著周作師傅學習，可惜他年事已高，所以還是拜入其弟貞吉師傅門下吧。他在京橋桶町有個道場。相對於玉池的大千葉，貞吉師傅的道場也被稱為小千葉。」

「感激不盡。」

父子兩人都是急性子，於是緊接著造訪坐落護城河畔的家老（編註：輔佐藩主行政之重臣）福岡宮內邸。

「請求接見。因么兒龍馬之事前來拜訪閣下。」

坂本家在城下乃首屈一指的有錢鄉士（當地原有之地方武士），但以身分來說卻隸屬家老福岡家之下，故要讓龍馬上江戶必須取得宮內的許可。不僅如此，還得透過宮內向藩提出申請——幾天後藩裡的批准終於下來了。

「刀術研修之事殊堪嘉許。」

這天，乙女到龍馬房間通報這個好消息。

「龍馬，你可開心啦。藩裡批准了哪！」

「喔，咳！」

龍馬嘆了口氣。

「怎麼啦？」

「那裡本來有一隻跳蚤，我撲過去，牠就逃到書桌下。我也不甘示弱，立刻鑽進桌下，沒想到那隻跳蚤竟跳進我嘴巴！那味道好怪啊！」

說著還傻呼呼地笑了。

「這孩子果然不太正常啊！」

龍馬動身前往江戶的日子終於到來。那是嘉永六年（一八五三）的三月十七日。天還沒亮，坂本家的源老爹就拉開紙門，以竹竿高高掛起印有桔梗家紋的燈籠。

宅子裡的所有房間都點起燈。父親八平穿著印有家紋的禮服來到大廳。

「權平，龍馬人呢？」

八平問道。

「打從剛才就沒見到他。」

「快去找。那小子心性未定，行前我非給他好好訓誡一番不可。」

——這時龍馬正打開乙女的房門，準備與姊姊做最後的道別。一身盛裝打扮的乙女正襟危坐，似乎正等著龍馬。龍馬害羞地說：

「特來向您辭行。」

「好棒。」

乙女特別誇獎他。不知為何，龍馬從小就連與人客套招呼這類簡單的動作都做不來。禮數和規矩等人們創造出來的規定，他的腦袋似乎都無法接受。但因他天生特別討人喜歡，所以眾人也不至於感到不悅。

——哎呀，他只是比較懶、比較沒規矩而已啦！

人們一向對他如此通融。

龍馬誇張地雙手支地，默默低頭致意，但隨即倏地抬起頭來。乙女詫異地問他：

「怎麼啦？」

「我不想跟妳客套。」

說著突然伸出右腳，並以雙手抱住大腿。

「乙女姊，我們來玩腿相撲。咱倆從小就常玩這遊戲，因此以這方式告別再好不過。還是說，有坂本家仁王之美稱的乙女姊想落跑？」

「落跑？」

乙女立刻中了他的激將法。

「我才不會落跑呢！幾局決勝負？」

「因為今天是告別賽，所以一局定勝負。」

「好！」

盛裝的乙女也撩起和服下襬，露出雪白的小腿，並以雙手抱住。這副模樣委實不成體統，不過龍馬自小早看慣這姊姊如此模樣。

姊弟倆各自施展祕招互鬥，過了十分鐘仍無法分出勝負。最後乙女的腳正準備從龍馬大腿內側撂倒龍馬時……

「乙女姊……妳春光外洩了！」

「啊！」

乙女吃了一驚，連忙靠攏雙腿。龍馬趁此大好時機，迅速將腿一掃把乙女撂倒，讓她跌了個四腳朝天。

就連大腿根部都露出來了。

「怎樣？認輸吧！」

「真卑鄙！」

「你們在做什麼？」

大哥權平一臉嚴肅地站在一旁。

「乙女姊姊春光外洩啦！」

權平忍住笑，正經八百地說：

「好了，天就要亮了，龍馬該去準備了。乙女也該把春光關緊了。」

當時土佐高知城下的武士家中若有人要出遠門，習慣進行一種奇特的祈福儀式，人們稱之為：

「枸橘祈福儀式」。

此慣例不知始於何時。以往旅途多苦多難，故舉行此儀式以求出外者平安返回家鄉。

——乙女摸黑走到路上，在屋簷滴水處地上放了一顆小石子。

不一會兒，身著旅裝的龍馬就出來了。

龍馬的旅裝是不擅針線活的乙女連趕十天夜工縫製而成的。只見他穿著藏青色的窄袖和服配上藏青色的束腳長褲，活脫脫就是個正在學刀術的年輕武士。

——後來明治年間在高知開辦的「中學海南學校」（山下奉文等人之母校）有很長一段時間都以藏青色窄袖和服及藏青色束腳長褲為制服，據說就是為了紀念龍馬此時的旅行裝束。

乙女蹲在一旁道：

「龍馬，這是為你祈福的儀式。來，踩踩這顆小石子。」

「像這樣嗎？」

龍馬說著輕輕踩了一下，接著又說：

「乙女姊，妳要多保重。等我再回土佐時，妳應已嫁作他人婦了吧？」

乙女從未對龍馬提起這些事，但龍馬早已知情。打從去年冬天就有人來提親了。親事進行頗為順利，已敲定這年夏天乙女就嫁到距高知僅半日路程的鄉下，一個名為山北的村子的醫師家。對方名叫岡上新輔，是個從長崎習得西方醫術返鄉的蘭醫。可惜他身高比乙女矮了八寸（編註：約二十五公分）之多，乙女根本不喜歡他。儘管如此，乙女仍故作愉快地說：

「下次回來請到山北來作客。」

大哥權平站在門邊催促道：

「龍馬，該上路了。」

說著把雙手插進裙褲的前方繫帶，並吟誦起當時流行的詩句。權平雖拙於表達感情，卻有副好嗓子。

男兒立志出鄉關，
學若無成死不還。

龍馬左肩揹著行囊，右肩扛著裝在錦袋中的竹劍，刀柄上還懸著沉甸甸的護具。他緩緩邁開腳步。

「父親大人，我走了。」

龍馬道。

「嗯，到江戶要寫信回來啊。」

星星消失後，不一會兒，拂曉的晨光便照亮眼前的道路。

一連幾百公尺，兩側人家的男男女女都出來為他送行。

龍馬走沒幾十步，源老爹的妻子就從坂本家大門衝了出來。這也是祈福儀式之一。她手上拿著柄上繫有枸橘葉的長柄勺。

「少爺！少爺！」

她邊喊邊揮動長柄勺。龍馬依先前得到的指示迅速轉身，卻露出深有所感的微笑。

從土佐的高知到江戶，翻山、渡河再加上海上的路程共三百里（編註：約一二〇〇公里，一里約四公里）。旅程一開始就得翻越險峻的四國山脈。

——送行只能送至領石。

這是城下的慣例。長岡郡的領石距城下約三里，是個山腳下的小村落。這一帶的山野曾是叱吒戰國的風雲人物長曾我部元親崛起之處，因而流傳著各式各樣的傳說。

親手足是不送行的。

只有親朋好友及龍馬道場的師兄弟，約寥寥二十人一路送他至領石。

路上實在無聊，於是大夥便輪流唱歌解悶。當地人愛唱歌的風氣可見一斑。

日根野道場的師範代（譯註：代理師傅指導門人者）土居揚五郎說：

「龍馬，你也唱一首吧。」
「我唱得不好。」
龍馬板著臉答道。
「唱得不好才有意思啊。那麼就唱〈鑄鍋店的阿馬〉吧。」
「阿馬嗎——」
「大家看！他臉紅了呀！」
「胡說！」
城下頭號美女阿馬是五台山山腳下鑄鍋店老闆的女兒。因父親早逝，母親只得為五台山竹林寺的僧人洗衣掙錢，而阿馬每天都得把衣服送回僧房。
她與龍馬同年。因母親曾是坂本家的女僕，她偶爾也會到家裡來。龍馬還記得這位遠近馳名的美女身材頗高，約有五尺二寸（編註：約一五七公分），髮色偏紅。
她的美貌在城下的年輕武士之間也廣為人知。只要她上坂本家來，龍馬的朋友也不知從何處得到消息，明明沒事也要找個藉口到家裡來玩。
不僅是城下的年輕武士，五台山竹林寺的年輕僧侶也為之瘋狂。有人為了和阿馬說上幾句話，竟故意把白衣服弄髒再拿來洗，甚至還有人寫情書給她。
其中有個名為純信的年輕僧人。
他為了討阿馬歡心，特地到城下最熱鬧的播磨屋橋一帶一家名叫「橘屋」的婦女百貨店買了一支馬骨髮簪。由於當時藩裡下了一道嚴禁奢侈風氣的禁令，雖同為髮簪，但珊瑚製品就成了違禁品。
這事立即在城下傳開了。
或許是因土佐為南方之國，百姓特別喜歡唱歌，且唱的都是曲調明快的曲子，因此儘管是個悲慘的故事也被改編成開朗的曲調，然後編入土佐傳統民謠而廣為流傳。
「我不會唱。」
「那麼還是由我來代龍馬叔叔唱一首吧。」
及時替他解圍的是大哥權平的女兒春豬。春豬也遺傳到父親的好歌喉。

這時晨霧也開始轉淡。龍馬眼前的瓶岩嶺上方已是一片蔚藍的晴空。

龍馬是個奇特的年輕人，他雖被送行的群眾簇擁著卻幾乎不發一語。一旁的春豬望著叔叔孤傲的神情，忍不住笑道：

「龍馬叔簡直就和自己獨行沒兩樣。」

不僅如此，有時還會突然不見人影，害大家一陣緊張。有人說：「龍馬又不見了！」大夥便趕緊折返，分頭去找，卻發現他一個人在河裡游泳。諸如此類的情況一再發生。

「真是個讓人操心的怪胎呀。」

一行人來到領石附近時，又發現龍馬失蹤了。

「這回沒別的岔路，應該很快就能找到他吧。」

眾人驚訝地發現，龍馬竟擅自闖入陌生人家裡，且趴在進門處地板上一動也不動。只見他以雙手撐住下巴，正渾然忘我地望著屋裡的屏風。

「原來你在這裡啊！」

這房子是一位名叫野村榮造的鄉士家。野村家的人也被這個身型魁梧的不速之客嚇著了，竟不敢出聲招呼，只是任他為所欲為。土居揚五郎向野村家的人道歉，並質問龍馬：

「喂，你在做什麼呀？」

「我在欣賞屏風啊！」

那是面二折的屏風，上面以鮮豔的色彩畫著壇浦之戰源平雙方在海上激戰的情節。這屏風從大路就看得到，龍馬似乎因此被迷住了，竟不知不覺走進屋來。

「你喜歡這畫嗎？」

龍馬沒作聲，只是報以微笑。他喜歡的並不是畫作本身，只是對屏風上聲勢浩大的軍船交戰光景感到興趣吧。

——當然此時龍馬尚渾然不知自己日後會率領私

自成立的艦隊，同這屏風的場景一樣在馬關海峽與幕府艦隊進行海戰。如此命運恐怕是他做夢也想不到的吧。

「要走了嗎？」

龍馬起身之際，寄宿在野村家的行腳僧叫住他。

「請等一下。」

龍馬回頭一看，對方是個身高僅約五尺且頭部大得離奇的矮小僧人。土佐地方戲稱這種男人是「鯔魚頭」，這渾號定是從這種大頭魚聯想而來的。

「真是異相啊！」

僧人道。龍馬並未搭理。這人乍看之下像是個居無定所的乞丐和尚。這種人行旅途中通常借宿在富人家裡，為村人一一看相或占卜。龍馬打從心裡討厭這類命相師。

「你叫什麼名字？」

「坂本龍馬。」

「你眉宇之間發出奇特的光芒，將來定是個隻手旋天的大人物。」

「胡說八道！」

龍馬不禁失笑。

「我呀，會成為一名刀術師傅。不信你看這些沉甸甸的劍道護具！」

龍馬簡短說完後就上路了。

一路天氣晴朗。

——龍馬翻過阿波國境上的幾個山嶺才切進吉野川上游的峽谷。

此峽谷源自遠處的石槌山，東西長二十里。地形極複雜，途中有大步危及小步危等天險。有時走了一整天也見不著半個人影。

龍馬有個怪癖，走路時習慣把左手放進懷中。他還有另一個怪癖，喜歡把竹劍架在右肩上挑著護具，左肩微墜，輕踩著腳步前進。但他腳程相當快。

如此怪癖是四、五年前養成的，那年龍馬十五歲。

他十分瞧不起當時年輕武士趨之若鶩的禪坐行為，甚至暗中認為：

——與其坐著不動，不如起身走動。

與其到禪寺打坐個一時半刻，不如抱持如此專注心走路。努力抱著即使頭上有岩石掉落也泰然就死的心態，只管專心走路。龍馬刻意訓練自己對那塊岩石不閃不躲不擋開，若真打到頭上也泰然承受，努力使自己回歸「無」的狀態。

起初不斷想到會有岩石掉落並克制不住內心的恐懼。十五歲至大約十八歲的期間，這塊岩石一直存在龍馬的腦海中。

但到了十八歲突然領悟如此想法的愚蠢。

「竟拿自己幻想出來的岩石嚇自己，真是愚蠢至極啊！」

如此了悟後，便停止這種自我鍛鍊。

如今已完全忘記曾有過那段時期，但走路的特別姿態卻就此成為習慣。

有一回，日根野道場師範級的指導土居揚五郎曾望著龍馬走在帶屋町街上的背影說：

「那傢伙的背影很巨大，就算從背後偷襲恐怕也殺不了他。」

——龍馬雖已停止自己獨特的修練功夫，但或許他自己也未察覺，那塊「岩石」其實仍暗存於心底某個角落，神不知鬼不覺地鞭策著龍馬成長。

過了數日才抵達阿波的岡崎浦。

這海灣瀕臨小鳴門海峽，從此處有固定船班開往淡路的福良及大坂的天保山。

——啊，是海邊的味道啊！

他用力吸進體內。

離開土佐後，不知幾天沒聞到這味道了。

通往海濱的道路狹窄，左右兩側是成排的簡陋船宿。拉客的女人正扯著嗓子招攬到此遊覽的朝聖者、路過行商及行腳僧。

她見到龍馬便嚷著：

「這位年輕的武士大爺，今天天氣雖好，但海上浪大沒法開船喲。暫且住下吧。」

龍馬任那拉客的女侍扯住自己衣袖，隨她鑽進一家名叫鳴門屋的船宿。

「阿波女人真親切。」

果然名不虛傳。那位繫著束衣帶並穿著紅色圍裙的女侍讓龍馬坐在土間（譯註：未鋪地板或榻榻米的土地房間），細心為他洗腳，甚至連趾縫都未疏忽。

龍馬被帶上二樓。

「好多人。」

「是呀，因為有人等船都等三天了——啊，武士大爺，您的房間是在這邊。」

「我不喜歡那房間。」

龍馬大步走到走廊上，然後走進另一房間。一坐下就喊道：

「給我酒！」

土佐人喝酒就像喝茶一樣。

「不好意思，這房間是為即將抵達的一位客人保留的。」

「我就要這間。」

沒得商量。龍馬本不至於太固執，卻天生不喜聽從別人的決定。後來他經常這麼說，幾乎成了他的口頭禪：

「若眾人皆行善，那我偏要作惡。反之亦然。所謂英雄，就是只走自己道路的人。」

龍馬不再多言，只是微笑。

「真讓人為難呀。」

「麻煩妳啦，我要酒菜。」

龍馬打開東側的紙門，眼前立即出現一片豁然開朗的海景。

淡路島看來近在咫尺，遠處的紀州群山因夕陽餘暉而染上一抹桃紅。

「我喜歡看得到海和船隻的房間。」

正當龍馬獨飲至微醺時，掌櫃的突然慌慌張張衝進房來。
「年輕的武士大爺，這房間主人已經到了，請您移駕到那個房間吧。」
「那房間看不到海吧？」
「沒錯。」
「我要留在這裡。」
「那我去問問那位客人，請他讓您同住吧。」
「嗯，那好。」
「多謝您。不過我得事先聲明，對方是位女眷。」
「啊？」
龍馬站起身來。
「那可不成。幫我拒絕吧。我離家時父親曾嚴令禁止。」
「您指的是什麼事呢？」
「女色。」
「大爺您說笑了。不過是共用一間房就扯上女色，未免也太嚴重了。」
「話可不是這麼說。在我家鄉有位名為福岡宮內的家老。這位福岡大人告訴我大哥權平：『每次龍馬來玩，家裡女眾都為之譁然。』」
「真教人吃驚。」
「所以父親吩咐我不可接近女色。」
「老實說，現在來的這位客人，正是您方才提及的土佐家老福岡宮內大人家的小姐。」

田鶴小姐

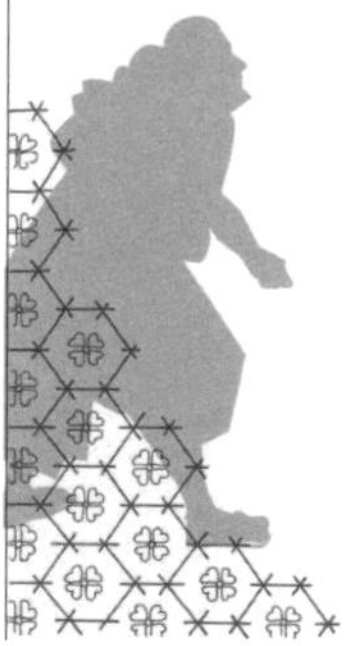

「福岡大人的？」

龍馬放下酒杯，伸手拿起放在壁龕的刀，然後雙手拎著行李站起身來。

「我今晚就睡在海邊。」

「咦？」

掌櫃的頓時不知所措。

「待會請你把飯和酒菜送到後方海邊來。若能再借我兩張草蓆就感激不盡。」

「惹您不高興了嗎？」

「不，是對方的緣故。」

龍馬默默走向屋後。

海邊泊著一艘合適的船。

——正好可躲在這船底下。

一會兒，掌櫃的和女侍便搬來五、六張草蓆及藍染的被褥，此外還有酒及五色菜肴。

「得罪之處還請您見諒。」

「掌櫃的，對方真是福岡大人家的小姐沒錯嗎？」

「沒錯。」

「那麼，應該是叫田鶴吧？」

「是的。我聽先來知會的那位信差說的。不過大爺您也是土佐藩的武士，應該無所謂呀，不是嗎？」

「我不是藩士。」

「這怎麼說？」

掌櫃的是阿波人，自然不了解複雜的土佐武士制度。

「我是當地土生土長的鄉士。」

「可方才聽驛站官說您是土佐高知城下坂本家的子弟，那可是連阿波都赫赫有名的大財主呀。」

「但再怎麼說仍是鄉士身分。雨天藩士可穿高齒木屐，同為武士的鄉士卻只能赤腳。你有所不知，土佐在戰國時代原是長曾我部家族之領國，我土佐鄉士祖先曾是我部家的家臣，可惜慶長五年在關原與德川家康……」

「喔，您是說東照大權現（譯註：德川家康之神號）。」

掌櫃的趕緊糾正。

「叫家康就好了吧。與家康交戰不幸戰敗。山內一豐本為遠州掛川區區六萬石俸祿的小大名，竟因關原之戰的戰功而一舉增封為二十四萬之大名並入主土佐。當時長曾我部之舊臣便被逐為在野的鄉士。隨山內家進駐的家臣子孫皆為身分較高的上級武士，稱為上士。同樣是人，他們卻鄙視我們，甚至不屑與我們同席而坐。出外時也不願和我們住同一旅館。」

「原來您是因有此顧忌才讓出房間的呀。」

「我哪有什麼顧忌。只因對方畢竟是土佐二十四萬石之家老福岡宮內大人的妹妹，而我只是福岡家下屬的鄉士子弟，要我和小姐同住一個屋簷下，還真怕喘不過氣來呢。」

海面上升起一彎細細的明月。

月光矇朧，但對岸淡路島及沼島的影子仍依稀可辨。

龍馬將烏漆鞘的大刀插在沙上，拉過膳台，吃起飯來。

「真嚇了我一跳。沒想到竟會遇上田鶴小姐。」

福岡邸位於土佐城的護城河畔，那一帶山內家親族及家老的豪宅櫛比鱗次，其中福岡邸尤顯宏偉，佔地恐怕有三丁（譯註：約三三〇公尺。一丁約一〇九公尺）平方。

——坊間盛傳田鶴小姐要求在此邸南側一隅建一書房獨居，僅由一老女（編註：侍女之首）作伴。龍馬還聽說她體質羸弱，幾乎足不出戶，因而延誤了婚事。

根據鳴門屋掌櫃的說法，她這回是——

「要到京都、大坂一帶遊覽，順道至有馬溫泉療養。」

但龍馬要離開高知的前一日曾到福岡邸辭行，卻未聽說此事。當然，從福岡家的角度看來這也無可厚非，畢竟這是家務事，本就不必讓手下鄉士子弟知道。

據說她是個美女。

據說姿色為藩內之首，甚至有人封她為二十四萬石土佐國之國色。只可惜空有這些傳聞，並無任何人實際見過田鶴小姐。

城下有首歌。

歌詞龍馬已不記得，只記得姊姊乙女曾提起，內容唱的是有關一個暗戀福岡田鶴小姐的年輕武士。

這名年輕武士在城下某處對田鶴小姐一見鍾情，竟誇下海口：

「只要能再見她一眼，即使得當場切腹也心甘情願。」

一個朋友告訴他，五月十六日是田鶴小姐奶媽的忌日，其追思供養處是設在菩提寺（編註：供奉歷代祖先牌位的家族寺院）五台山竹林寺中的實相院。

這天，他和朋友一同守候在實相院山門旁，果然看見印有福岡家家紋的女眷座轎順著竹林小徑往上行來。

「武士一言駟馬難追。切腹吧！」

「切就切！」

他拔出短佩刀準備插進身體。這時轎子停了下來，福岡家的僕役長先擺妥白繩的夾腳草鞋，田鶴小姐的雙腳踩了上去，緊接著身影便消失在山門的內側。這下可麻煩了。

「啊——」

刀已刺入身體。據說朋友趕緊壓住刀柄並火速將他扛去求醫才保住性命。

龍馬酒喝夠了。

「該睡了。」

他蓋上草蓆躺下。旅館女侍特別為他備妥棉被，但目前還不需要，因海砂已吸了一整天的熱而十分溫暖。

龍馬很習慣睡在海邊。在海邊舉辦砂上之宴是土佐年輕武士的習俗。在日根野道場習劍時，每逢盂蘭盆節或中秋節等月明之夜，經常與同門相約到桂濱的海邊，眾人就把草蓆鋪在砂上，喝上一整夜的酒。

仔細回想，再未見過比這更美的月亮了。桂濱東為室戶岬，西為足摺岬，環抱著三十五里的太平洋，而月亮就緩緩自正中間升起。儘管龍馬的足跡日後將不知行至何處，但這美景他恐將永生難忘吧。當時道場同門曾唱道：

御疊瀬　請您看看
打開浦戶
月之名所為桂濱

龍馬望著懸在鳴門海上的那彎柳月，忍不住尋思：

「若乘船逐桂濱之月而去，不知會到哪裡？」

龍馬像個孩子般天馬行空地胡思亂想，睡意漸濃。就在此時，船宿鳴門屋後門的石牆卻出現兩盞提燈。

不久，踏砂前進的腳步聲逐漸接近。

「大小姐……」

話聲雖低卻仍傳進龍馬耳裡。

龍馬本想起身查看，又改不了怕麻煩的老毛病。

那應該是福岡家的老女。

「有人躺在這裡哪。這人不正是本町筋坂本家的小子嗎？」

「哪個？在哪裡？」

「看他似乎喝了不少酒，渾身臭氣熏天啊！」

「不可以這樣說話，應該是海的味道吧。」

這想必是田鶴小姐的聲音。低沉但感覺圓潤柔和，實在好聽。

「不，明明就是坂本家小子身上的臭味。」

「到底想說什麼啊？」

龍馬不禁光火。他躺著吼道：

「別吵！」

兩個女人「啊」地驚叫一聲，連忙往後跳開。

「我猜得沒錯。躺在這裡的正是坂本家的小子。」

「哎呀，果然沒錯。」

田鶴小姐的聲音竟意外地興奮。

田鶴小姐彎起雙膝端坐在沙灘上。不愧是二十四萬石土佐國的家老之妹，舉止十分端莊。

龍馬仍躺著不動。

「您是龍馬少爺吧？」

「不敢，正是。」

「您正要上江戶修習劍道——」

「嗯，沒錯。」

「我從大哥（宮內）那裡聽到許多關於您的消息。」

「……」

福岡家和坂本家之間不僅是藩家老與鄉士之間的簡單關係。藩的財政一拮据，福岡家多半得向坂本家本家的才谷屋八郎兵衛借款。

故坂本家雖為區區鄉士身分，卻與福岡家關係匪淺。每年正月十二日，宮內都會親帶隨從造訪坂本家，賜酒給當主（編註：一家之長）並致贈鮮魚給本家的才谷屋。這已是慣例。

順帶介紹一下龍馬的家系。據說其家祖為騎馬橫渡琵琶湖的明智左馬助光春。明智光秀被滅後，左馬助之庶子太郎五郎逃至土佐，定居在長岡郡才谷村，並成為長曾我部家的下級武士「一領具足」。

所謂一領具足是長曾我部家獨創的兵制。平時把長槍插在田埂，穿著具足（護具）耕作，一旦出兵的號角響起就直接扔下鋤頭、掄起長槍，上馬直驅戰場，這些武士就稱為一領具足。戰國末期，長曾我部元親就是率著這些剽悍的一領具足征服四國全境的。

寬文年間（一六六一～一六七二），第四代當主八兵衛守之把坂本家遷至高知本町筋三丁目，並開創釀酒事業，自此大發利市。第五代及第六代當主更累積巨額財產。第七代八平直海在位時將家業傳給弟弟，自己則買下鄉士之資格而恢復原本的武士身分，領地一百九十七石，俸祿十石四斗，其宅邸就與本家的才谷屋貼背相連。

坂本這姓在土佐相當罕見。此姓之由來是因家祖左馬助光春曾駐守琵琶湖畔的坂本城，而家紋則承襲明智家的桔梗紋。

「龍馬少爺。」

田鶴小姐喚道。龍馬不答，只管心不在焉地望著天上繁星。因有些近視，星星的輪廓一片模糊。

「您睡在這種地方就像是我們把您趕出來似的，我心裡委實過意不去。請您回房吧。」

「劃過去了。」

「咦？什麼東西劃過去了？」

「星星呀。」

「人家可是認真在跟您說話呢。請您回房好嗎？」

「同住一房的要求恕難從命。我最討厭窄小空間了。還是像這樣以天地為廬最棒。」

老女阿初見眼前這個鄉士之子如此無禮似乎氣不過，便從旁插嘴道：

「小姐，別睬他吧。反正這人說他喜歡睡在天地之間嘛。」

——翌日天還未亮，船就出海了。

田鶴小姐領著老女阿初、侍從武士安岡源次及僕人鹿藏走進船艙中央一角，那裡的席位已預先用印有家紋之布幔圍起。

「龍馬少爺也一起坐到這邊來嘛。」

田鶴如此招呼道。龍馬卻只是簡短地回答：

「不必。」

然後就到船的上層去了。那神情彷彿在說：「別管我！」

後來老女阿初還向田鶴小姐嘀咕：

「那人看來是個怪胎。聽說他大字都認識不了幾個呀。」

「沒這回事。大哥（宮內）曾說，有一次龍馬少爺一連三天都不開口，只專心看著一本名為《韓非子》的艱深漢籍呢。」

「三天呀？」

阿初忍不住笑了。

「明明就是不認得字嘛。」

「不，聽說他三姊乙女小姐曾教他識字。他看得懂。還聽說他的筆跡雖怪得自成一派，但什麼字都會寫。」

「所以他並不是一無是處的傻瓜囉。」

看來老女還是對龍馬毫無好感。區區鄉士還不對家老的妹妹恭敬一點，老女想必一肚子氣吧。

「他當然不是傻瓜。他一連三天都盯著那本《韓非子》，第四天小高坂塾的池次作老師到坂本家來訪時，據說他還能侃侃而談呢。池老師聽著大為驚訝，因為他提出的見解都是前所未聞。」

「是信口胡謅的吧。」

「才不是呢。那可是連學者都沒想到的獨到見解呢。」

「可是漢籍的解釋那麼乏味，虧他還看得懂哩！」
「他一定是天賦異稟吧。人分為兩種，一種是老實學習先人學問的人，另一種是寧可自己研究的人。龍馬少爺顯然是屬於後者。我認為他的心志強過一般人。大哥說這種人就像中國史上名人曹操，多為亂世英雄。所以我早就想見見這位亂世英雄了。沒想到這一見呀……」
「如何？」
「果然是位渾身充滿魅力的人物呢。」
「這……小姐呀……」
阿初不禁露出擔憂的神情。
這時龍馬正站在船尾，享受海風吹拂的同時，也如孩童般熱切地望著掌舵的老人。老人詫異地問他：
「大爺，您似乎對船很感興趣喔？」
「是啊，很喜歡。」
以一個亂世英雄而言，這眼神實在過於天真無邪。

「大爺，我教你一些掌舵的技巧吧。」
「不如直接讓我掌舵吧。你就在旁逐一指點即可。」
龍馬於是拜師學起掌舵的技巧。
鳴門丸上的這位掌舵老人生於讚岐的仁尾，名叫七藏。
七藏打從心裡佩服。
「這武士的悟性真高啊！」
不到半日時間，龍馬便學會掌舵的技巧。不僅如此，甚至也領會風的呼吸和帆的操作該如何相互配合。船老大長左衛門也大為驚訝。
「興趣的力量真是驚人。照這樣看來，大爺您一定也很有學問。」
「學問這方面我倒是完全沒興趣。」
「完全？」
「或許是無緣吧。」
龍馬淡淡說道。

船老大長左衛門和舵手七藏都很喜歡這個十九歲的年輕武士，不約而同對龍馬另眼相待，簡直像在伺候年輕的海盜頭子似的。或許是因龍馬身上有股吸引人的氣質吧。

那天夜裡他並未到田鶴小姐等人所住的船艙內休息，而是睡在船尾夜班水手休息的茅草棚裡。

翌日清晨，七藏到船尾找龍馬。只見龍馬渾身上下只剩一條兜襠布，從茅屋爬了出來。

「喂，七藏，看我這一身，該幫我想想辦法吧。」

「咦？您怎麼啦？」

「我把衣服全脫了。」

龍馬直挺挺地站著。

「因為在船上幹活，大小佩刀簡直是累贅。但總不能這樣光著身子吧？幫我找些衣服。水手丟棄的破衣服也行。」

七藏往橫裡一跳，隨即找來麻棉拼湊而成的棉襖給龍馬穿上。繫好衣帶後，龍馬道：

「如何？像不像水手？」

「當然像啊。豈止像水手。雖然您年紀尚輕，但實有大船船長的氣派呢！您繼續當武士實在太可惜了，乾脆把刀扔了改當水手吧。」

他只是開玩笑，龍馬卻認真思考起來。但終究還是瞅著七藏說：

「我仔細考慮過了。我終究不適合當船老大，還是要到江戶去深造，因為我一直希望成為日本第一的刀客。」

「那是件好事啊。如果是大爺您，鑽研刀術也一定可以成為日本第一。」

「你過獎了。」

「不過大爺若生在戰國時代，說不定真是個海盜頭子哪。」

「搶匪嗎？你也太小看我了吧？」

「我在高松聽過這麼一段說書。石川五右衛門被逮捕時曾說：『小偷有什麼不對？太閤秀吉才正是竊取天下的大盜哪！』要偷就以天下為目標，這樣才像個男子漢！」

「你還真有學問哪。」

播磨灘的天氣晴朗得恰到好處。

兩天後，鳴門丸正式進入大坂水域。船帆徐徐降下，同時駛入安治川河口的天保山近處海面，然後投下七支船錨。七藏老頭道：

「是該道別的時候了。願您精進不懈，成為日本第一劍道大師。」

「多謝。」

龍馬已換回原來的旅行裝束。

不久，幾艘小船也划至鳴門丸的船舷。這是專門將乘客載至岸上的接駁工具，其中一艘的船首還插著三葉柏圖案的土佐藩藩旗。想必是駐守在大坂的官員很上道，特地為田鶴小姐安排的吧。

龍馬也趁便上了小船。

小船先繞到尻無川河口後北上，再繞到九條村中洲的松岬，然後划進木津川。這時小船等於在市街中穿梭。

「哇！」

在高知城下長大的龍馬張大眼睛望著兩岸櫛比鱗次的倉庫及商家。這是他第一次看見如此繁華的府城。田鶴小姐也興高采烈地說：

「龍馬少爺，這真不愧是集散天下財富的浪花（譯註：大坂一帶之古稱）呀！」

這時船身突然劇烈搖晃，隨即東折，轉進狹窄的運河。

這就是長堀川。

穿過兩座橋後，小船終於停在鰹座橋下。

岸上是間富麗堂皇、庫房樣式的大宅，周遭並以平瓦牆圍起。這是土佐藩在大坂的藩邸。

這一代稱為白髮町，此名取自土佐的木材產地白髮山。採自白髮山的木材一向以海路運至此河岸，然後透過大坂藩邸對外銷售。

藩邸兩側擠滿專賣柴魚、紙張、建材等土佐物產的批發店。

「龍馬少爺，這光景讓人感覺就像回到土佐了喔。」

「嗯。」

龍馬心想，該就此與田鶴小姐告別了。

田鶴小姐的下榻處是此藩邸內一間名為「御殿」的建築物。此處一向只供藩主或重臣入住，以龍馬的身分是不能入住的。

龍馬已邁開腳步。鎮上的暮色漸深。

「龍馬少爺，您要上哪兒去呀？」

「上江戶去。」

龍馬頭也不回地答道。得加快腳步了，因為還有一百四十里路要趕。

「這我知道。不過今晚請在這宅裡暫住吧。」

「……」

「為什麼不回答呢？」

「因為我是鄉士呀。」

龍馬露出一絲微笑。因為他本想回說：「因為我跟妳身分不同呀。」

半個時辰後，龍馬正行經高麗橋，因為他要前往坐落在天滿的船宿八軒家。

路上漆黑一片。

龍馬手上並無提燈，只得貼著橋上的欄杆緩步前進。

「喂！」

有人壓低聲音叫他。

龍馬「啊」地一聲縱身往前一跳。從腿上的感覺就知道褲子被割破了。

前往江戶

龍馬趕緊下橋，以橋墩下的柳樹為掩護，找到對方身影後隨即拔出刀來。

起風了。龍馬口渴已極。他並不膽小，只是他刀術雖已達小栗流「目錄」資格，但以真刀對決這還是頭一遭。

人影在橋上。只見他舉刀過頂保持「上段」架式，彷彿生了根似地文風不動，看來是個會家子。龍馬則將刀舉在身前，擺出較低的「中段」架式。龍馬無意挑釁，但萬一對方有所動作他也準備奉陪，決一高下。

「到底是什麼人？」

如果是想報仇卻找錯人，那就太冤枉了。初到此地的龍馬理應沒得罪任何人。

「該不是隨機攔人試刀吧？」

絕不能出聲。一出聲對方必循聲砍來第二刀。

龍馬突想試試對方身手。他左腳往前踏出一步，並將刀舉至右肩，換成「八相」之架式。對方身影果然微微一動。沒想到他夜視能力這麼強。

相反地，龍馬卻是個大近視。晚上以真刀決鬥對近視眼實在不利，不僅雙方間距抓不準，事物的輪

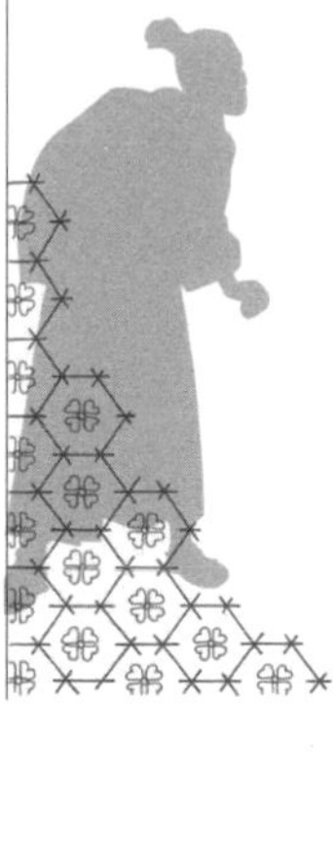

廓也一片模糊。

就在這節骨眼，橋那頭突然浮現提燈的亮光，同時傳來話聲。似乎是鎮上百姓。高亢的話聲漸傳漸近。

龍馬見狀，突覺自己現在這姿勢實在可笑。

「喂！」

龍馬微笑著向對方招呼道。

「你似乎認錯人了。」

不料對方竟突然由原來的「上段」架式進而採「真向」之姿，直朝額頭正中央劈下。龍馬揚起雙手，以刀鍔接招，再進一步推開對方。對方立即失去平衡。龍馬又利用自己身材高、臂力強的優勢，以刀身抵住對方頸子左側，再算準對方正要發勁的同時，給他來一記猛烈的掃堂腿。絕大多數人吃了龍馬這一記都站不住腳。

「哇——」

對方大叫一聲翻倒在地。龍馬趁機壓住他，騎到他身上，並敏捷地以刀抵住對方咽喉說：

「你這是攔人試刀嗎？」

「殺了我吧！」

「若是來尋仇的，那我可就冤枉了。先聲明一下，我可是土佐人喔。」

對方聽到「土佐」二字，不知為何竟不安了起來。

這時背後的提燈已逐漸接近。龍馬回頭道：

「麻煩一下，把燈照過來。」

龍馬的聲音十分平靜。或許正因如此，那人眼見脫逃時機已失，只好留下。此人看來也是個好事者，只見他彎著腰，探身將提燈一點一點靠過來。龍馬招手道：

「太遠了，再靠近一點。」

「這樣可以嗎？」

提燈終於移至歹徒臉側。龍馬看到他的臉，差點失聲大叫。

「你不是北新町的岡田以藏嗎？」

此人後來被稱為「殺手以藏」，與薩摩的田中新兵衛、肥後的河上彥齋同為京都一帶人人聞之喪膽的殺手。

龍馬攙起以藏走過高麗橋，到兩替町後就招了兩頂沿街攬客的轎子。

「到客棧再仔細說說這來龍去脈吧。」

說著鑽進前面那頂轎子，要轎夫直奔天滿八軒家，然後住進船宿「京屋治郎作」。這一帶河岸是淀川三十石船的泊船場，這些船隻主要是開往伏見。

龍馬被領至二樓房間後，立即點了酒菜。

「好累啊。」

龍馬說著背靠柱子坐下，豎起右膝並盤起左腿。

「以藏，你可別見怪。從小，大家就說我是廟門口的石獅，沒法好好跪坐。」

「這小的知道。」

「哦？」

「因為小的也曾聽說。」

「怎麼會這樣？坂本家鼻涕蟲的壞名聲竟傳到北新町了嗎？」

龍馬為紓解對方的緊張心情而故作驚訝。

以藏垂著頭，卻小心翼翼地窺伺著龍馬的表情。岡田家一連七代都是地位極低的武士「足輕」，故以藏有著深深的自卑感。酒一送進房來，龍馬立即拿起酒壺斟滿兩只酒杯，並將其中之一遞給以藏。

「來！」

以藏惶恐地以雙手拜受。其實以他的身分是不得與龍馬同席的。

「小的惶恐。」

「以藏，這套就免了吧。這裡已不在國境內。坐過來點。別管什麼身分地位，就以本町筋的鼻涕蟲跟北新町的殺手身分來對飲吧。」

「說殺手就言重了。」

「嘖嘖！」

龍馬刻意以土佐人的語氣詞表示驚訝。

「方才在高麗橋上你明明就想殺我啊！」

「那是……」

以藏差點就要哭了。

「找錯人啦。早知是坂本少爺，小的就不敢下手了。我是想錢想瘋了。」

「真教人吃驚。難道你是想在浪花的船塢隨機殺人嗎？你知不知道河對岸就有個奉行所（譯註：約同中國的衙門）？那叫什麼奉行所來著？」

「西町奉行所。」

龍馬知道這種男人最難防。正因生性膽小，一旦被逼急了不知會做出什麼事來。

「說說事情的來龍去脈吧。先告訴你，我這人唯一值得誇讚的可取之處就是口風緊。」

「小的知道。」

他對龍馬的事情很清楚。

但以藏的事情龍馬卻幾乎一無所知。岡田家和坂本家供養歷代祖先的菩提寺是同一所寺院，二人曾在寺裡見過兩次面。卻只聽說這人雖為區區足輕卻刀術高強，已有鏡心明智流「目錄」之功力。

一問之下，原來藩主到江戶輪駐時，岡田以藏也以隨扈之身分隨行。但因故鄉老父過世，組頭好意讓他提早卸任，准他獨自返回土佐。目前正當返鄉途中。

「請節哀順變。令堂還健在嗎？」

「我只剩一個妹妹。」

「哦？那自江戶出發時，盤纏怎麼解決的？」

大概因本家是做生意的，龍馬的成長背景與一般武士家不同，不管聽到什麼事，腦子總是立刻想到錢這方面。

「組頭幫我收了些奠儀，我就拿這當盤纏。誰知道在島田的旅館為等船過河，多住了兩天，接著在濱松又中暑，身上的盤纏全用光了。後來只好喬裝成百姓，混在參拜伊勢神宮的人群中，像個乞丐般沿路乞討，這才來到大坂的。」

「大坂的西長堀不有土佐的倉房嗎？那就是為藩集管金銀的專所。怎沒想到去那裡借點盤纏呢？」

「我當然想到了，我就是為此才想盡辦法上大坂來的。沒想到倉房的官員卻說：『足輕之輩不許借貸金銀，去找熟人借吧。總之自己想辦法！』然後就把我推到大街上了。」

「庫房官員這麼說嗎？」

「是。」

「那人是誰？」

「小的不能說出他的名字。」

言下之意大概是，自己雖只是足輕，但好歹忝為武士，怎能做出出賣他人的舉動。

「那我就不逼問你了。」

龍馬臉色一沉。絕不能袖手旁觀。任何藩都不像土佐藩這般階級分明。凡屬鄉士身分者，即便才能再高也無法參與藩政。年輕人頂多只能指望當個教書匠，或像龍馬這樣鑽研刀術，日後在城下開個道場。至於以藏這種低階武士身分，就連這都不敢奢望了。

「你是因如此山窮水盡才攔街殺人的嗎？」

「小的該死。小的是聽說船塢一帶的店夥計都會經過高麗橋，所以才躲在橋下伺機行動的。」

「你總共殺了幾人？」

「沒有。連一個也沒殺。」

「我是第一個獵物嗎？」

「小的該死。」

龍馬解開腰包，將金銀嘩啦嘩啦倒在榻榻米上。

「這裡共有五十兩。我很幸運生在不愁錢的家庭，這是天運，據說天運必須回報在他人身上。我只要再向家裡要求，不管要多少都會有人幫我送來。這些你就拿一半去吧。」

「啊，這……」

以藏打出娘胎就沒摸過小判這種金幣，光看這數量就嚇壞了。
「那怎麼成！」
「喪禮後應該還有一些開支，你就帶著吧。要是你不接受，我就到處散播你攔街殺人的事。岡田以藏竟然在大坂高麗橋攔街殺人。如此輕則放逐，重則死罪。」
儘管如此，岡田以藏仍堅持不肯接受。龍馬最後也火大了。
「既然如此我也不勉強。那麼我們兩人現在就折回高麗橋重新比鬥吧。你早一步先到橋下去，躲在暗處，準備攔人。我呢，就隨後打橋上經過。當然你下手也不必客氣。要是你贏了，就把這腰包從我屍體上扯出來吧。千萬別客氣。反正事情本應如此進行呀。」
以藏只是沉默地低著頭。
「就這麼辦吧。」
龍馬立起刀並站起身來。難得他也變臉了。
以藏抬起頭來看了龍馬一眼。
「這位少爺是當真的。」
他這下可緊張了。只見他百般倉皇、以手支地為禮說：
「不，請等一下，這些金子小的就恭敬收下。您的大恩大德，小的沒齒難忘。」
「以藏。」
龍馬一臉不悅。
「我很高興你終於想開了。不過，武士若為了區區一點金子就向人低頭，實在挺難看的。況且受你如此叩謝，倒像是我本就期待你感恩似的，實在不是我樂見的。咱們就把這當成遊戲，忘了吧。」
「這、這樣以藏實在過意不去。」
「管你的！」
幸好掌櫃的剛好上樓來，說往伏見的三十石船即將開船，請即刻準備上船。

龍馬鬆了一口氣。

「你就待在這裡，我可要搭夜船上伏見了。」

龍馬像逃難似地趕往船塢。

乘客少得出奇。

一上船就往船尾坐，向船老大借來棉被後，倒頭便躺下。

「真讓人不快。」

是以藏這件事。

並不是對以藏不高興，而是不喜歡自己那樣的給錢方式。

「自以為了不起嗎？」

那樣豈不等於施捨？自己那樣的給法，就算不是以藏而是別人，都會覺得自己像狗乞求食物的施捨一樣吧？

「金錢這東西真難處理。」

老實說，對龍馬這種打出娘胎就沒愁過錢的人而言，這回的經驗實在太出乎意料了。為了那點錢，一個大男人竟像條狗似地趴在地上行禮。這完全是他始料未及的。

「旅行會教導我們世事，大哥曾這麼說。或許這也是一種學習吧。」

接著小睡了約莫一個時辰。

他起身從茅草棚往外看，周遭一片漆黑，看不太清楚，只覺船似乎正穿過蘆葦叢逆流而上。

船自天滿八軒家逆流而上，正抵達五里外的河內國枚方，這時岸邊村落中傳來第一聲雞啼，但水面上仍是漆黑一片。

當地有名的、不帶髒字不會講話的小賣船群聚而來。起初龍馬還以為他們是來挑釁的。

小船上賣的是麻糬、菜餚、酒、仕女雜貨、繪草紙（編註：配有插畫的新聞刊物）等五花八門的東西。

「嗑點媽的麻糬吧。」

「操你的哈點酒吧。」

「買本繪草紙吧，你奶奶的。」

他們髒字連篇地嚷著，同時把船搖近。客人若不買，就撂下一長串髒話划開。不僅對共乘船如此，即便是大名或朝廷公卿的專用船也照樣這般惡形惡狀。

「這地方真不講道理呀。」

還有傳聞說，大坂之陣開戰時，此河兩岸的村民曾給德川陣營方便，家康因而大喜：「重重有賞。要什麼儘管說！」村長恭敬地回答：

「那小的就直說了。本地人說話常帶髒話。上下淀川的船隻必路經此地，特請大人批准咱村人兜售東西時，得任意使用粗俗口語。那咱村人就心滿意足了。」

據說此地因而光明正大繼續如此惡行，天下之人皆不得有異議。但這畢竟只是一般傳說。其實這些話聽在外地人耳裡或許是不堪入耳的粗言惡語，對本地人而言卻只是日常用語。

龍馬掏出零錢買了麻糬，然後重新鑽進被窩，像偷吃東西的小孩似的，津津有味地吃了起來，但不知不覺又再度沉沉睡去。

張開眼時天已微亮。

「這是哪裡呀？」

從茅草棚望出去，對岸的山形在夜色中隱約可見。

這時突然聽到菸管敲擊船舷的響聲。龍馬彷彿被此聲音吸引似地轉身道：

「這是哪裡呀？」

男子不作聲。

是個行商裝束的男人，個子很矮，臉卻大得出奇，實在不協調。

從天滿八軒家上船後，這人就一直坐在龍馬旁邊。

龍馬仔細回想，才發現這人打從一開始就一直坐在那位子上，沒躺下過，只是默不作聲地抽了整晚的菸。

「你沒長耳朵啊？」

龍馬露出和藹可親的笑容。

那人瞪著龍馬回答：
「有啊！」
口氣還真粗魯。就連龍馬這種人也不爽了。
「我問你這是哪裡！」
「離淀區近了。」
這人似乎是個慣於跋涉經商的藥商。
兩人之間的談話就此打住。但過了一會兒，那人卻突然微笑道：
「您是坂本大爺吧？」
「……」
這回該龍馬默不作聲了。
此人怎知道自己名字呢？
「你怎知道我的名字？」
龍馬感覺這人絕不可掉以輕心，這是他啟程後首次有如此感覺。
「還不是大爺您自己報出名號的。」

「奇怪，我究竟曾在何處報出名號？」
「就在大坂的高麗橋畔啊。」
龍馬仔細回想。這麼說來，難道自己遇見岡田以藏攔人試刀時，此人也在一旁觀看嗎？
「你究竟是什麼人？」
這人的眼神怎麼看都不只是個賣藥的商人。
「我呀，請您好好記住，我名叫寢待藤兵衛。」
「這名字真怪。你是做什麼的？」
「我呀……」
黑暗中的藤兵衛輕聲笑道：
「是小偷！但可不是亂七八糟的小毛賊哪。打年輕時我就在各地小有名氣了。」
「小偷嗎？真教人吃驚呀！」
「大、大爺，太大聲啦。」
「喔，是嗎？」
龍馬趕緊降低音量。
「不過，我真的嚇了一跳呀。我是個鄉下人沒什麼見識，不過，世上的小偷都像你這樣，敢公然報出自己名號跟職業嗎？」

「別開玩笑了，又不是叫賣生意，哪有自報名號跟職業的白痴小偷呀。我是欣賞大爺您，才決定向您表明身分的。」

藤兵衛說，目睹高麗橋事件後，他又尾隨龍馬及以藏到天滿的八軒屋。

「要幹我這行的一定得如此好奇。不過我本就有事要上遠江，所以也算順路。」

「你住在京屋的哪家旅館？」

「就您隔壁房啊。」

因此龍馬和以藏的對話他全聽見了。

「不過呀，大爺，您被騙啦。聽說那個名叫岡田以藏的雖不是什麼壞人，說他因父親病故要從江戶趕回家鄉的話也不是信口胡謅，但因盤纏用盡攔路搶劫之事則是一派胡言。」

「哦？」

「大坂島之內的花街有家出名的妓院叫丁字風呂清兵衛，那裡有位雛鶴姑娘。姑娘叫什麼並不重要，但他應該是因迷戀那姑娘而用盡盤纏的。我也親眼看見他一連五天都待在丁字風呂。所以他現在想必正拿大爺給他的錢，慷慨地喝著花酒呢。」

「你此話當真？」

「絕無半句虛言。」

「原來以藏這傢伙過得很開心哪。」

龍馬站在以藏的立場忍不住笑了。他生性喜歡開朗的事物。本來聽到足輕以藏的悲慘處境還耿耿於懷，如今藤兵衛這一席話竟讓他有獲救的感覺。這個性還真怪。不但不覺生氣，反覺得自己彷彿也置身酒家，正開心地喝著花酒呢！

太陽西傾時，船也抵達伏見。

龍馬正整理著行李，寢待藤兵衛頻頻在一旁幫忙打點：

「大爺，您伏見準備於何處歇腳呢？」

四周都是人，所以他這時已恢復普通生意人的語氣。

「倒還沒特別預定。」

「那就這麼吧。小的知道一家名為寺田屋的船屋。」

「哦？」

「老闆叫伊助，人很好，可惜幾年前過世了，現由其遺孀登勢繼續經營。這老闆娘很是大方，感覺就像喝過江戶水的京都女子。」

「呵呵。」

「您這是……」

「我看是你小偷一夥的吧。」

「大爺您別開玩笑呀！」

藤兵衛連忙壓低聲音。

「我表面上好歹也是江戶的藥商藤兵衛。要買金創藥或跌打損傷的藥，大家都知道要找藤兵衛爺，各地顧客都對我信賴有加。不是我要跟您討人情，大爺您可是我第一個表明真實身分的對象哪。」

「我才不欠小偷人情呢。」

「哎唷，您真是的。」

進到寺田屋，老闆娘登勢立即迎上前來招呼。

「這位是土佐藩武士坂本龍馬大爺，即將成為日本第一的刀客。妳可要好好伺候啊。」

「您要到江戶研習刀術嗎？」

登勢烏黑的大眼仔細打量著龍馬。

龍馬點點頭。

「那一定很辛苦喔。」

她以京都話誇張地嘆道，聽起來語帶嘲諷，但這在本地似乎只是普通的寒暄。

「您要先在京都玩個兩三天嗎？」

「不，打算明天一早出發。」

「晚點出發嘛。就由登勢我來為您導覽。京都、伏見雖不像江戶和大坂充滿生氣，但獨特的寧靜更別有一番風情喔。」

普天之下定無人想像得到，如此靜謐的京都短短幾年後將淪為腥風血雨之地。寺田屋的老闆娘登勢更是做夢也想不到，眼前笑容可掬的青年竟會成為撼動幕府根基的大人物。

登勢只是暗想：

「這年輕人真討人喜歡。」

濃眉，厚眼瞼，還一臉雀斑。看來十分粗獷，嘴角的微笑卻天真得異常。態度雖冷淡，卻又有股讓人不由得想親近的氣質。

「這人應頗有女人緣。不過，恐怕更有男人緣，定有許多人甘心為他犧牲性命吧。」

登勢以旅館老闆娘專業的評估眼光上下打量龍馬。後來登勢曾多次冒死包庇龍馬，兩人的交情即始於此刻。

這時紙門突被拉開。來了一名武士。

這是個頗不尋常的武士。他拉開紙門後，只是低頭靜靜地望著在座眾人。

登勢裝做沒看到，仍和龍馬繼續說些無關緊要的話。

寢待藤兵衛起初大吃一驚：

「是捕快嗎？」

但他卻不形於色，仍一副正經的旅行商人模樣，併攏雙膝端坐，同時抓起小碗中的小菜來吃。過了半晌，那武士才道：

「失禮了。」

說著關上紙門，就此消失身影。

「真是個怪傢伙！」

藤兵衛不愧是在江湖上打滾多年經驗老到的竊賊，他已不動聲色側眼將那武士體態仔細了觀察一番。

那人是個無主的浪人，身上所穿黑色帶有家紋的衣服已顯得風塵僕僕。藤兵衛記得那家紋是六箭穿心的圖案。那人雖年紀尚輕，鬢毛卻好似被拔光似的，完全禿了。想必對刀術頗有研究，不過卻給人冷漠而陰險的印象。

「登勢夫人，方才那位浪人是以什麼名字登記投宿的？」

藤兵衛問道。

「這個嘛……」

登勢也是頭一回見到這客人，於是拍了拍手，要掌櫃的送登記簿過來。

「奧州白河浪人，初瀨孫九郎。」

「這應該是假名。」

「您怎麼知道？」

「這個身上有六箭穿心家紋的男人殺過人，那表情一看便知。」

藤兵衛一本正經地說。

「他一定是殺人後畏罪潛逃，如今後有仇家追殺，又以為咱們是追兵，這才出其不意打開紙門確認的。」

翌日，龍馬與藤兵衛啟程前往伏見。

途中下了兩天雨，又颳了兩天風。

在桑名搭船時，因風浪過大，浪費了一天等船，但後來上了東海道便一路晴空萬里。初次離家的龍馬覺得這趟旅程十分愉快。

宮（熱田）。

岡崎。

御油。

依序下榻歇腳。龍馬已完全習於旅行，腳步也輕快起來。

到了三河國吉田（豐橋），才又在驛站的茶館見到那浪人。當時龍馬正吃著麻糬代替午餐。

他頭戴深斗笠，穿著皺巴巴的束腳褲，獨自走進茶館。腰間的大小佩刀卻與裝束頗不相襯，刀柄末端綴著純銀裝飾、刀鞘上的是黑漆塗料，底下還垂著紫色飄帶。

「坂本大爺，是那個身有六箭穿心家紋的傢伙。」

「……」
龍馬依然默默吃著麻糬。
那人不知有何企圖。只見他當著龍馬的面取下深斗笠，以幾不可聞的低沉聲音道：
「那天實在失禮。」
一旁的藤兵衛著迷地望著龍馬。因為這位鄉下年輕人依然不為所動，也不回答，只管自顧自地吃他的麻糬。
「請恕在下冒昧。」
浪人似乎有些光火。
「在下已為前些天失禮之處致歉，閣下沒聽見嗎？」
「——」
龍馬仍一派天真地望著往來行人，同時繼續吃著麻糬。那表情似乎說明，眼前只是站著一個人，而這也不及一隻蒼蠅飛來嚴重。

「真有膽識呀！」
藤兵衛對龍馬更加著迷了。他打出娘胎，從未見過如此有膽識的男人。但藤兵衛對此情況卻無法處之泰然，因對方顯然是個脾氣火爆的浪人。只見他眉間已因充血而呈紅黑色。不知這人將做何反應，而他功夫又似乎十分了得。
「大爺，這位大爺正跟您說話呢，您沒聽見嗎？」
「是喔。」
龍馬轉過臉來微笑道。
「你就幫我聽聽看吧。」
龍馬放下喝茶錢後便往外走。這時他突覺背後有股殺氣。
「沒什麼啦，頂多一條命給他麼。」
眼前出現一座城，那是祿高七萬石松平伊豆守的居城。箭樓後方升起白得耀眼的雲朵，簡直比圖畫還美。
「抵達江戶時，應已進入初夏了。」

他已忘記浪人的存在。
走了約莫十五、六丁，正要走上夕暮村的土橋時，藤兵衛上氣不接下氣地追了上來。
「那傢伙很生氣哪。」
藤兵衛說。
「是喔。」
「還說要殺了大爺您哪。和大爺您相較之下，究竟誰的本領高呢？」
「應該是對方較強吧。我看錯不了。」
「大爺您真不得了啊。那傢伙差點就拔刀了呀。」
「不過，那人找我到底有什麼事。」
「哪有什麼事。那傢伙似乎正遭人追殺。但看來他不僅精於脫逃，居然還反過來主動搜尋追殺者。在伏見寺田屋發生那樣的事，想必就是因他誤以為咱們是尋仇者吧。方才在吉田驛站的茶館，大概也是想問我們一路上有沒有看見和咱倆年齡扮相相仿的人吧。」
「什麼嘛，原來只是這點芝麻小事。」
龍馬似乎覺得自己很可笑。
「有什麼好笑？」
「我還以為那人想敲詐呢。因為在大坂已被岡田取走一半盤纏，想說絕不能再被搶，所以才緊看住腰包的。」
「說正經的，您方才的表情可不是這麼簡單呀。」
「我的表情嗎？我天生就板著一張臉。」
「不過大爺您還真多是非。您這一生想必精采萬分。初次旅行就遇上攔路搶劫之徒，又被誤認為逃避仇家追殺而跑路之人。」
「而且這會兒還跟小偷並肩而行。」
龍馬也覺詫異。
「不過那傢伙大概也查過伏見寺田屋的登記簿，應該知道大爺您的名字及目的地了。那人如此死心眼，一定會來報復的。」
「無所謂。那正好加強我上江戶習刀的動力。」

所幸六箭穿心浪人並未隨後追來。龍馬和藤兵衛行經二川、白須賀的驛站後，終於來到潮見坂。

「哇！」

只覺眼前一亮。

遠州灘七十五里的湛藍海岸在右手邊壯闊地延伸，而左手邊可見三河、遠江、駿河之群山層層疊翠於天際。

如此壯麗風景完美地烘托出主角——富士山。這是龍馬第一次看見富士山。

富士山頂籠罩著奇幻的色彩，山峰上的白雪沐浴在夕陽下彷彿也染上一抹紅暈，但山麓又因不勝強風而彷彿罩著一層藍色的輕紗。

「藤兵衛，你看這景色！」

「喔。」

藤兵衛不感興趣地環視一周。這二十年來，藤兵衛不斷地往返旅行於此東海道，如此風景對他而言並無特別希罕之處。

「你怎地毫無興趣呀？」

雖平靜無風，龍馬仍瞇起雙眼。潮見坂的山、海、天正祝福自己前途無量。他年輕的心裡如此想像：

「據說富士山是木花開耶姬的化身。她一定特別化了妝，正等著我上江戶去。」

「藤兵衛，你一點也不吃驚嗎？」

「因為我看多了。」

「你年輕時第一次見到這光景應會大吃一驚吧，還是說也不怎麼吃驚？」

「不吃驚啊。」藤兵衛苦笑道。

「難怪你會成為盜賊。見到如此風景而不熱血沸騰的人，不管多有才幹也不可能成為什麼好東西。這就是好人與小偷之間的差異。」

「別這麼說嘛。那大爺您見到如此風光，內心又有何感觸？」

「我希望能成為日本第一的男人。」

「大爺！」

藤兵衛語中有點火氣。

「那是一時衝動的想法吧？」

「當然是。神智清楚時怎可能這麼想。下了山或許就完全忘了這回事，但見到這絕景時，即使只是短短的一瞬間，內心激動者和毫不感動者是完全兩樣的。」

他們往山下走去，太陽也隨之急速西傾。距離今晚下榻的驛站新居，還有半里路呢。

藤兵衛邊走邊道：

「到了新居，就該道別了。」

「因為該處設有關卡嗎？」

「不，那對我而言根本無關痛癢。只是，若兩人結伴同行，通過關卡時，萬一我出紕漏被抓，恐怕會連累大爺您。」

「你還真懂得為我設想。」

「既然大爺覺得我有可取之處，那我有一事相求，希望您能答應。」

「什麼事？」

「收我做部下吧。」

「啥？要我收一個小偷當部下？」

龍馬也大感詫異。

「大爺，請收我當部下吧！」

「……」

「您不肯嗎？大爺。」

寢待藤兵衛突然蹲在路旁，拔起一根紅色雜草並嚼起草梗。龍馬大驚。

「那是什麼東西？」

「蓼草。」

藤兵衛嚼得滿嘴黏答答的。

「味道好嗎？」

「嗯，習慣了就覺得不錯。」

他把草吐出來。

「紅色的會辣到讓人滿嘴發麻。然而一旦習慣，就覺得紅蓼的味道沒那麼辣。有句俗話說：『有喜食蓼草之蟲，故人各有所好。』這東西可去暑氣，因此可避中暑、治腎虛，且是精力之源，堪稱靈藥。」

「你為何想成為我部下？」

「沒什麼特別理由。就像我吃蓼草一樣。」

兩人默默並行了半晌。太陽已下山，山路卻因遠州灘的夕照而亮得詭異。走到山下時，藤兵衛沒頭沒腦地說：

「因為喜歡到無法自拔呀。」

「你是說蓼草嗎？」

「不，我是說大爺您呀。」

「別哄我開心吧。」

「大爺，別太挑剔。我寢待藤兵衛好歹也是日本首屈一指的神偷。如今這位日本第一的神偷正低頭求您收他當部下呢。」

「蠢事也拿來說嘴。」

龍馬以土佐方言道。藤兵衛聽不懂，還一本正經地說：

「大爺，一定對您有好處的。」

說著又吐出一些蓼草。

「古代那些為世間做大事業的人物，手下總要養個小偷，如此可較他人早一步得知他國情況，又可了解世間不為人知的一面。遠古時代的天武天皇也養了一個名叫多胡彌的小偷。源九郎義經手下也有一位活躍於鈴鹿一帶、名叫伊勢三郎義盛的山賊。就連太閤秀吉手下也有個蜂須賀小六的小偷。不過蜂須賀大人的子孫，如今已是領有阿波德島二十五萬七千石的大大名囉。」

「哼哼。」

龍馬雖對此嗤之以鼻，心裡卻暗想：

「或許吧。」

龍馬小時並未上學堂，只由姊姊乙女教他讀書認字，因此並無先入為主的頑固觀念。盜賊的這番話自然也聽得津津有味。

龍馬後來以海援隊的名義成立私設艦隊，天下風雲湧動之際仍得以隱然掌握勢力，當時他曾向眾隊員發表以下「英雄之道」的論點。顯然是藤兵衛在潮見坂說的這席話深植在他記憶深處的緣故。

「遭五馬分屍之刑，遭逆施磔刑，或於宴席上歡樂死去，橫豎都是一死，並無二致。既然如此，更應思成就偉大之事。」

「（要成大事）勿忘薄情之道及不近人情之道。」

「海賊乃海軍之學習對象。」

「殺生是軍人的修練，而偷盜是忍術的訓練。」

「盜賊是我們看清世間百態的隨身小鏡。」

龍馬就和藤兵衛在新居的「宿」分道揚鑣。翌日乘船至舞坂，接著又連趕了八天路才抵達江戶。這時已是初夏時分。

千葉道場

一抵達江戶，龍馬即遵照父親指示前往內櫻田的鍛冶橋御門，過橋再往西走到土佐藩的下屋敷（譯註：各藩以江戶城為中心，由遠至近，分設下屋敷、中屋敷及上屋敷為藩邸），這才脫下草鞋。

藩邸方面早收到土佐來的文件，便領龍馬至他逗留江戶期間可住的宿舍。

房間有三間。

帶路的武士說有一名共居者，但那人碰巧到蜊河岸的桃井道場去了。

龍馬扔下沾滿灰塵的行李，然後一屁股坐下。塵土把榻榻米弄得到處灰撲撲的。

他環顧四周，只見榻榻米和壁龕的各個角落都清得一塵不染。

「這人真愛乾淨，看來有潔癖。」

龍馬最怕與這種人共居。

更讓人吃驚的是，書桌周圍竟堆著如山的書籍。

「這人是學者嗎？」

龍馬無奈地問道：

「這位共居者是何許人？」

「猜猜看吧。他也是土佐武士，坂本兄應該認識。」

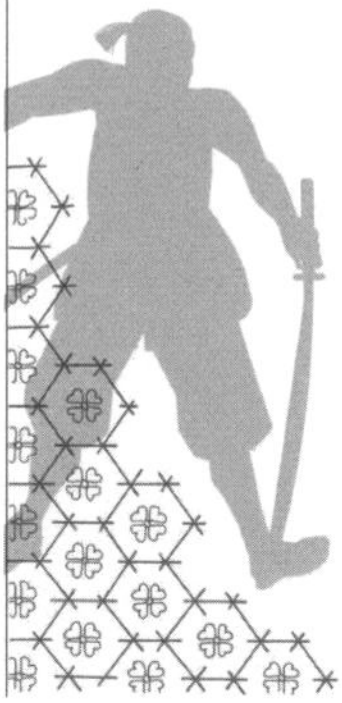

「怎麼看起來好像是位學者。」

龍馬道。

「他也是位刀客，是蜊河岸桃井春藏大師道場的塾頭。在江戶算是鏡心明智流排名前三的刀術高手。」

「哦？多大年紀？」

「比坂本兄大六歲，今年二十五。」

「也是鄉士嗎？」

「不，不是，他是白札。」

所謂「白札」是土佐藩特有的階級身分，應相當於準上士，地位在鄉士之上，外出旅行時可比照上士隨身攜帶長槍。但終究不是正規的上士，證據是他們通常被上士直呼姓名且不加敬稱，而他們也無可奈何。若為鄉士晴天不可撐傘，白札卻比照上士可撐傘，但仍與上士有所不同，依規定陽傘只限當主可撐，家中其他份子仍不准使用。

「我知道了。」

龍馬愁著臉點頭道。

「這位仁兄是不是臉色白皙，腮幫子突出？」

「你說的腮幫子是指下顎部分嗎？」

武士問道。龍馬回答：

「沒錯，就是指下顎。他的下顎是不是像魚一樣？」

「是很像。」

年輕武士忍俊不住。

「像是像，但可不是什麼賤魚，而是條大魚呀。他生於土佐國長岡郡仁井田鄉的吹井，自小就好武術，起初拜入一刀流，受教於領國內的千頭傳四郎師傅，後來拜入麻田勘七師傅門下，接著到江戶也表現出眾，獲頒『皆傳』資格，如今已是蜊河岸道場的塾頭。」

「果然是武市半平太。」

龍馬不禁發愁。

武市半平太從前在城下就以凡事一絲不苟而出名。自己與這種人同住，可有得受了。

這天晚上下著綿綿細雨。

武市半平太像隻落湯雞似地從蜊河岸的桃井道場回到藩邸，卻看見守衛房內有十來個武士正等著自己。個個都是年輕的下級武士，這些人都稱武市為：

「師傅。」

武市的身分和他們一般，因此很不喜歡他們如此稱呼自己。但對這些仰慕者而言，似乎別無其他適合的稱呼。在江戶的土佐下士（下級武士）眼中，武市簡直就像神明一般崇高。

「怎麼啦？聚集這麼多人。」

武市冷靜地環視眾人。其中一人道：

「是這樣的。今天中午師傅的宿舍住進一個土佐來的小子，名叫坂本龍馬。」

「啊，龍馬到了嗎？」

為了此事，龍馬的大哥早就寫信知會半平太了。

「師傅，龍馬是個什麼樣的人呢？」

「據說體重重達十九貫（譯註：約七十二公斤。一貫為三・七五公斤）。坂本權平爺的信上只如此寫著。」

「他根本是個白痴，竟說師傅的下顎像魚鰓。」

「這人嘴巴真壞呀。」

半平太苦笑道。但眾年輕武士卻沒人笑。

「因此我們要給他點顏色瞧瞧。」

「……」

半平太這才發現房內一角已預先堆著幾條棉被。他們似乎想給新加入的龍馬來場蒙頭圍毆。

「不准造次！」

「絕不能饒他！方才已傳話要他過來這裡，應該快到了。」

說時遲那時快，紙門上突然映著一個巨大的身影。其中一人猛地拉開紙門。只見龍馬呆立在前。眾人都被龍馬那身打扮嚇壞了，他渾身上下赤條條的，只圍了條兜襠布，右手還拎著大刀。

「坂本，你怎麼這身打扮？瞧不起人嗎？」

「因為我是白痴啊！白痴要打退白痴，這身打扮再適合不過了。」

「嘖！你這個白痴！」

窄小的房間頓時充斥土佐方言的叫罵聲。就在這緊要關頭，其中一人捻熄了房內的行燈（譯註：置於地板上的方形紙燈）。

房內頓時一片漆黑。

「上啊！」

眾人叫嚷著撲向龍馬。土佐武士自古愛角力勝過刀術，因此人人身手異常矯健。這場大騷動中，行燈遭壓壞，紙門被撞倒，甚至連地板下的橫木都鬆脫了。

當對方人多勢眾時，互相扭打等於自尋死路。龍馬決定專踢對方睪丸。有些人因此痛昏過去。

這場混亂約莫經過四半刻（編註：三十分鐘）後，黑暗中的眾人個個已累得氣喘吁吁。這時終於有人嚷道：

「制住龍馬了！」

那人隨即以棉被將龍馬蒙住，眾人再輪番壓上去，如此龍馬將無法呼吸，苦不堪言。

「夠了吧。把燈點亮！」

點亮行燈後，眾人齊力將層層包覆的棉被打開。沒想到被包在裡面悶個半死的，竟是為人耿直的武市半平太。原來龍馬在黑暗中擒住半平太，還把他捲在棉被中，代替自己被打。

「大家住手！」

半平太不悅地吼道。

龍馬這才悄悄走出房間。

此次蒙頭圍毆事件後，龍馬在鍛冶橋的土佐藩邸突然人氣大升。

「這回老家來的那個坂本龍馬，雖不討人喜歡，但也不好對付。」

「他頗懂戰略。」

這就是眾人對他的評語。龍馬裸身出現在守衛房，固然是為了嚇唬那些年輕武士，但其實他並非單純裸身，據說全身還塗滿油脂。

「因此龍馬渾身滑不溜丟的，抓都抓不住呀。」

更教那群年輕武士吃驚的是，他竟能在黑暗中抓住素有「土佐吉田松陰」美稱的武市半平太，並將他裹進棉被成為自己的替死鬼。

半平太顏面掃地。但對那群年輕的下士而言，更讓他們震驚的是，自己一向將武市半平太奉為神明，龍馬卻未將半平太的權威放在眼裡。起初眾人對此深感不悅，因而起意給龍馬來場蒙頭圍毆，沒想到被蒙住的反而是半平太。雖說黑暗之中大家都沒注意到，但自己畢竟還是踢踹了這位神明，真是荒唐。但問題卻也因此變得輕鬆許多。而且事後龍馬還不好意思地悄悄離開房間，他當時溜走的模樣實在夠滑稽了。

「被如此惡整卻未發怒的武市當然了不起，但龍馬也的確是個有意思的傢伙。」

究竟怎麼個有意思也說不上來，但年輕人就是年輕人，不管任何時代的年輕人都希望擁立龍馬這種陽光型的為中心人物。不需要理由，最重要的是感覺。

「了不起的傢伙！」

甚至如此改觀。後來天下風雲驟起，出身土佐二十四萬石之國的下級武士翱翔其中之際，均奉龍馬及半平太為兩翼之首領，而此時期可謂肇始。

慘遭蒙頭圍毆的半平太實在寬宏大量，不但未對龍馬懷恨在心，甚至還將這個較自己年輕的青年視為百年難得的知己。

「武市師傅，您為何不斥責龍馬的無禮之舉？」

事發翌日有人如此問道。半平太如此回答：

「豐臣秀吉和德川家康都是不說話也討人喜歡。明智光秀或許遠較此二人足智多謀，卻吸引不了眾人，因無人望而無法取得天下。所謂的英雄就是如此，即便做壞事也能教人歡喜接受甚至愈孚人望。這種男人才是英雄。龍馬就有這種魅力。找這種男人吵架簡直愚蠢，更何況必敗無疑。」

「這麼說來龍馬是英雄囉？」

「有點樣子。」

「可他毫無學問。」

「唐土的項羽曾說，文字只要會寫自己名字便已足夠，重要的是必須具備英雄之資質。把書籍交給學者讀，再要他們隨時講給自己聽，若覺得有道理就努力實踐。這就是英雄。若過度賣弄半吊子的學問，那就稱不上英雄了。」

此時武市讚不絕口的這位「英雄」正站在桶町的千葉道場，高舉著竹劍擺出「上段」架式，全身早已大汗淋漓。

眼前的對手是道場之主千葉貞吉之子重太郎。他是個眼睛細長的年輕人，比龍馬大一歲。

北辰一刀流千葉貞吉的道場位於桶町。已取得其他流派資格者，入門時得先決定日後在此道場的排名與地位，因此照規矩必須接受少師傅重太郎親自測試劍技。

這天，已取得小栗流「目錄」資格的坂本龍馬和重太郎之間的比賽就是這種測試。

「三分決勝負。」

檢分（編註：類似今日的裁判）千葉貞吉的話聲甫落，以劍技輕快聞名的重太郎便就著「中段」之架式，倏地拉近距離。龍馬一驚正想改變架式，兩把竹劍竟瞬間纏轉在一起，對方隨即以捲擊技輕鬆擊中龍馬的「籠手」，得了一分。不愧是江戶刀術，實在輕巧。被擊中的龍馬當場愣住。

就這麼點本領呀？重太郎心想。

「雖已獲『目錄』資格，但畢竟是鄉下劍法。」

頓時全身放鬆，連肩膀都鬆垮下來了。龍馬見機不可失，只見他高大的身影猛然前衝。

這真可謂猛攻。

龍馬那把偏大的竹劍以迅雷不及掩耳的速度朝對方頭上擊落。他怎麼突然變了個人?重太郎不禁詫異,趕緊踏出右足,並以劍尖畫圓架開,勉強錯身而過時又企圖打擊龍馬的護具「胴」。這時龍馬反應更快,他沉下劍尖直刺重太郎的咽喉。

「刺擊。一分。」

貞吉朝龍馬一抬手。

這下成了一勝一負的局面。

「大意不得!」

重太郎大喝一聲:

「呀──」

同時將竹劍高舉,擺出「左上段」的架式。龍馬仍採「中段」架式。重太郎為引誘對方出手,故意頻頻發出怪聲。龍馬卻相應不理。事實上是無法進擊,因就技巧來說,畢竟還是重太郎略勝一籌。

重太郎移步上前,龍馬隨之後退。

龍馬已滿身大汗。

重太郎的竹劍正打算再度朝龍馬「籠手」砍落,只見龍馬突然縮回雙拳,重太郎於是趁他陣腳大亂,機靈地擊中龍馬的「面」。

「停!」

龍馬輸了。

賽後,貞吉特別把龍馬叫到自己居室。此舉乃是道場的特例。他為龍馬斟滿冷酒,請他配小菜及魷魚乾,並鼓勵他:

「你動作過於滯重,但資質不錯,努力個一年或許就能超越重太郎了。」

少師傅重太郎也是個豪爽的江戶青年,比賽結束的當天起,就喊他:

「龍老弟。」

因龍馬名字罕見,這樣叫感覺親近多了。賽後他與龍馬一同在井邊擦洗身體時道:

「你功夫挺不錯的,這種水準即使到河岸的桃井或麴町的齋藤，不，甚至到神田玉池的大千葉，排名應該都不會太差。」

「……」

「第一眼看到你，發現你鬢角已因常戴『面』而變得稀疏且出現皺褶，心裡暗想：『這傢伙輕忽不得！』沒想到真被我料中了。」

江戶的日子過得特別快，一眨眼，龍馬已經到此一個月了。

在小千葉的學習使他的刀技益見精湛，除少師傅千葉重太郎之外，其他人都已不是對手。甚至有傳聞說，大概再過個半年，他就能獲頒「皆傳」資格，並升格為道場塾頭。

小千葉家有位千金名叫佐那子。

她是貞吉長女，比重太郎小兩歲。自小貞吉就教她劍道，雖未授予正式資格，但據說佐那子擁有「免許皆傳」的實力。

她膚色微深，單眼皮，大眼睛，身材嬌小，表情豐富生動。這樣的小姐似乎只能在江戶見到。

土佐有個傳說，說這位小姐有次在上野賞花遭惡漢騷擾，幸蒙正好路過的龍馬出手搭救。但另有一說認為，傳說中的小姐並非佐那子，而是她堂姊，亦即千葉周作之女光子。事實如何不得而知。

佐那子是「逆胴」招式的高手。

當對手利用身高上的優勢，企圖上前擊打自己的「面」時，佐那子便以竹劍輕輕撩高對方竹劍，同時拉回左足讓身體往左斜退，再迅速反手「啪」地擊出「逆胴」之招。姿態之美，宛如舞蹈。

她每天都進道場。

似乎特別喜歡紫色，護具的綁繩全為紫色。道服是白色，道裙則是紫色且刻意將褲腳綁短。她的身影就如少年般可愛。佐那子不得隨便與門人練習對打，必須等大哥重太郎指名。

「權藤師弟，請與佐那子練習對打。」

他總是以如此語氣請求對方。因佐那子畢竟是女性，總是要她盡量低調。

然而對手只要回答：

「是！」

並正式進行對打，幾乎都難逃落敗的下場。考慮到對方的面子，重太郎絕不公開稱讚佐那子。

「她出手不夠重。要是以真刀對決，權藤學弟你一定死不了。大概只去了半條命，還能苟且活著。」

「是……」

大力挖苦每個人，卻也不傷害任何人。如此講評方式是重太郎最拿手的。

不過，有件事小千葉道場所有門人都想不透。那就是大師傅貞吉也好，少師傅重太郎也好，都絕口不叫龍馬和佐那子練習對打。

「到底什麼緣故呢？」

傳聞很快地歸納出一個結論。

「大概是千葉家有意招龍馬為佐那子的招贅婿吧。」

眾人如此認為。

千葉貞吉老早就想從道場挑個最傑出的門生，將佐那子許配給他，可惜一直未能找到合適的人選。若論功夫，龍馬自然合格，更何況他又剛好身為次子。

「所以才不隨便讓兩人對打呀。」

因為兩人若現在對決，龍馬三回合中恐怕會輸一回合。千葉家一定是希望等龍馬實力完全超過佐那子之後，再讓兩人對決吧。

佐那子私下也對龍馬頗有好感。她生在眾多年輕人出入的刀客家庭，比其他武士家的千金能認識更多年輕人，卻沒見過龍馬這一型的。起初還納悶：

「怎麼有這種人呢？」

佐那子記得初見龍馬，是龍馬第一次上道場拜訪時。龍馬在大哥重太郎的陪伴下，正從道場走向父親居室。佐那子從紙門縫瞥見龍馬正要穿過庭院的白砂地。

「天哪！」

佐那子倒吸了一口涼氣。只見龍馬穿著十分華麗的衣服，儼然旗本（編註：江戶時代直屬將軍之家臣，俸祿一萬石以下，可謁見將軍）家的公子。

「真讓人不敢領教。」

但細看之下，他的頭髮未上油，髮髻也鬆亂不堪，簡直是一頭亂草。

「果然是個鄉巴佬。」

底下倒又穿著奇特花紋的裙褲，乍看是兩百年前寬文時期流行的花樣。在江戶要說打扮最入時的，應數大藩留駐江戶的人員，但現在又沒有笨蛋會穿這種裙褲。

「大概是鄉下的火山孝子吧。」

佐那子忍不住好笑。

後來被父親叫去與重太郎同席而坐，並介紹給龍馬。

「這是小女佐那子。她也學了點劍道。雖是個女孩，但希望你在道場上把她當男孩子看待。」

貞吉如此對龍馬說完後，又轉向佐那子微笑道：

「佐那子，還不問好？」

佐那子客套地寒暄後，對父親說：

「嗯，爹，我可以請教坂本少爺一點問題嗎？」

「佐那子，怎麼還是這麼愛插嘴呀？」

一旁的重太郎斥責道。貞吉卻欣然答應。因此佐那子便瞪大眼睛對龍馬說：

「坂本少爺。」

「什麼事？」

龍馬並未如此回答，只是微偏著頭。

「佐那子是女孩子，所以想問您有關服裝方面的問題，可以嗎？」

「啊？」

龍馬當下不知所措，但仍點了點頭。

「您身上這件裙褲的花色在江戶很少見，請問是您老家流行的花色嗎？」

「咦？這件嗎？」

龍馬看著自己的裙褲道。

「這是用一般仙台平的布料做的呀。」

「可是江戶的仙台平明明不是這種花色呀。」

「啊，好糗，真糟糕。」

龍馬似乎發現了什麼，急得以土佐方言如此道。

「沾到太多墨汁了。」

在座眾人聽他這麼解釋，忍不住大笑起來。據說龍馬寫完毛筆，習慣在裙褲上擦一擦。

根據龍馬的辯解，昨晚實在寫太多信了。父親八平、大哥權平、姊姊乙女，甚至連乳母小矢部都一人一封，為的是早早讓他們知道自己已平安抵達江戶。因此，就是教人目瞪口呆的：「裙褲慘兮兮，墨花四處開。」

真是個怪胎。佐那子心想。

佐那子從此沒再和龍馬說過話。

但每天都會看見龍馬。只要穿上護面具「面」及護手具「籠手」，身材高大的龍馬就像戰國時代的剽悍武士般魁梧。佐那子甚至在夢中見過龍馬如此身影。

聲音也是每天都聽得到，不過都是叫陣的吶喊聲。龍馬的吶喊聲有個特徵，不像自喉嚨發出，倒像從丹田擠出來的聲音，足使對手為之戰慄。

「大哥為何就是不讓坂本跟我對打呢？」

因為以佐那子的立場，要和心目中的對象交往，除了拿竹劍較量劍技之外，別無其他方式。她甚至暗中埋怨大哥重太郎扼殺了讓他們練習對打的機會。

「我遲早要與坂本大哥對決。」

佐那子一直苦等著機會到來。

機會終於因偶然的機緣出現了。

前將軍忌日當天，道場一向休館。父親貞吉前一天就因事前往神田玉池的千葉本家，大哥重太郎也一早就出門到松平上總介邸去了。

佐那子獨自在家。

但早上重太郎出門後，理應空無一人的道場竟傳來開門聲。佐那子驚訝之餘便到簷廊張望。原來是龍馬，他正要進入道場。

「坂本大哥。」

佐那子忍不住大喊。

「您有什麼要緊的事嗎？」

「要緊的事？」

龍馬一頭霧水。

「我是來練刀的啊。」

「您白跑一趟啦。今天是前將軍的忌日，道場依例休館。家父和家兄也都因事外出了。」

「原來如此。」

「難道大哥沒告訴您嗎？」

「經你這麼一說，好像的確聽他提過。」

「這人怎如此迷糊。」

佐那子想稍微捉弄他一下，便說：

「是您自己忘了吧？」

「因為是昨天事啊，記得才怪。」

「哦？只要是昨天的事，坂本大哥就把它忘得一乾二淨了嗎？」

「嗯，當然。」

「那前天的事呢？」

這問題佐那子自己也覺得胡鬧，差點忍俊不住。

龍馬卻一本正經地說：

「當然也忘了。不過既然都來了，道場請借我用一個時辰，我練幾練揮刀就回家。可以嗎？」

「嗯，那不如我來陪您練習對打。」

佐那子鼓起勇氣問道。不料龍馬卻不以為意地說：

「喔，那請穿上護具。」

緊張的反倒是佐那子。不過是瞞著父親跟大哥和龍馬練習對打，為什麼會有偷偷摸摸的感覺而心頭小鹿亂撞呢？
佐那子關上紙門更衣。當她站著解開束帶時，手竟不住顫抖，好不容易才解開。這時雙手依然抖個不停。
龍馬手握竹劍，擺出「中段」架式。
佐那子使握刀的左拳置於胸口前方，讓竹劍微向後傾且輕觸右肩，左足同時上前一步。
此即所謂的「八相」架式。
此架式不利於進攻，但很適合試探對方的動靜。面對初次對決的對手，佐那子想必是刻意表現女子應有的慎重態度吧。
龍馬暗自佩服。
「果真有兩下子。」
個子嬌小的佐那子如此架式竟毫無破綻。
佐那子隔著護具看到對手炯炯的目光，彷彿發現一個與平常判若兩人的龍馬。

「好可怕的眼神。」
就在這一剎那，龍馬似乎發現佐那子的破綻，猛然將竹劍朝她的「面」劈落。佐那子連忙回神應變，企圖打擊龍馬的「籠手」，但被龍馬輕輕閃過。雙方竹劍互擊了數下，隨即各自跳開，拉出六尺的距離。
佐那子連呼吸也不見稍亂。
「果然比乙女姊強得多。」
佐那子個子雖小，對打起來卻覺得她身形愈長愈大。
佐那子終於發出宏亮的吶喊。
「呀——」
她巧妙地壓住龍馬的劍尖一連前進兩步，並抓住機會上前朝龍馬面部一擊。
龍馬趕緊後退讓對方來劍落空，同時高舉竹劍使勁往對方手部擊落。佐那子本打算以劍鍔接下這一擊，但大概是因對方力道太猛，竹劍竟脫手掉落。
「完了！」

這麼想的反而是龍馬。因為他才剛鬆懈下來，佐那子就徒手衝上前來，將他攔腰抱住。

「這女孩怎麼這樣？」

雖說這是竹劍被擊落時的一般慣用手法，但難道她以為這樣就能制住龍馬嗎？

龍馬抓住佐那子的「胴」下方，將她舉至面前，腰一沉使勁將她拋往道場地板上。

「怎麼樣？認輸了吧？」

「還沒呢！」

佐那子躺著道。

「那就把竹劍撿起來。」

「不要！」

她大概很不甘心吧，又再次撲過來。

龍馬伸腿將她絆倒。佐那子跌倒後仍不死心，立刻又爬起來，似乎「面」沒被摘掉就不打算認輸。

當她第三次撲過來時，龍馬不得不扭住佐那子的手臂，將她制伏在地一把扯掉她的「面」，差點就扭斷她的脖子。

「不甘心！」

佐那子滿臉通紅，但仍以發亮的兩眼瞪著龍馬。

「妳輸了！」

龍馬正式宣告。

「拜託，再來一次。」

「不要。」

「為什麼？」

「跟女孩子對打感覺好怪。」

方才壓住佐那子時那種奇怪的柔軟感觸還滯留在兩手上。那感覺一復甦，就讓人羞赧得渾身不自在。

龍馬連忙脫下身上的護具。

這年五月（陰曆）下旬起就一直持續異常高溫，都六月了仍滴雨未下。

「希望別出什麼事才好。」

道場的少師傅千葉重太郎等人也抓著龍馬這麼說。

「龍老弟，你那時還未到江戶所以有所不知，其實打正月起天候就開始異常了。正月十六日起，一連三天都下大雪，好像要把天上的雪一口氣下盡似的。老人家都說這恐怕是家康公即位以來最大的一場雪了。接下來就是這熱死人的暑氣。這種年頭，肯定有天大的事情要發生啦。」

「是嗎？」

或許是因龍馬的感覺有點遲鈍，他一向不太關心氣候的變化，也沒興趣像重太郎那樣把氣候異常現象跟天下大事聯想在一起。

「二月也曾發生地震。江戶還好，只到救火儲水桶內的水溢出來的程度。但聽說相模那邊可嚴重了。從小田原城下一直到大磯、大山邊、箱根、熱海、三島、沼津一帶的房子都震塌了。甚至引發火災，造成眾多傷亡，場面十分混亂。」

正巧佐那子也在座。自從那天和龍馬私下對打後，她就表現得很親暱。她從旁插嘴道：

「可不止天候異常唷。」

「那還有什麼？」

「百姓也不太對勁呢。」

「有什麼不尋常嗎？」

「祭拜鯉魚和烏賊之類的行為。」

「哦？」

佐那子說，那隻大烏賊是在上總海岸被逮到的，身長達一丈七尺（編註：約五公尺。十尺為一丈），重達五十貫（編註：近一九〇公斤）。先是被送到伊勢町展示吸引許多民眾參觀，後來竟有修行者把牠當成神明斂財。至於鯉魚則是在淺草新堀抓到的，是條長逾三尺的大魚。抓到並殺死這魚的人隨即死於傷寒，大家都說是鯉魚作祟，於是在天台宗龍寶寺的庭院立了一座弔祭的「鯉塚」。也不知是何緣故，江戶各地的無知男女便經常不約而同到此祭拜。

似乎真是亂世的前兆。

「喏，很詭異吧？」

龍馬差點忍俊不住。這位江戶姑娘發生火災時也很喜歡湊熱鬧，只要火警鐘一響，她就一定不在屋內。以家鄉話來說，就是個野丫頭。其兄重太郎本就血氣方剛，因此才會一副等候天下大變異發生的語氣。

「嗯，是很怪。」

「你這回答聽起來，怎麼好似一點都不關心哪。」

佐那子實在不解龍馬為何依然不見絲毫亢奮之情，不免有點焦急。

「他終究是個鄉下人啊……」

這天龍馬頂著未時（下午兩點）的烈日離開道場，正打算返回藩邸。

一路走在桶町大工町南鍛冶町時，發現鎮上不知為何亂哄哄的。

他抓住一個消防員打扮的人來問。

「相模海邊好像出現什麼不得了的東西啦。」

「不得了的東西？究竟是什麼東西？是烏賊還是鯉魚？」

「這個嘛，大爺……」

救火員似乎也不清楚。

「不明就裡就這麼跟著吵吵嚷嚷嗎？」

「是啊。」

這就是江戶人可愛之處。龍馬覺得好笑。即使不知騷動起因為何，想必一聽說「代誌大條」就跟著叫嚷了吧。

再繼續前行，發現有戶人家竟進進出出的，忙著搬運家具及細軟。龍馬停下腳步。

「要發生什麼大事了嗎？」

「戰爭呀！」

那人一副「還不知道嗎？你這個鄉巴佬！」的表情，很快不屑地別開臉不再理他，慌張地自顧自繼續幹活，無論問他什麼都不肯回答。

後來在南鍛冶町二丁目的角落，迎面遇見一個巡更員。

「喂，巡更的。」

這人應該知道事情真相吧，龍馬心想。這種人在鎮上奉行所當差，平時住在各區的崗哨站，聽從官員的指揮行事。本區是否因修路而斷水，或者將軍即將通過本區，諸如此類的，只要有任何事該通知該區，這人就會沿街大聲震響鐵棒並扯著嗓子宣布。

「是不是發生什麼事情了？」

「是啊，奉行所還沒下達明確指示，所以情況尚不明瞭，但似乎是相模海邊發生不得了的大事了。」

「是地震嗎？」

「好像不是這類事情。」

完全不得要領。

進入鍛冶橋御門回到土佐藩邸一看，藩邸內也是亂哄哄的。

回到自己宿舍，發現武市半平太也自桃井道場返回。只見他身邊並排著幾把刀，正準備一一整理。

「武市兄，情況似乎很嚴重呀。」

「嗯。」

武市依然處變不驚。

「到底有多嚴重呢？」

「你不知道還跟著瞎起鬨嗎？」

武市促狹似地望著龍馬道。

「黑船來了！」

說著「唰」地抽出刀來，開始把磨刀粉撲在刀上。

這天是嘉永六年（一八五三）六月三日。美國的東印度艦隊司令官培里率領薩斯奎哈納號、密西西比號、薩普來號及卡普利斯號四艘軍艦（譯註：後兩艘應為薩拉托加號及普利茅斯號），突然出現在江戶灣口的相模浦賀港外海，然後在浦賀港至鴨居村港的港外淺海處下錨。培里透過浦賀奉行所的官員表示，此行目的是將美國總統費爾摩的親筆國書進呈給日本將軍。

浦賀奉行所的與力（譯註：江戶時代奉行等官員的輔佐職）中

島三郎助等人會見培里手下副官孔提大尉並告知：

「根據日本國之國法，外國事務一律在長崎辦理，你們應儘早前往長崎。」

沒想到對方竟回答：

「我們是奉本國命令，來到江戶附近的浦賀，故無意前往長崎。」

他們不僅堅持不從，甚至把艦隊調整為備戰狀態。

黑船來日

嘉永六年六月三日這天起，亦即美國東印度艦隊來航的瞬間開始，日本歷史便急轉進入幕末的風雲時代。

龍馬後來的命運也隨之發生巨大變化。但這天龍馬卻渾然未覺，聽武市說了黑船之事，不知為何竟感覺肚子像洩了底似地一下子餓了起來。

「武市兄，黑船的事情我了解了。不過你身上有沒有什麼東西？」

「你說什麼『什麼東西』？」

「吃的東西。」

說著還做出吃東西的動作。

「龍老弟，你還真沉得住氣啊。」

「我豈止沉得住氣，事實上我已經餓得前胸貼後背了呀。」

「我沒在說你的肚子。這回的黑船和近幾十年來出沒在臨海的外國船不同，是準備來打仗的。這恐將是元寇以來最大國難。如此國難當前，你竟還沉得住氣。」

「怎麼淨拿這些大道理教訓人。」

龍馬突然發現，正忙著整理刀具的半平太腿邊有

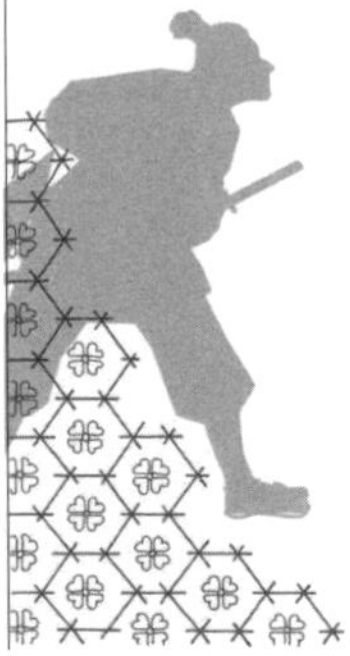

個小包袱。

「武市兄，那是什麼？」

「麻糬。」

都怪他老實告訴龍馬。

武市連慘叫都來不及，麻糬就被龍馬搶在手上。

「不行呀，龍老弟，那麻糬不能給你。今晚說不定就會接到出兵的命令，那是我準備隨身帶著的兵糧呀。」

「裡面有幾塊？」

「九塊。」

「武市兄打算用九塊麻糬把黑船趕走嗎？」

龍馬毫不客氣地把一塊麻糬放進嘴裡。

「我不是說要拿麻糬趕走黑船，只是萬一接到出兵命令，就要拿來當隨身軍糧的呀。」

「若接到出兵命令，藩裡就會發派軍糧了吧。」

「可是準備隨身軍糧是表示武士謹慎非常，是一種精神呀。」

「哦，原來如此。」

龍馬嘴上雖這麼說，手卻已抓起第二塊麻糬。

「真拿你沒輒。」

武市只得苦笑。

龍馬終其一生都是相同理念，不管怎麼說麻糬就是麻糬，肚子餓了就吃。武市的個性則大不相同，在他眼裡，即使一塊麻糬也並非單純的物質，總是希望賦予某種意義。因此兩人每每意見相左。然而如此現實主義者和理想主義者卻彼此惺惺相惜，感情甚篤。

「對了，武市兄，我對黑船一無所知，為我說明一下吧。」

「捉弄我的人我才不教。」

「還賣關子哩！」

龍馬吃完三塊麻糬後，正想拿武市喝剩的茶來喝。這時，步兵監察官吉田甚吉及安岡千太夫突然衝了進來。

「大家立刻至道場集合！」

說完又立即衝了出去。

「龍老弟，打黑船的時候到了。」

土佐藩邸除距江戶城最近的上屋敷外，都未設大廳而只有宿舍。若要集合所有藩士，通常會借用道場。

兩人進道場時，裡面已經擠滿人了。

不巧土佐藩藩主山內豐信（後來的容堂）已於上上個月返國，由山田八右衛門、森本三藏及山內下總三人擔任駐守江戶的重責，故目前是由三人合議並指揮。眾所周知，此三人一個比一個無能。

第一夜的指示是待命。

其他就只有要求龍馬幾個江戶留學生也加入臨時藩兵行列之類無關痛癢的命令。如此一來，江戶的土佐藩兵就有四百人。

「我應該是打雜的雜兵吧。」

不料武市半平太也是雜兵。他的身分是白札，為最下級之上士，亦即准士官之門第，但因他本人目前尚未繼承家業且還是遊學身分，所以只受到步兵的待遇。

「真豈有此理。」

武市半平太已獲鏡心明智流「免許」資格，不但通曉儒學及軍學還足智多謀，是個足堪指揮大軍的人才，如今卻和龍馬一樣淪為雜兵。三百年來藩的組織全依階級構築，如今看來實在可笑。

起初著日常服裝前來集合的藩士各自返回宿舍，第二次集合時都已換上執行公務的正式裝束。

「這也太誇張了吧。」

有幾名上士甚至穿上祖傳的頭盔及鎧甲，簡直就像古董店的武士人偶。未帶齊武具的人則只穿陣羽織加頭盔，連這都沒有的就穿救火裝束，也不管這大熱天的，真是亂七八糟。

「武市兄，咱們雜兵該怎麼辦？」

半平太想了一會兒道：

「就穿劍道的護胸『胴』吧。」

「好主意。」

除了龍馬及半平太，從土佐來此學劍道的下級武士也都做此打扮，因此一眼望去整齊劃一，感覺竟比那些穿甲冑的武士可靠。

在道場待命的眾人自動形成幾個小團體，不外是聊些軍事上的話題。但上士就跟上士、下士就跟下士結夥，彼此白眼相向不相交談。這就是三百年來藩的風氣。眾人心裡都有成見。上士都是山內家的武士，下士則是關原之戰落敗的長曾我部手下武士。

上士團的中心人物是祿高三百石、名叫弘瀨傳八郎的人。他是藩內「北條流軍學師範」。

「然後啊。」

這是他的口頭禪。

「然後啊，檢視敵軍首級的時候呀……」

他正為年輕人講解實際戰爭情況，年輕的眾上士個個認真聽講。

弘瀨傳八郎正在解說砍下美國海軍首級後晉見藩主時的複雜禮法。北條流是德川初期由北條安房守開創的軍學，歷代山內家皆採用此流派。但內容幾乎未提及兵士的調度與操練，淨教些檢視敵軍首級之類的儀式。

「這樣能擊退黑船嗎？」

龍馬愈來愈覺火大。

第三天早晨才下令出兵。

據說浦賀港外的四艘黑船對幕府的態度十分強硬，還虛張聲勢表明，若情況不對將硬闖江戶灣甚至不惜砲轟江戶。

幕府大為驚慌，趕緊下令要那些在芝區及品川等處設有藩邸的大名對海岸嚴加戒備。

土佐藩也收到命令。土佐藩在江戶上下合計共設有七間屋敷。符合幕府之命的屋敷除芝區、鮫洲之外，還有品川的屋敷。

龍馬等人被安排至品川。清晨就整隊從鍛冶橋屋出發。

途中看見市內百姓的恐慌更勝於昨天。

「武市兄。」

「什麼事？」

「早知道就開家舊武具店。」

聽說各藩武士爭先恐後衝進江戶各處的武具屋搶購甲冑刀槍，因此這些東西的價格一下子翻了三倍。龍馬就是在消遣這些店家賺翻了。

火藥也是一樣的情形。

幕府法規嚴禁各藩在其江戶的屋敷中囤積過量的火藥，如今只得像火燒屁股般四處奔走搶購火藥，火藥的價格自然飛漲。然而絕大多數的店家都缺貨。

非常時期謠言也傳得特別快。

讚岐（香川縣）高松十二萬石的松平讚岐守一時成了笑柄。此藩奉命負責濱御殿的戒備工作，故急需火藥。偏偏鎮上所有店家已被其他藩掃購一空，早沒貨了。跑遍各處只買到二貫目，且價格還高得教人欲哭無淚。二貫火藥有多少呢？充其量就只夠一貫目大砲發射兩三發的量而已。

（與德川家有血緣關係的親藩也束手無策了。）

威風了三百年，但實際真面目也不過如此嗎？龍馬不禁感慨。

但最奇怪的要數三百年一直駐守在將軍身旁的八萬旗本軍。照理說鎮守江戶之責應由他們一肩挑起才對，幕府卻只想借助大名之力來戒備黑船入侵，稱為「直參」的近衛兵團卻放著不用。事實上是因根本不堪使用。旗本與御家人（編註：直屬將軍之武士，但無謁見資格）個個家計窘迫，僅能勉強糊口，根本籌不出錢備齊上陣所需的武具、馬匹及手下。

「武市兄，想不到幕府也沒什麼了不起。責任重大的近衛軍團現在不都一動也不動了嗎？」

「噓！」

鄉下長大的鄉士龍馬這一點讓生性謹慎的武市十分困擾。明明身為武士，對權威的敬畏之心卻微乎其微，就像上次麻糬那件事一樣，看待事物的眼光都太過犀利。

「總之，龍馬就是對權威俗規毫無敬畏之心。」

龍馬一行人到品川藩邸一看，芝區至品川一帶的海邊全都變了個樣。

諸藩管區各以印有家紋的布幔圍起，只見藩旗、旛旗及藩主馬印（編註：率領大軍的武將所用的識別標誌之一，有「旗」和「作物」兩種，有時也會使用大馬印和小馬印等多種識別標誌）之類的旗幟迎風飄搖，宛如戰國時代的合戰圖。

「好壯觀啊！」

龍馬讚嘆道。

「不過呀，武市兄，怎不見主角黑船的蹤影呢？」

「廢話！當然是泊在遠處岬角的避風處。」

「可是有傳聞說，四艘黑船中有兩艘未下錨，一直在海上來回巡邏。」

「是準備隨時開戰吧。」

一行人就在藩邸的馬場及射箭場蹲坐著待命。

這五、六十年來外國船已數度來日，但像這回同時派四艘軍艦前來的還是首見。

況且船上還設有蒸氣鍋爐可自動推進，船身以鐵板包覆，各船還裝載了二十門大砲。若四艘船上的八十門大砲同時發射，海岸上的諸藩警備隊恐將被轟成碎屑。

「這個名為培里的大將很過分，據說他曾出言恐嚇浦賀的奉行。幕府官員正個個嚇得渾身發顫哪。」

武市道。眾人聽了都對幕府的窩囊感到悲憤。

「幕府嚇得腿都軟了嗎？」

有人咬牙切齒道。

「真想把黑船上的外國人殺個精光！」

還有人如此大喊。

使幕末天下掀起激烈風雲的「攘夷論」，可謂肇始於此時。

「武市兄，你看該怎麼辦？」

龍馬如此問道。武市半平太日後為土佐勤王黨之首領，自然極力反對黑船提出的開港要求。

「先將小船划近敵艦，再衝上去殺他個片甲不留。此外別無他法。龍老弟你認為呢？」

「我也這麼認為。」

但龍馬卻突然又一臉天真地說：

「不過在此之前，真希望能乘著黑船兜兜風。我真羨慕那個叫培里的美國梟雄，才領四艘軍艦前來，就能把日本上下嚇得魂飛魄散。」

「你喜歡船嗎？」

「喜歡得不得了。武市兄，打個商量，你想不想偷偷溜出藩邸，潛上黑船去瞧瞧？」

「這可是切腹之罪啊。更何況，潛進黑船後，接下來又該如何呢？」

「就依你的計策行事呀。把船長一干人殺個精光，再拿大砲去轟其他船。」

龍馬是認真的。

傍晚時分，龍馬聽說自己有客來訪。到大門一看，竟然是千葉重太郎和妹妹佐那子。

站在門口的兩人都穿著劍道的護胸「胴」。佐那子還在高島田式的髮髻上綁了一條白頭巾。這對兄妹的模樣就像特地來殺敵復仇似的。

「發生什麼事了？」

「請讓我們加入藩邸的隊伍。」

龍馬本就少不更事，日後公認個性沉穩的武市半平太此時也還年輕。

當夜兩人夥同千葉重太郎及佐那子，四人一同摸黑溜出品川藩邸。萬一被發現，輕則切腹，重則斬首。

目標是泊在浦賀港外的美國艦隊。也就是說，他們想憑著北辰一刀流與鏡心明智流的功夫，親手拿下四艘黑船。

「也不難嘛。剛好一人一條。」

龍馬說的就像要去池塘抓鯉魚似的。劍客之子重太郎也很單純，竟滿心佩服。

「龍老弟真是豪氣干雲啊。」

半平太可沒這麼衝動。走了約莫半里路，半平太突然笑了出來。他停步道：

「我覺得我們好像上了龍馬的當。龍馬真是太狡猾了。」

說著努努下巴，指著走在幾步前的龍馬。

「為什麼？」

重太郎也停下腳步。

「他有個厲害之處。平常不多話，但只要一說，旁人一不小心就會被他牽著走。這是他的天賦異稟。竟連最年長的我也相信憑我們四人就能奪下那些黑船。不過我現已從龍馬的法術中清醒，我們回品川吧。天亮之前非趕回去不可，否則可是得切腹的。」

「你是怕切腹嗎？」

重太郎認真起來，一副生氣的模樣。

「當然怕。因為命只有一條，哪能隨便切腹。」

「那你說龍老弟究竟怎麼誆騙我們？」

「他呀……」

半平太已回頭往品川走去。

「是個船艦迷，只要提到船就瘋得分不清東西南北。他本人似乎真有意奪黑船，但絕對辦不到的啦。」

「要是辦得到呢？」

「不可能的。首先，前往黑船所在的浦賀路上，沿途都有諸藩所設的營區。幕府已明令嚴禁擅自行動，我們在路上就會遭到逮捕。」

「可是……」

重太郎環視一圈後，緊張地說：

「龍老弟不見人啦！佐那子，你快到前面找找。」

龍馬此時已領先約半丁（編註：同「町」，一丁約一〇九公尺）

的距離。

當然他壓根沒想過真能奪下黑船，他最大的希望是親眼看到黑船，哪怕只是一眼。日後將以海援隊隊長身分創立私設艦隊而捲入幕末風雲的龍馬，只要提到船，就如少年般癡狂。

「搞不好真被我逮到機會游過去奪船呢。」

龍馬如此暗想。這時背後卻傳來腳步聲。

「坂本大哥，請等一下。」

回頭一看，原來是手提印有千葉家家紋之燈籠的佐那子。她告訴龍馬，武市半平太已打算折回品川藩邸。龍馬並不特別意外。

「無所謂。你和重太郎也回藩邸等吧。我一個人去。」

「您想單獨去奪黑船嗎？」

「嗯。」

「既然如此，請帶我一起去。」

「這可為難了。」

龍馬想了想道：

「老實說，我當初說要去奪黑船只是充場面的大話。其實我不過是想去瞧瞧讓全日本為之恐慌的黑船到底是何模樣罷了。」

「就只是這樣？」

佐那子大感詫異。

「坂本大哥只為了看船，竟甘冒切腹危險嗎？」

「那也沒什麼不對。因為我喜歡船，為了看自己喜歡的東西，即使賭上性命也在所不惜啊。」

「那麼佐那子也要去看。」

「哦？妳也喜歡船嗎？」

「也不是特別喜歡啦。」

「那就請妳立刻回品川去。」

「可是，我雖不喜歡船……」

佐那子嚥了嚥口水繼續道：

「但我喜歡坂本大哥，所以我也要上浦賀去。」

佐那子說得太露骨了，連忙垂下眼簾。雖說黑暗中看不見臉上表情，但不管怎麼說，這話終究不該出自武家千金之口。

「佐那子小姐。」

龍馬喚道。

「咦？」

佐那子抬起眼與龍馬四目相接。

龍馬一臉準備使壞的表情。佐那子還來不及反應，手上的提燈就被搶過去了。

「你做什麼？」

「借用一下。我可要跑了。妳沒提燈就追不上我了吧？今晚有月亮，妳也該回品川去了。」

「喂！喂！」

佐那子還想阻止他。但龍馬手上燈籠的亮光已變小，且遠在街道那頭了。

龍馬來到神奈川村。

駐守這一帶的是藤堂藩。一個藩兵盤問道：

「你要上哪兒去？」

「浦賀。」

龍馬前後遭數名手持木棒的武士團團圍住。

「報上藩名及姓名。」

龍馬不吭聲。

他不敢報出土佐藩的藩名。報了肯定被攔住。

「乾脆卯起來硬闖吧。」

對方有四人。

這時龍馬要是鞠個躬好言道：

「諸位辛苦了。在下是土佐守之部下，名為坂本龍馬，奉藩命要上浦賀的井伊大人營部去，還請諸位放行。」

如此雖虛實參半，但或許就能大事化小，小事化無。可對方一再追問：

「藩名？姓名？」

馬龍卻只是悶不吭聲。因為自己是偷跑出來的，絕不能老實說出藩名。藤堂兵見他如此，自然覺得是個可疑份子。

藤堂兵用木棒戳戳龍馬胸口。

「真無禮！」

龍馬不禁發火。

歸根究底都要怪對方「藤堂」這個藩名。

土佐素有所謂的——

關原之恨。

龍馬等土佐鄉士自小就像聽搖籃曲似地，常聽大人說起這故事。舊當主長曾我部家因關原之戰敗北而沒落，家中部屬也一貧如洗，但又不能露骨地對勝利的德川家及新藩主山內家表現出恨意。

如此恨意自然全聚集到藤堂家了。因藤堂家雖是備受豐臣秀吉重用的大名，但秀吉一死就與家康私通，專為德川家做些見不得人的工作，於是藤堂家之家祖高虎在土佐便成了大惡人。

藤堂。

光聽到這兩個字就忍不住衝動的不止龍馬，早有先例。元和元年（一六一五）大坂夏之陣的戰役發生時，隸屬大坂方的土佐軍曾在河內八尾與藤堂軍對抗，當時眾人皆口呼「為關原之戰雪恥」並拚死猛攻，最後終於把藤堂軍打得落花流水。

「藤堂嗎？」

兒時印象的影響著實驚人。對龍馬而言，對方簡直就像故事書裡的壞蛋。

他倏地伸手握住木棒。

「你、你想怎樣？」

「想這樣啊！」

一把將對方拉近，抓住其前襟，以在日根野弁治所學的小栗流柔道掃腿動作，猛地將他絆倒。緊接著又以木棒將另兩人打倒，然後才突然驚覺：

「這下糟了！」

手持火把的藤堂兵已大嚷著從遠處趕來。

「這下恐怕要沒命了。」

如此藩名就藏不住了。

這是龍馬最不希望發生的。

他只得逃走。

他發足狂奔衝上浦賀街道，直往南跑。

到六浦時天才亮，中午便在山中小睡。抵達浦賀時已是第三天的凌晨。

龍馬攀上俯瞰得到浦賀水道的小原台，靜待日出。不久天即破曉。只見湛藍的海上浮著四艘巨大軍艦。

培里艦隊到浦賀的真正目的，龍馬得等到後來聽英國人古羅佛（Glover）提起，才知原是為捕鯨而來。

當時英美的捕鯨船隊一向是以大西洋為主要漁場，但因過度濫捕，漁貨量也隨之遞減。

因此他們必須冒險遠航開發新漁場。後來終於發現太平洋，尤其北部海域尚有大規模的鯨群。

可惜缺乏海港。若要遠離母港到此太平洋活動，就得設一貯碳站。當時雖已進入蒸氣船時代，但船上囤載的煤炭也僅夠行駛一星期。

最後選上日本列島做為補給的暫靠港。

他們本就知曉日本有絕不對外開放的鎖國政策，因此刻意展現艦隊的威容，以強行要求開港。

「天哪！」

此時龍馬對這些事情一無所知，他匍匐爬到懸崖邊。

「簡直就像鯨魚幻化的妖魔。」

他瞠目結舌地望著浮在海上的四艘黑船。

「真希望我也能擁有這種船，即使只有一艘也好啊！」

真是太天真了。就像小孩想得到玩具一樣。

「嗯……難道真沒法奪船嗎？」

不過區區四艘軍艦加上艦上的八十門大砲，幕府就已為之喪膽。我龍馬若能有一艘黑船在內海巡弋，武力就應強過祿高百萬石的大名，身為船長的我不就能睥睨三百諸侯了嗎？

「一艘就足以躋身大名之列了。」

龍馬天馬行空地想著。

「成了大名，該做些什麼好呢？」

最後竟冒出一個異想天開的主意。

「乾脆讓所有人都成為大名吧。不僅武士，讓天下的農民百姓、商人、工人都當大名，讓每個人都風風光光的。哈哈哈！那就太有趣了。源老爹一定驚訝得說不出話來吧。那麼乙女姊就是女大名了，一定很會擺臭架子吧。」

這時突然傳來摩擦草地的悉嗦聲。十名左右的武士已將龍馬團團圍住。

「喂！你在這做什麼？」

龍馬翻過身來，一臉大夢初醒的表情，微笑道：

「看黑船啊。」

接著又問：

「從這裡看得可清楚了。你們也是來看黑船的嗎？」

「少廢話！我們可是彥根井伊家的武士，負責此砲台的警戒工作。報上藩名和姓名來！」

龍馬閉口不答。

「這人行跡可疑，還是把他帶回奉行所吧。」

「等等！」

龍馬似乎想到什麼，於是站起身來環視眾人。

「你們大家想想。」

龍馬以溫柔的眼神一一凝視井伊武士並如此說道。眾人竟因這來路不明的年輕人那一抹微笑而甘於沉默。

「井伊家可是代代服膺德川家的譜代家臣之首。自三河時期以來，就以驍勇善戰而名震天下。戰國時期，只要井伊武士出場必大獲全勝。如今看諸位表情也知道個個武藝精湛。」

「哦？」

眾人皆面露狐疑。

「沒錯吧？這位老弟。」

龍馬朝其中看似身分最高的白膚年輕武士問道。

「你說呢？」

「嗯，沒錯。」

「不必謙虛。人哪，該驕傲的時候就驕傲無妨。我曾見書上寫道，井伊家自藩祖直孝以來全軍慣穿大紅護具並高揭紅旗。提到這『井伊赤備軍』，據說在世局紛擾的戰國時期，敵軍只要見到紅武士的英姿就嚇得渾身發顫哪！」

「等等，你究竟是誰？」

「別急。」

龍馬以手勢制止對方。

「我叫什麼一點也不重要。我正說到井伊家的事情。井伊家被指定負責浦賀的警備工作，可見井伊赤備軍的英勇精神仍傳承至今。在下衷心感佩。不過，諸位似乎完全搞錯了。」

「為、為什麼？」

「你們搞錯敵人了。」

這句話中龍馬不小心摻雜了土佐方言。

「敵人在哪裡？在那些黑船上呀。不是嗎？可不是我這個來此參觀黑船的人哪。把我逮到奉行所去，黑船也不會沉吧？正好，諸位皆為英勇門第之後，今天在此遇到我也算幸運，不如大夥趁機去奪黑船吧？四艘當中我們來去搶個一艘吧。咱們勝算在握。」

「這傢伙瘋了嗎？」

眾人都驚呆了。

龍馬是認真的。他計畫等天一黑，十一人一行便划著小船繞過岬角，伺機摸近黑船。

「一靠近船舷，事先挑選的五位刀術高手就脫光衣服，帶刀潛入海中，繞至另一側的船舷。趁黑船人員的注意力被小船吸引，裸體五人組就拋繩攀上船去。接下來區區西洋劍自然不是日本刀的對手，更何況咱們可是井伊家的赤備軍哪！」

「怎麼稱起『咱們』來了？」

眾人面面相覷。其中一人從剛才就一直歪著脖子滿腹狐疑，這時突然叫道：

「啊！昨晚大鬧藤堂營部的人不就是他嗎？」

「沒錯！和通告說的一樣，他操的是土佐口音哪！」

「真可疑！」

眾人以拇指推開刀鞘。

「把他抓起來！」

龍馬的努力全白費了。情急之下正準備跳崖逃走，往海裡一望卻當場愣住。

黑船動了。正朝江戶灣內行進。

「喂！大家看！開戰了！」

原本泊於浦賀港外的四艘黑船突然起錨朝江戶前進。其實只是為了進行測量工作，不過這得事後才知道。

當時大家都不知情。

不僅為首的幕府，沿岸部署的諸藩警備軍，甚至江戶百姓見狀都嚇得魂飛魄散，連忙疏散避難。

但黑船方面的真正目的也不單純為了測量。他們駛到可見品川的海面上，還發射艦上的大砲，故意以震天的砲聲嚇嚇日本人。這已非一般國際外交活動，根本是恫嚇。可見培里有多瞧不起日本人。

再沒有比這幾發關鍵性砲聲更驚天動地地改變日本歷史了。

幕府震驚之下決定逐步開國。而就在此時全國有志之士也蜂擁而起，反對開國並主張驅逐外國人的攘夷論也如烏雲般逐漸籠罩整個天下。此外，近代日本的發展也可謂肇始於這些艦砲噴火的瞬間。

上喜撰驚醒太平夢，
只消四杯即夜不成眠。

當時江戶街上到處貼滿這首不知出自何人之手的匿名諷刺文。「上喜撰」是一種上等茶，因與「蒸氣船」同音而拿來影射黑船，不過只喝了四杯，嘲諷四艘蒸氣船就使得江戶上下整晚都睡不著覺的緊張狀態。

對黑船的突發狀況最感震撼的，恐怕要屬龍馬和十名井伊武士了。因為他們身在咫尺之近的浦賀村小原台崖上。

「不好了！開戰了！」

井伊武士完全忘了龍馬的存在，只惦記著要趕回崗位，連忙各自衝下山去了。

龍馬也拔腿就跑。

「看樣子這些船是要攻擊品川。」

品川是土佐藩的營區，自己擅自離營跑到這半島尖端來看黑船，龍馬這時深感後悔。若趕不上戰爭，那可是武士最大的恥辱啊。

「不行啊，我到底怎麼了？」

他只管直衝下山，即使沒路也不管，所以一再跌倒。爬起來又繼續跑，但立刻又跌倒，最後乾脆故意邊跌邊滾，因為這樣最快。

跳上街道後，正好發現路邊繫著一匹佩有馬鞍的馬。這馬想必是方才那群井伊武士組頭的坐騎。

「哎唷，這下成了偷馬賊了。」

以短刀割下山白竹代替皮鞭，龍馬一躍上馬背即不顧一切往前猛衝。

背後傳來騷動聲，但龍馬依然頭也不回往前衝。

龍馬飛也似地衝向品川營區。若說坂本龍馬的人生自此刻正式起飛也不為過吧。

來到品川附近時，龍馬便自馬背跳下。這時正好有個驛站的馬夫打此路過，龍馬叫住他並塞了些錢給他。

「幫我把這匹馬牽至浦賀的井伊營區附近，隨便綁在路旁的松樹。萬一被發現，可別多嘴描述是什麼樣的人叫你這麼做的啊。」

總算平安返回品川。

一回到藩邸，武市半平太就迎上前來說：

「奪下黑船了嗎？」

「不奪啦。」

「你偷溜的事我已向組頭瞞天過海解釋過了。你只要靜靜歸隊做該做的事即可。」

「感謝，感謝。組頭一定很生氣吧？」

「倒沒生氣。」

「那是為什麼？」

「說來還真意外。藩邸的名冊本就沒坂本龍馬這名字。組頭查了之後還驚訝地說：『有這人嗎？』事情就是這樣。」

「要我啊！」

事情就這樣過去了。

不過，自己不在藩邸的那幾天內，下級武士之間的氣氛卻有了相當大的變化。龍馬對此十分驚訝。

簡直已到了殺氣騰騰的地步。

一聽說黑船目中無人的恫嚇之舉就群情激憤。

「應該攘夷啊！」

「幕府怎麼這麼窩囊呀！」

「只要奮力一戰，讓他們瞧瞧日本刀的厲害，全世界的蠻族就不敢再來侵犯日本了。」

龍馬也完全支持攘夷論。日後，他雖自某時期開始轉變為開國論的支持者，但以此時的情勢來看，若身為武士又不支持攘夷論者可說不配當男人。

當時的日本人除極少數例外，人人都對外國毫無概念。當然，這是三百年的鎖國政策導致的社會現象，不是因日本人缺乏智慧。

攘夷論興起是理所當然的，只要設身處地想想就不難了解。

陌生人突然撬開玄關闖進屋來，強行要求做朋友，甚至還掏出凶器恐嚇。鞠躬哈腰輕易屈服的人才不正常吧。

哎，算了。

我們也該讓龍馬脫離此次的黑船騷動事件了吧。

事實上，此次的黑船騷動事件不久即平息。因龍馬回到品川藩邸兩日後，黑船便起錨離開日本了。

諸藩的戒備狀態也隨之解除。

龍馬返回江戶，再度把全副精神投入劍道的學習。

然而，八月接近尾聲的某日，鍛冶橋的藩邸突然來了一位意外的訪客。

是竊賊寢待藤兵衛。

「哎呀，好懷念喔。」

龍馬說著將他迎進宿舍。藤兵衛確定四下無人後，突然低聲道：

「大爺，有件事想求您幫忙。我這話問得實在沒頭沒腦，不過，您敢殺人嗎？」

紅座燈

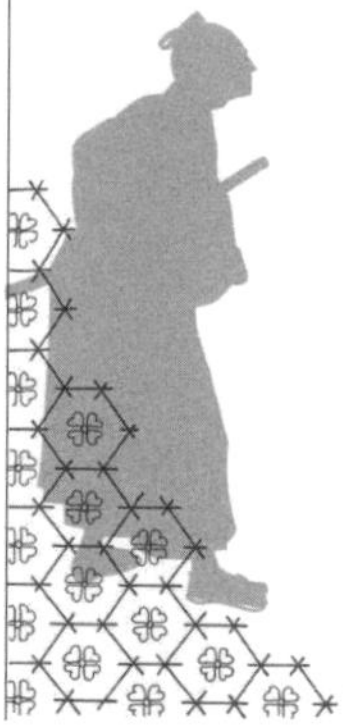

秋蟲不知躲在何處鳴唱。雖是清晨，這日藩邸內卻不知為何靜得詭異。

「殺人？」

不妙。

「殺誰呀？」

「這人大爺您也認得。喏，就是在伏見寺田屋拉開咱們房間門查看的那個浪人。哎呀，請您回想一下吧。衣服上有六箭穿心家紋……」

「想起來了。那個六箭穿心呀！我們在參州（三河）吉田驛站的茶館吃麻糬時，他也出現過，對吧？」

「是呀，沒錯。」

藤兵衛舔了舔下唇。

「對了，在伏見寺田屋時，小的曾針對那浪人做了一番猜測，您還記得吧？」

「抱歉，這就不記得了。」

「我應該是這麼說的：『那傢伙定是因殺了人而正亡命天涯。』」

「你會看面相嗎？」

「我做這行啊……」

藤兵衛苦笑道：

「都已經二十年了。寫在人們臉上的字，我即使不想知道也一看便知。這也沒什麼好自誇的啦，不過真被我說中了。」

「……」

「不知六月的哪一天，反正就是黑船事件鬧得正凶的時候。總之您就當我是到某個『岡場所』去玩吧……」

「行啊。只是，藤兵衛，那個岡場所究竟是啥玩意呀？」

「真不敢相信！大爺，您還真是鄉下人哪。」

「還說我咧，你自己才是小偷呢！」

「等等，先別鬥嘴。我先請問，您知道吉原是什麼樣的地方吧？」

「聽是聽過。」

「您的話真不可靠。這吉原乃是江戶府內特許的青樓區，不過岡場所就沒法如此招搖了，得避開官差耳目掙錢。」

「意思是指私娼寮嗎？」

「就這麼回事。我溜進那地方，叫了個姑娘。沒想到那姑娘卻很怪，害我整晚提不起興致，竟白白和她說了一整夜的話。」

「怪？怎麼怪法？」

「她實在太美了。在我這種下等人眼裡，簡直美若天仙。我想事情並不單純，就問她：『你是武士家出身的吧？』起初她還否認，一副不想談的模樣。我一再追問她才漸漸鬆口。果真被我料中。而且淪落風塵還不到一個月呢。」

「我知道了。劇本應該是這樣寫的吧。這姑娘正在找尋仇家，而你從談話中得知她的仇家應該就是那個六箭穿心，於是你想叫我助你一臂之力，是這樣沒錯吧？我雖是個鄉下武士，這點直覺還是有的。不過，藤兵衛，與其幫那姑娘報仇，不如先設法替她還債贖身，讓她重新做個正常人吧？」

聽藤兵衛細說，才知道那姑娘人在深川仲町，以小鶴之花名賣笑。

她本名叫阿冴。京都東郊的山科有座供奉毘沙門的佛堂，他父親就是該佛堂住持手下的武士，名叫山澤右近。

「公家（編註：出仕朝廷之公卿）和尚的手下武士嗎？」

龍馬之所以這麼說，是因這寺院非比尋常，曾有親王在此出家當住持，且歷代在此寺出家的親王都必成為天台宗的最高座主，可見其寺格之高。

這位山澤右近在京都是知名學者，很早就提出尊王賤霸之主張，經常煽動原本對政治不感興趣的親王及朝廷公家眾。

「朝廷才應該是日本的中心。」

從幕府的角度看，右近無疑是個散播異端邪說的頭痛人物。幕府駐京都的總奉行所京都所司代早已將他列為頭號危險人物嚴加監視，沒想到右近卻於前年四月在近衛殿側門前被殺。

「哎呀，一定是所司代的官差殺的吧。」

殿上公卿私下如此盛傳。但事實並非如此。

調查之後發現只是單純的私人恩怨。

京都有位仙台伊達家的浪人名叫信夫左馬之助。

這人是無眼流（以反町無格為祖師）的高手，更早之前就流浪至京都，一直寄身於柳馬場綾小路十字路口向南走的一刀流道場柳新館，與門生練習對打。但如此終究不足以糊口。

無奈之下只得設法到朝廷或寺院謀職。他透過所司代的官差，向最具權威的九條家關說。沒想到山澤右近卻對這號人物的來歷知之甚詳。

「信夫左馬之助是在奧州仙台殺了人才浪跡至此的。何況還是因刀術關係而與所司代官差過從甚密。這種人要是讓他住進公家宅邸，豈不正如引狼入室。」

右近都一把年紀了，但說話似乎仍十分輕率。

有傳聞說右近逢人便如此評論，沒想到消息輾轉傳入左馬之助的耳裡。一天夜裡，他特別去找京都奉行所與力，同時也是他的刀術同好渡邊剛藏。

「我要殺了右近！」

左馬之助眼神篤定地說。

剛藏是個狡猾之人。

他默不作聲。在剛藏眼裡，左馬之助個性偏執，何況才十來歲就有殺人潛逃的經驗。有過殺人經驗的男人在精神上必留下不良影響，剛藏相信信夫左馬之助一定會如言殺了右近。

但他卻故意保持沉默。

後來，左馬之助一連數日跟蹤右近，終於在四月的某個雨夜，趁右近甫步出近衛殿邸時下手。

「奸人，受死吧！」

說著一刀砍倒右近。右近當場死亡，身首僅剩一小片皮相連，可見左馬之助心中憎恨之強。

「藤兵衛，這人武功相當強哪。」

龍馬抱臂說道。

總之是要報仇。

藤兵衛的要求是請龍馬拔刀相助，幫岡場所那名妓女報仇。

「我了解了。」

龍馬點頭道。

「路見不平拔刀相助，自古以來就是武士應有之志。讓我見見本人，受她親口請託吧。」

「真是太好了！」

「你還真愛多管閒事。」

「其實我呀，已替大爺您接受那女人的請求了。」

「你是怎麼說的？」

「我告訴她，我家主人乃是土佐的坂本龍馬大爺，要找人代為報仇，我家主人就是最佳人選。」

「你竟然說我是你主人？」

「哎呀，這沒什麼不妥啊。總之，請您及早準備，我陪您到深川那地方去。」

兩人一同出了門。
無垠的江戶天空但見兩朵大浮雲。
「秋天到了呀。大爺。」
「秋天很好，沒問題。只是咱們到深川是正中午，那地方中午去恰當嗎？」
「哎呀，咱們可是客人哪！有什麼關係。」
「……」
龍馬環抱手臂走著。藤兵衛說的那地方，除了那名女子，似乎還有個十七歲的弟弟，名叫市太郎。
兩年前姊弟倆一同踏上尋仇之旅。但因山澤家之親戚皆為京都人，不喜復仇這類逞強鬥狠之事，贊助的盤纏自然也少得可憐。
兩人住在深川西町的與兵衛屋，四處打聽仇敵行蹤。不久，市太郎因肺癆臥病在床，生活隨即陷入困境，姊姊阿冴最後只得下海賣身。
「對了，那個六箭穿心究竟叫什麼名字？」
龍馬邊走邊問。
「叫信夫左馬之助。」
「他人確實在江戶嗎？」
「這呀，只要找我朋友幫忙，立刻就能查明。」
兩人終於抵達深川仲町。
此處全名為永代寺門前仲町，是深川岡場所中首屈一指的花街，除七、八十名藝妓之外，還有多達六十名的娼妓。藤兵衛如此說明。
龍馬事先把錢交給藤兵衛保管，兩人一同走進一家名為「吉屋」的房子。房間位於二樓。
藤兵衛好像在樓下與人交涉，一直沒上來。
「到底在做什麼呀？」
龍馬以頭枕臂躺下。這時有人輕輕拉開腳邊的紙門。
「藤兵衛嗎？」
「……」
對方並未回答。他微微張開眼睛，映入眼簾的卻是緋紅與白組合的炫目色彩。

女人中規中矩地關上紙門後，雙手各以三指觸地，深深低頭行禮，久久未將頭抬起。龍馬害羞地搓著臉道：

「不必多禮。」

他瞥了女人一眼。臉蛋稍嫌單薄，卻有著京都女人應有的白皙。正如藤兵衛一再強調的，雙眸十分動人。

「我是阿冴。」

她不提自己花名，也不用花街特有的語調說話，表示她此時並非妓女身分，而是以山澤右近之女的身分來見龍馬。

「我叫坂本龍馬。」

「我聽藥商藤兵衛大爺提過。」

「聽說妳想報仇？」

「是。」

她個性似乎十分堅強，一雙眼睛直勾勾地盯著龍馬。

「難得京都人也有如此決心。」

若為武家，報了父仇才能回歸主家，有時俸祿也會隨之增加，換句話說可能多少是為了得到好處。但既是寺院住持家的武士，就不可能如此奢望了。即使如此，這女子仍一心一意想報父仇，龍馬才會對她有興趣同時也頗受感動。

「您願意幫我嗎？」

「是，我答應妳。雖不知對方能耐如何，但大致上有我應該就夠了。」

一會兒酒菜來了。大概是藤兵衛吩咐的。

龍馬不要女人為他斟酒，完全自己來。連喝幾杯後……

「報仇固然重要……」

龍馬現在比較不緊張了。

「但離開這種地方更重要。為報仇而淪落風塵，實在不成道理。妳父親在九泉之下見妳如此犧牲，一定也不會高興。」
「可弟弟生病了，我實在別無他法呀。」
「我還是個學生沒什麼錢，不過究竟要多少錢才能為妳贖身呢？」
「……」
女人並未回答，大概是認為說了也於事無補吧。
「九兩夠嗎？要是夠的話，我這邊剛好有。」
龍馬伸手在懷中摸索，這才想起方才已將荷包交給藤兵衛保管了，於是作罷。他臉上表情實在天真。
阿冴忍不住輕笑。
「嗯，九兩根本不夠。不過我也不希望您為我這麼做。」
「說的也是。或許真是如此，因為對人過度親切便與壞事無異。」
「坂本大爺。」
「什麼事？」
「阿冴很高興，不過阿冴卻無法報答您。阿冴唯一能做的就是陪您共寢了。」
「那可不成。」
「反正阿冴本來就是靠此維生的呀。」
「不成。這問題出在我身上。因為家父再三叮囑要戒女色。況且我對男女之事雖曾耳聞，但究竟該怎麼做，其實尚一知半解。」
「就讓阿冴教您吧。」

「這不成。」
龍馬頓時面紅耳赤。
「為什麼呢？」
阿冴微偏著頭，故作正經地問道，但心裡完全不是這麼回事。她其實既驚訝又覺得好笑。
「這人怎會如此呢？」
她差點忍俊不住。
方才還豪氣干雲地說要幫自己報父仇，聽到自己願陪他共寢卻又百般推拖，彷彿突然變了個人似的，甚至害臊得滿臉通紅。

「是不是跟我同年生的啊。」

但也實在太沒經驗了。阿冴自覺比他成熟，有意撇開自己的職業，以一個姊姊的心態為他性啟蒙。阿冴淪落風塵雖事出有因，但或許也因她本對此事特別放得開。

「那麼，坂本大爺，關於阿冴的身世之事就到此為止。接是來我想以花街妓女小鶴的身分服侍您。」

「這樣也不成。」

說實在的，打從進了房間，龍馬就不知該把視線往哪裡放。房裡鋪著鮮豔的被褥。提到被褥，龍馬只見過僵硬的藍染棉布寢具或紙被褥，而這裡的寢具簡直就像大名用的奢侈品，整套都是絲綢做成的，彷彿一握就會在手中溶化。

「那又是為什麼呢？」

阿冴移動雙膝朝龍馬挪近，並將手放在龍馬膝上。

龍馬收緊小腹極力忍耐。畢竟他才十九歲。

「大爺。」

阿冴抬頭望著龍馬道。

「這沒什麼難的。小鶴會溫柔指導您的。」

「不要！」

「一定要。以龍馬大爺這年紀，先學起來一點也不足為奇呀。」

「我偏不要！」

「這可不是什麼要不要的事情，而是男女之間自然發生的事情。您別太固執嘛。」

「……」

「難道龍馬大爺不喜歡女人嗎？」

「喜歡啊。」

「那不就好了。」

「可我不喜歡做這檔事。」

「雖然您這麼說，但這事可是人人都做的呢。」

「真是太為難我了。」

龍馬摸摸腰帶，掏出一個荷包模樣的皮製小袋子。

「那是什麼呀？」

「是護身符。這裡面寫明不得如此。」

龍馬笨手笨腳地解開繩子，從中取出一張疊得小小的土佐紙來，然後小心翼翼地打開。

阿冴湊過去一看：

「哎喲！」

她差點笑翻了。

「這人真怪……」

難怪阿冴忍俊不住。

龍馬剛從護身符掏出來的紙片，實在太不適合在此花街柳巷中展示。紙上是他那大老粗父親八平的筆跡，交代的內容如下：

一、片刻不忘忠孝及修業第一。

二、愛惜各種器具，不浪費金錢。

三、耽溺於情色之事而忘記國家大事的錯誤，絕不可犯。

以上三點應牢記於心，致力修業以求光榮返鄉。

此致龍馬

癸丑年三月一日

老父

龍馬不悅地說：

「這有什麼好笑？」

「對不起。可是坂本大爺拿出來的東西實在太好笑了嘛。」

她依然強忍著笑。

「不過令尊真是位好父親。阿冴已經好幾年沒笑了。」

「我來這裡可不是為了讓妳笑的。我是特地來商量復仇之事的。」

「是，是。」

她像哄小孩似地說。

「不過，代我復仇之事也好，護身符也罷，都先擺在一邊別管吧。令尊指的是耽溺於情色之事，那麼只要不耽溺於阿冴不就成了嗎？就讓阿冴好好教您如何不耽溺吧。」

「不過現在不成。」

「為什麼？」

「我才十九歲，可不想這麼年輕就成了好色鬼。」

「那要等到幾歲才行？」

「嗯，時候到了再告訴妳。」

「一言為定唷。」

阿冴伸出小指頭，龍馬沒辦法只得也伸出小指頭。阿冴把小指頭勾上龍馬的小指頭說：

「來，現在開始，不管發生任何事，都不許碰其他女人喔。因為我們已經約定，第一次一定要由阿冴我來教您。」

走出那屋子，龍馬立即掏出手帕擦汗。

離開鬧區沿小名木川往西走了一陣子，寢待藤兵衛不知從哪冒了出來。

「嘿嘿，怎麼樣啊？」

說著還露出猥褻的笑容。

「什麼怎麼樣？」

「別裝蒜啦。您是第一次上那種地方吧？感覺怎麼樣啊？」

「可惡！」

龍馬停下腳步，心想，這該不會是藤兵衛為了騙自己去買春而一手導演的鬧劇吧？

「您，您別搞錯呀。您的眼神好可怕。小的絕對沒騙您呀。」

「是嗎？」

十天之後，龍馬才了解這一切果真不是藤兵衛和阿冴聯合起來騙他。

這天，武市半平太要回家鄉，龍馬為了送他到品川，天沒亮就離開鍛冶橋的藩邸，沒想到才走出門，藤兵衛就從暗處鞠躬哈腰地湊上前來。

藤兵衛說他把事情告訴江戶的朋友，請他們協助搜尋，終於發現阿冴的殺父仇人信夫左馬之助的落腳處。

「在哪裡？」

龍馬問道。藤兵衛不改其竊賊本性，微踮腳尖道：

「借一下耳朵。」

說著就想把嘴巴湊近龍馬耳朵。這下龍馬可為難了。因兩人若私下耳語，對同行的武市半平太而言實在過於失禮。

「大聲說吧。」

「可是，旁邊那位大爺……」

他目光掃向一身旅裝的武市。

「是什麼人呀？」

「啊，太好了，正好幫你們介紹。武市兄，您雖精通唐土的聖賢之學，但結識這一行的人也不錯喔。」

「什麼職業？」

半平太不管對誰都是謹慎而中規中矩的態度。龍馬不懷好意地笑著說：

「呵呵，是竊賊啊。」

「這、這不是真話。正如您所看到的，我是個老實的商人，從年輕時代就周遊列國，四處賣藥維生。」

「原來如此，我叫武市半平太，幸會。」

武市不動聲色地鞠了個躬。以武市閱歷之豐，隨便也看得出對方並不是單純的賣藥商人。

「對了，藤兵衛，你應該多親近這位武市大爺。他是位劍道高手，據說他功夫了得，在蜊河岸的桃井道場無人能及。喔，你剛說信夫左馬之助在哪裡落腳？」

「本所鐘之下的偏僻處有間無眼流道場玄明館，館裡有個名叫大岩銀藏的浪人，負責教導附近的武士或對劍道有興趣的百姓。看來此人即為信夫左馬之助。」

「確認過了嗎？」

「我昨天在道場附近晃了半天，相貌果然沒錯。」

「這事你對那女人說了嗎？」

「還沒。我想先跟您商量，看是要約出來對決還是直接殺進去？此外又該如何向奉行所呈報？是要隱藏那女人真正身分讓她直接以妓女身分復仇，還是讓她以良家婦女身分復仇？」

「你考慮得還真周到。」

自那日起一個月過去了，如今已是深秋。

龍馬並未忘記本所鐘下那件事，只是另有苦衷。沒錢。

為那女人報父仇當然是好事，但採取行動之前若不先為阿冴贖身便失去意義。龍馬如此認為，卻苦於沒這筆錢。

就在這期間，藤兵衛突然到桶町的道場來找龍馬。

「大爺，大事不好啦！信夫那混帳東西似乎察覺了，正企圖主動攻擊大爺您啊！」

龍馬卻將這話置諸腦後。

江戶的秋天更為淒清。

這天，龍馬在桶町的千葉道場練完劍後，重太郎說家住銚子的弟子送了酒來，兩人於是對飲起來。

龍馬喝了約莫兩升，回過神來才發現太陽都下山了。

「糟了，要錯過門限的時間了。」

說著站起身來。不料卻輕飄飄地站不穩。重太郎擔心地問道：

「沒問題吧？」

「什麼話呀！」

他邊笑著邊走了出去。後來佐那子又擔心地說：

「坂木大哥沒帶提燈，該怎麼辦呀？」

「對喔。」

重太郎最了解佐那子，因此立刻察覺她的心意。

「妳帶五平送他到鍛冶橋御門吧。以他那種腳程應該還沒走到南大工町吧。」

「是，我立刻追上去。」

佐那子動作很快。

她立刻做好準備，要小廝五平帶著提燈隨她一起衝出門。

兩人來到畫師狩野探原邸的牆角時，終於看見前方站著一個狀似龍馬的人影。

「情況好像不太對。」

他被三個浪人打扮的男人團團圍住。佐那子感覺大事不妙，便對五平說：

「五平，把燈吹熄。」

自己周遭隨即陷入黑暗。

這時聽見龍馬低聲喝道：

「你是說有人要見我？」

「要不了多少時間。那位仁兄就在那邊的薪河岸等著，請閣下過去一趟。」

「嗯。」

「請吧。」

「嗯。」

龍馬邁開步子。他把左手縮進衣袖，暗中抓住刀鞘口，打算拔刀就砍。

龍馬起初在小栗流學劍時，曾習得瞬間拔刀攻擊的拔刀術，後來以此為基礎繼續鑽研，如今已有相當的功力。在雨滴自屋簷導水管滴落地面之前，龍馬能三度將水滴對切成半。

「這幾個人應該是信夫左馬之助在本所鐘下開的那間小道場的門生吧。」

龍馬如此估算。因此對方一提出要求，他便毫不猶豫地依言前往薪河岸。

前幾天藤兵衛來報。

——信夫那混帳東西似乎察覺了，正企圖攻擊大爺您！

果然沒錯。對手信夫左馬之助因是戴罪之身，故更為敏感。想必是藤兵衛的朋友在鐘下道場附近鬼鬼祟祟時被左馬之助發覺，他才決定先下手為強吧。

月亮似乎已自背後升起，只覺腳邊突然轉亮。
此處俗稱薪河岸，顧名思義，這一帶處處堆滿如山的柴薪，只留下幾條僅容一輛板車通行的窄小通路，且彼此如迷宮般交錯。
龍馬走到成堆的柴薪之前便停下腳步。萬一在如此狹窄的通路上遭襲就無法防守了。
「那位仁兄在哪裡？在河岸嗎？」
「沒錯。」
「好像是搭船來的。」
龍馬有此預感。他拿起一束柴薪扔在陰暗的地上，一屁股坐上去。
「我就在這裡等。把他帶過來吧。」
「不，這可不成。」
「把他帶過來！」
龍馬瞪大雙眼道。
「把人叫到這種地方來的男人肯定不是什麼好東西。不過我生來家世背景良好，從未見過這等惡人，這對我來說倒挺有趣的。就叫他到這裡來，讓我就著月光仔細端詳他的長相吧。」
「你這傢伙！」
「既然你們不答應，那我可要回去了。」
其中一人趕緊往前衝，大概是去叫那人出來吧。
另一方面，躲在暗處的佐那子一直在觀察那幾個男人。
「這下可麻煩了。」
她心中暗叫不妙，隨即轉往別處藏身。她畢竟是刀客之女。得選個好位置，萬一那幫人對龍馬出手，自己才好出手幫忙。但只靠自己終究不放心，便對五平道：
「五平，憑我一人之力恐怕制服不了。你立刻趕回去叫我大哥來，別忘了把我的木刀也一起帶來。」
「小姐也要跟這些人打架嗎？」
「別無他法呀。」

「您別亂來。這樣將來沒人敢來提親呀。何況萬一傳出去，桶町千葉的名聲就完啦。對方好像是品性不良的浪人哪。」
「五平，你照我的話去做就對了！」
「是。」
五平莫可奈何，只得依言離開。
龍馬背倚著巨大的柴薪堆，好整以暇坐著賞月。
不久，突有一個人影從後面的柴薪堆跳了出來。
應該是方才那個男人。
他後面又出現這幫人稱為「師傅」的修長人影。人影停在距龍馬六尺遠處。
「你是坂本吧？」
那人低聲道。
「我叫你到這裡來，是希望你別多管閒事，聽我的忠告，從今後別再插手了。懂嗎？」
龍馬依然坐著不動。沉默半晌之後才道：
「你是信夫左馬之助嗎？」
說著抬起臉來。
「我跟你似乎很有緣喔。左馬之助。在寺田屋打過照面，在參州吉田的茶屋也打過照面。哎呀，一見你這張被月光照得清清楚楚的臉，還真有些勾起我的懷念哪。」
「你耍我嗎？」
「只是跟你打招呼呀。」
「哇！」
躲在暗處偷聽的佐那子見龍馬長於鬥嘴，既感到意外又忍不住佩服。
「聽說你在京都……」
龍馬繼續道。
「殺了一個毘沙門堂家的武士，名叫山澤右近。但所司代及奉行所似乎是共謀，故你竟未受拘捕且得以逃離京都。」
「……」

「沒錯吧？」

「龍馬，關於這件事……」

信夫稍一遲疑，但似乎終於下定決心。他將右腳往前跨出一步之後，又跨出左腳，以奇怪的步伐將雙方距離縮為五步。如此距離，若雙方拔刀決鬥，立時便可分出勝負。

「聽說你要幫那個名叫阿冴的姑娘報父仇。我還是直說吧。希望你別插手。你若堅持插手，那只好在此與你拔刀對決了。」

「要我不插手可以，只是那阿冴該怎麼辦呢？」

「叫她安分點，別再想著報仇就成了。若繼續糾纏，就別怪我手下無情。因為殺死尋仇者也算武士的正當防衛。我可不是求你去阻止那對姊弟來尋仇。只是，這麼一來山澤姊弟和你三人才能保住性命。」

「你知道阿冴人在哪裡嗎？」

「在深川的仲町。」

左馬之助十分清楚。

「見過她了嗎？」

「我是沒見過。不過我手下去過，不僅見到，還買了。」

「買了。」

「嗯，據說好好玩了一場。」

「什麼？」

「這有什麼好驚訝的。她就是賣笑的，只要花錢，任何人都能上她。聽說阿冴不知對方是仇家，還好生溫柔伺候哪。」

龍馬勃然大怒。哪有人如此糟蹋他人的尊嚴！

「畢竟阿冴是個妓女。」

以此維生自然可憐，但也不由得感到不潔。總之就是生氣。不知是因憎恨阿冴，還是因憎恨這些無恥玩弄阿冴的男人。龍馬自己也搞不清楚。

「喂，左馬之助。」

龍馬回過神來時，發現自己已站起身來。

「我接受你的挑戰。」

老實說龍馬長到十九歲還沒打過架。別說打架，他小時候就連出去玩也總是被同伴弄哭，還一路哭回家。因此正確說來他不是不愛打架，而是不會打架。

以前乙女姊及其他人都替他打抱不平。

「龍馬少爺，男孩子偶爾也得打打架呀。」

甚至教他怎麼打架。但當然從沒實際派上用場。

十五、六歲行了成人禮後，龍馬的相貌、體格及個性都有了轉變，簡直和當年的愛哭鬼判若兩人。但也沒聽過長大還打架的傻蛋，所以再也沒機會打架了。

不過眼前包圍自己的四個人可不是一般的對手。

信夫左馬之助開的雖是偏遠地方的小道場，好歹也是收有弟子的道場。後面那三人似乎是他徒弟，但顯然個個都使過真刀實槍。

「再問你一次。山澤姊弟那件事，你還是堅持不撤手嗎？」

信夫說著把手放在刀柄上。

「別再說了。我一點都不想再聽到那件事。」

「意思是說你要撤手了嗎？」

「不撤！」

信夫板起臉來，一會兒才說：

「那就只好殺了你！」

其中兩人應聲機靈地繞至龍馬背後。

「唰」地四把刀同時出鞘。龍馬運氣不錯，月亮適時躲入雲中。

龍馬迅速往柴薪堆倒退三步，整個人幾乎都靠了上去，並讓左肩盡量貼近柴薪堆。

但仍不拔刀。

「他是想使拔刀術。」

躲在暗處的佐那子知道。但她實在沉不住氣。大哥千葉重太郎應該已經接到五平的通報了，怎麼到現在還不見人影？

「該怎麼辦呢？」

她再怎麼剛強到底還是個女孩子。一看到真刀就不禁雙腿發軟，連手都不聽使喚了。

「我怎麼手腳全亂了？」

話雖如此，她的頭腦卻異常清醒。滿腦子都是龍馬和左馬之助提到的那個名叫阿冴的深川妓女。

「坂本大哥迷上這個妓女了吧？」

真討厭，佐那子心想。她知道道場的年輕門生常到那種不正經的地方，也曾聽他們露骨吹噓自己睡過的妓女有多美。沒想到龍馬也跟那些人一樣，甚至比他們還糟，因為他竟迷上那妓女。兩人交情還深到願意為她報父仇的程度，看來龍馬雖年紀輕又是個鄉巴佬，但竟是個荒唐的浪蕩子。

「呀——」

背後一人猛撲上來，往龍馬右側砍下。就在此瞬間，龍馬手邊突見白刃一閃。

佐那子忍不住閉上眼睛。

張開眼睛時，卻見方才動手的那人躺在地上呻吟。似乎是被刀背砍斷肋骨了。

「好厲害！」

佐那子不禁瞪大眼睛。

佐那子抬頭一看，夜空雖清朗，仍有雲朵快速移動，月亮因而忽隱忽現。

龍馬顯然正巧妙地利用如此月光。

月亮一出現周遭便亮起，這時龍馬就定住不動，藉柴薪堆掩護身影。

「咦？」

當對方倉皇搜尋龍馬身影時，月亮又躲入雲間。這時龍馬便趁此陰暗時機，從對方意想不到的地方蹦出來，打他個措手不及。實在很會打架。

對方已有三人被打倒。

個個都被刀背打斷肩骨、肋骨或手腕，正躺在地上呻吟。
不愧是信夫左馬之助。雖只剩自己一人，但他仍毫不慌張。他刻意把刀垂下，擺出「下段」架式以引誘龍馬上鉤，同時緩速繞著龍馬移動。
他似乎已發現龍馬行動的訣竅。只要月亮出現，龍馬就會定住不動，接著只要趁他不動時撲上前去一刀砍下即可。
這時月亮又被烏雲遮住。
一會兒又出現了。就在這一瞬間，左馬之助猛然上前喝道：
「看刀！」
一刀朝龍馬砍下。
不料整堆柴薪竟應聲崩落。原來左馬之助那刀只砍中其中一根柴。
「你真卑鄙呀，坂本！」
「別胡說。我剛剛本可一刀將你砍成兩半的。之所以手下留情，完全是為了武士之情份，我要把你留給那對姊弟。」
龍馬竟意外地出現在左馬之助身旁。
「你這傢伙！」
左馬之助一步步逼上前，並不斷揮動手中的刀。龍馬則輕快地退後，等左馬之助砍下第四刀時，龍馬才使勁格開。那力道大得驚人。
「信夫，你這點本領，竟也敢開道場收門徒呀！」
龍馬打從心裡失望地說。這時突然傳來腳步聲，並出現提燈的亮光。
是千葉重太郎。他把提燈交給五平，衝上前來喊道：
「龍老弟，我來助你一臂之力！」
「不必了。已經解決了。」
龍馬收刀入鞘。
「信夫，方才聽你說起對待阿冴的方式，心裡不快而一時衝動。不過這下子氣也消了。我也不再多事幫她報父仇了。不過你也該放過山澤姊弟。只要你不再對他們出手，他們也不會來尋仇。」

「山澤姊弟的事我知道該怎麼做了。」

「多謝。」

龍馬朝對方低頭一禮。

「不過……」

信夫道。

「龍馬，今晚的比試得另做了結。這筆帳就先記著。先警告你，我生性固執，等我再琢磨功夫之後，還會來找你。」

「這些傷者該怎麼辦？要我叫傷科大夫來嗎？」

「這不勞你操心。」

左馬之助往鎮上走去，大概是去請醫生吧。

二十歲

這一年已接近尾聲。

嘉永七年（安政元年）一揭開序幕，龍馬就二十歲了。

龍馬內心有些感慨。

「坂本家的愛哭鬼也二十歲了嗎？」

總覺得不該再妄自菲薄，因自己已是個堂堂成年人。

這時龍馬已從鍛冶橋的藩邸遷至築地的藩邸。不僅龍馬，幾乎所有年輕藩士都被安排遷至築地及品川兩處的下屋敷。

這是土佐藩為預防黑船入侵江戶灣所採取的戰備措施之一。不但長期派駐固定人數駐在這兩處沿海屋敷，同時取得幕府許可，陸續在品川修築砲台。

從鍛冶橋屋敷搬至築地屋敷對龍馬而言實在不便，因此處距桶町的道場較遠。

「龍老弟，這樣你很不方便吧？不如乾脆搬來道場住吧。」

重太郎如此建議，因此龍馬便向管理的組頭提出申請。

「沒問題啊。不過一旦有事，你得立刻趕來。還

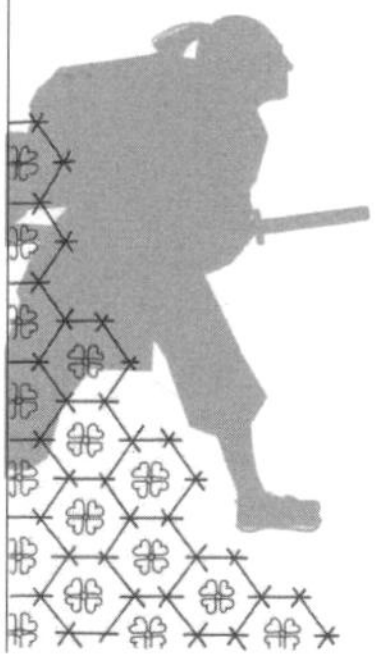

有，請你三天回藩邸報到一次，這樣就沒問題了。」

沒想到組頭答應得如此爽快。

原因在於龍馬是上江戶學劍的學生，只被編入藩的臨時警備隊員，反正也不是領俸祿的正式武士，又只是鄉士的小兒子，簡單說來就是私費的江戶留學生身分。估且不論將來，藩方面目前並未對他寄予特別的期望。

龍馬於是住進桶町的千葉道場。最高興的就屬老師傅千葉貞吉了。

這位老師傅自去年夏天開始身體狀況就漸走下坡，醫生已禁止他進道場。

「我說呀，龍老弟。」

貞吉老人與其兄周作不同，十分平易近人。他最近也學兒子重太郎和門生們這麼叫龍馬，而不叫他坂本或龍馬。

「我大概來日不多了。不過即使平常行動不穩，但大約兩天總有一次覺得身體較清爽活絡，感覺就像回到年輕時代。奇怪的是，這多半發生在半夜。既然你住進來，我就可以隨時叫你上道場了。我希望在這一年內，把北辰一刀流的最高劍法傳授給你。」

重太郎當然很高興，但佐那子的反應卻有點怪。

起初聽大哥重太郎說龍馬要住進道場，還興奮得跳起來大喊：

「好開心喔！」

「笨蛋！」

還遭重太郎如此責罵。然而她對龍馬的態度卻很奇怪。

龍馬回想，如此態度的轉變是在上回薪河岸事件之後。比方說，早上龍馬向她打招呼：

「早啊！」

佐那子卻故意別過頭去不睬他，有旁人在場才勉強回禮，但總覺得態度有點疏遠。

真是的，說到這個佐那子，好像看到我就會髒了她的眼睛似的。連在屋裡與她錯身，她也趕緊垂下眼簾加速通過。

「真傷腦筋呀。」

龍馬心裡也不知如何是好。

「大概是聽到我上深川花街買女人，甚至答應幫對方報父仇，而打從心裡瞧不起我吧。」

對此龍馬無法釋懷。無論在何種情況下，他都不希望被女人瞧不起。或許每個男人都會這麼想，不過龍馬少年時期特別受到乙女姊的薰陶，因此這種感覺更為強烈。

其實龍馬內心住著一尊發光的聖像。要說是觀音像也無可厚非，因不知為何，此發光聖像的確擁有女性的形象。

打從龍馬出生，想必此發光聖像就一直住在他的內心。不過雕琢此發光聖像，為其加上五官，添上衣飾，甚至雕出手指、腳趾的，卻是龍馬唯一的老師乙女姊。或許因此，就雕出了一尊女性聖像。

這尊聖像一直監視著龍馬，以其女性的目光監視著。「做個好男人！」有時促狹地望著龍馬，有時又以極其寬容的眼神微笑地凝視龍馬。龍馬對此女性聖像深深著迷，因此不得不向她伏首稱臣。

然而……

然而還是有讓人困擾的情況。

這觀音像的面容有時會改變。原則上是觀音像，卻會依不同時機而變得像某人。

當然最多時候是像雕塑者乙女姊，但有時候也像福岡的田鶴小姐。不止田鶴小姐。

最讓龍馬困擾的是，目前竟有點像千葉家的佐那子。

這就是為什麼龍馬會大呼：

「真傷腦筋呀！」

監視著龍馬的觀音像附在現實的佐那子身上，不斷捉弄著龍馬，害他手足無措。

此外，去年來日的美國提督培里又於正月十四日再度前來，又開始向幕府要求針對上回開港通商的相關國書做出回覆。因此諸藩的沿岸警備隊再度進入備戰狀態，龍馬也一直在築地的藩邸待命，直到黑船離去。

龍馬再度返回桶町的道場已是二月末，亦即幕府回覆培里決定開放下田及箱館（函館）兩港之後。

離開道場已有一段時日，龍馬一回去當然得先向貞吉老師請安，於是從道場走下中庭，在庭中的高野槙樹旁與佐那子錯身而過。

「哎呀！」

佐那子一臉驚訝。

隨即低下頭打算往旁邊過去，但走了兩三步後又突然轉過身來。

龍馬停下腳步問道：

「有什麼事嗎？」

「嗯……」

佐那子滿臉脹得通紅。

顯然憋得很辛苦，卻得勉強自己像以前刻意板著臉。

「妳肚子痛嗎？」

「不是啦。嗯……」

「一定是肚子裡長蟲了。最好煎點藥喝吧。」

「才不是呢！什麼肚子長蟲！那是小孩子才會長的吧。」

「大人也會長喔。我家鄉有個叫源老爹的僕人，都六十多歲了，肚子還是長蟲，害他傷透腦筋呢。」

「我又不是源老爹。而且我也不是要跟你說蟲的事情。」

「那妳是想說什麼？」

「你那頭髮到底是怎麼回事啊？」

「哦？妳是說這個呀。」

龍馬摸摸自己的頭髮。他打算不刮前額，整頭留長梳成總髮（古裝劇中山內伊賀亮那種髮型），但之前剃光的前額剛長出頭髮，看起來就像頂著顆大芋頭似的。

髮髻的形狀也與一個月前完全兩樣。之前是把頭髮綁在頭頂讓髮尾垂下，今天卻扎了個鬆散的髮髻。這樣看起來很老氣，因此佐那子覺得好笑。

「因為我已經二十歲了呀。」

「這髮型是住在築地屋敷時綁的嗎？」

「是呀，不適合我嗎？」

「很……」

「很不適合嗎？」

「不，很適合。不過最好弄整齊一點吧。」

「怎麼弄整齊？」

「拿梳子梳過應該會比較好吧。」

龍馬頭髮雖多，但有點偏紅，且天生捲毛。不僅如此，又不喜歡把頭髮扎得太緊。如今前額頭髮又長出來，整個人活脫脫像個山賊。

「可我今天早上因為要回道場之前，還特地請人幫我梳的哪。」

「然後呢？」

「不過，梳好後感覺兩眼往上吊，難受得要命，所以就自己用手這樣……」

說著以雙掌壓在鬢邊。

「把頭髮揉鬆。所以看起來才會像山賊吧。」

「不過這副模樣看起來好像比較厲害，要去幫深川妓女報父仇的話，倒是挺合適的。」

「啊，果然還在記恨！」

龍馬恍然大悟。看來這就是佐那子找龍馬談話的原因。

「別再提這件事了。」

「您後悔了嗎？」

「我沒後悔，只是想起來就不高興。」

「為什麼？」

為什麼不高興？這就是佐那子想問的。她緊盯著龍馬，那表情彷彿在說：「隨便呼嚨我的話，可饒不了你！」
「她終究是個妓女。這就是我最後的想法。」
「哦？換句話說，坂本大哥想到深川仲町那個名叫阿冴的妓女就不高興囉？可阿冴小姐雖淪落風塵，卻是個有心為父報仇的孝女，這不是很令人感動嗎？」
「她是孝女當然沒錯。」
「那有什麼惹您不高興的？」
「嗯，這個嘛……」
龍馬突然露出笑容。
「老實告訴你吧，那位阿冴小姐是個溫柔的女孩子，她還說要教我某種『道』呢。」
「哦？某種什麼『道』？」
「就是男女之道啦。」
「哇！」
「我行成人禮都已經好幾年了，所以之前就想過總有一天要學學此道。」
「好像很骯髒。」
「妳說『很骯髒』，表示妳對此道很清楚囉。」
「喂！」
佐那子凶巴巴地瞪著龍馬。
「妳若不知道就別胡說。究竟噁心還是美妙我也不太清楚。我本已下定決心，若真要學也不到其他的花街柳巷去，直接找深川仲町的阿冴小姐就行了。正這麼想的當兒，竟被信夫左馬之助的手下門生捷足先登了。唉！」
「那麼，他們一定進行了男女之道吧？」
「沒錯，肯定有。」
「就是這樣坂本大哥才感到嫉妒，甚至不願再幫她報父仇的吧？這就是你被那個叫什麼『阿冴小姐』的妓女迷昏頭的證據。最讓佐那子感到噁心的就是這件事！」
「原來如此啊。」

龍馬搖頭晃腦表示讚許。

「佐那子真聰明。我的心連我自己都不了解，妳卻能像蘭醫解剖屍體般明確為我剖析。原來是出於嫉妒啊，真令人訝異。我還以為只有女人會嫉妒，沒想到男人也會。」

說完緊盯著佐那子。當然，龍馬一點都不認為那件事之所以讓自己感到不快是出於嫉妒。

不過被龍馬緊盯著瞧的佐那子卻不知所措。她沒想到龍馬不但毫不辯解，還如此誇張地佩服起自己來。

「我……」

佐那子垂下眼簾。

「大概是我搞錯了吧。」

「不，妳沒弄錯。哈哈哈！今天聽妳這席話真讓我茅塞頓開呀。」

龍馬大概是肩膀痠了吧，用力在左肩上敲了三下。

「那告辭了。」

說著朝道場走去。佐那子茫然地望著他的背影，心想：

「真搞不懂。還以為他是個正經八百的人，沒想到也會說些好聽話來攏絡人。他究竟是什麼樣的人呢？」

這年三月。

龍馬從築地屋敷遷至品川屋敷，同時奉命參與砲台的警備工作。他當然還是學生身分，因此仍是自嘲的「雜兵」。

培里的艦隊依然泊在相模港外。

提督培里已於本月三日在橫濱的臨時會館迫使幕府訂下開港的約定，卻不知為何還不離去，仍將艦上的大砲瞄準陸上，靜靜地施壓。

諸藩陣營緊張不已。

土佐藩派駐江戶的人數及兵器不足，故每天都有領國來的馱隊陸續運來長刀、短槍、馬印等用品。

原留守土佐的藩士也陸續趕至江戶支援。

品川屋敷總司令為派駐在江戶的家老山田八右衛門，舉凡部隊的編列、陣地的規劃，皆依北條流兵法（主要以武田信玄之軍制為範本）安排。火器方面是以火繩槍為主要兵器，因此若要對付洋兵終究得靠腰間的日本刀砍殺，除此之外別無他法。

如此情況下，龍馬這些刀客自然頗受重視。鏡心明智流的武市半平太既已返鄉，目前在江戶藩邸除「師範」級的石山孫六老師傅外，最傑出的就屬龍馬及武市的同門師兄弟島村衛吉、福富健次二人。

他們三人都是低階武士出身，如今卻每天都以「師範」身分教導眾藩士進行激烈的對打練習。

鄉士出身的島村衛吉道：

「劍中有氣。」

每逢指導對打練習總是大罵：

「這樣能殺得了夷狄嗎？」

說著毫不留情地使勁猛砍。尤其當對手是上士時，更經常打得對方站不起身來。手持竹劍對打時，彼此之間已無身分的差別，他大概是想藉此一洗心中久鬱的不平吧。

還是鄉士出身的福富健次刀法較為精巧。只是正值血氣方剛的年紀，與不順眼的上士練習對打時，每當對方正要進攻，他就嘲笑道：

「來呀！放馬過來！這下打得我好癢啊。」

說著一一格開對方攻勢，然後一找到機會就使勁出擊。

「送你一記！」

龍馬的方式卻迥然不同。

功夫未到的人就不叫他們戴「面」和「籠手」，只發給每人一根柴薪，叫他們：

「到庭院去練習揮劍。」

功夫未到的人即使要他們立刻戴上護具練習對打，到時也不可能躲得過敵人的槍劍。不如加快他們揮刀的速度，確實練好砍殺技巧。

「宮本武藏並未習得任何流派的功夫，只是獨自擊打木樁，一再揮動木刀練習。薩摩藩的主要流派示現流（編註：原文說「亦作自源流」，有誤）也只教人如此。不管哪個門派，只要認真練習揮刀，終可練出『切紙』階段的功力。總之，要求速成，這是最好的方法。」

龍馬獨創的教法一分受用，因此他手下集結了眾多藩士。

成為警備隊的刀術教練後，龍馬的名氣大到連派駐品川的家老山田八右衛門都聽過他的名字。

三月某日，在道場指導的龍馬被叫進組頭深尾甚內的小屋。甚內坐在摺凳上，龍馬這種鄉士之子只得跪在土間。

「家老要我帶你過去，快去準備！」

甚內命令道，措辭嚴峻而高傲。與其他藩相較，土佐藩的階級之分最是嚴謹，上級武士遠較下級武士囂張傲慢。

龍馬理應戒慎恐懼地回答：

「是！」

但此人生來就不是這樣的脾性，只是沉默笑著。

甚內想必頗為不悅。

「聽懂了嗎？」

「嗯。」

龍馬點點頭，問道：

「有什麼事嗎？」

「去了就知道。我先警告你，你是鄉士出身，不懂禮數，千萬別出什麼差錯啊！」

龍馬隨他到了山田八右衛門跟前。

八右衛門雖未戴頭兜，身上卻穿著祖傳的黑色皮製舊鎧甲，外披陣羽織。那身裝扮活像古董店裡的端午節人偶。

「你就是坂本龍馬嗎？」

八右衛門問道。

「是。」

龍馬微笑道，同時抬頭看著八右衛門的武裝打扮。組頭深尾甚內緊張地斥喝：
「龍馬！頭抬太高了！」
第二次甚至使勁壓下龍馬的脖子，企圖迫使龍馬低頭。這時一向個性溫和的龍馬竟罕見地瞪著細長的雙眼大吼：
「囉唆！」
在座眾人臉全嚇白了。低階武士竟敢斥喝上士！這真是史無前例。
龍馬卻隨即恢復方才的微笑，道：
「失禮了。都是痰的關係。」
「還說什麼痰？」
周遭的上士個個激動不已。儘管同為藩士，土佐山內家的上士卻特稱為山內武士，與稱為鄉士的長曾我部武士明顯有差別待遇，上士甚至從不把鄉士當人看待。故此事決不可能就此善罷甘休。
龍馬卻一副老神在在的模樣。

「打從昨晚我就稍微受了風寒，有點痰。要是脖子被壓住，就像快卡住了，我方才只是把痰咳出來而已。」
「那不是咳痰的聲音。你剛剛明明對深尾說：『囉唆！』」
「諸位大概是聽錯了吧。」
「好了，等一下。先安靜。」
要眾人安靜的正是山田八右衛門。這位個性沉穩的家老總是抱著多一事不如少一事的心態。出事總是麻煩，要是事情鬧大了，難免得死個一兩人。
「剛才的確是咳痰的聲音。何況營中禮節還是愈簡單愈好。此事不必再深究，我有更重要的事要交代龍馬。」
家老山田八右衛門交代龍馬的工作，是要他去探探沿相模海岸布陣的長州藩營地。
「會探他藩營地實在不妥。敢問出於什麼原因？」

組頭深尾甚內代龍馬問道。因龍馬礙於身分不得直接提問。

「因為他們風評很好。」

家老道。

「若發現優點，咱們藩裡也應參考仿效。這也是對將軍的一種忠義之舉。」

「哦，原來如此！」

關於長州藩的傳聞，龍馬也有所耳聞。

相模，尤其三浦半島，本為江戶的咽喉要地，黑船騷動事件發生後，幕府原本是命譜代大名之首彥根藩的井伊家負責這一帶的警備工作。這回卻改變布局，命井伊移至羽田大森沿岸，改命長州藩駐守相模。

龍馬聽說長州藩雖屬外樣大名，卻因深得幕府信賴，舉藩感激涕零。特命家老益田越中為先鋒總奉行，負責前線的指揮工作，並挑選千名武藝特別精湛的藩士駐營。又進一步嚴選一百二十人屯駐於三浦半島南端的漁村，此即長州藩大本營宮田村。

據說這支隊伍紀律之嚴整、布陣之模樣皆可謂諸藩模範。

土佐藩的營地緊鄰長州藩，於是起了競爭之心。

「去探探！」

言下之意是要龍馬去查探他們的情形。

然而自黑船來日，幕府就嚴令禁止諸藩藩士任意視察他藩負責的沿岸區域。

「這……」

深尾甚內煞有介事地問道：

「您究竟有何打算？萬一龍馬這傢伙被長州兵逮著，主君勢必得遭幕府責難呀。」

「這我早有萬全的考量。」

家老山田八右衛門道。

「事實上是因宮田村的長州營區先遣來使，提出舉行刀術比賽以鼓舞士氣的要求。雙方決定土佐及長州各精選十人參加比試。龍馬自然得去。屆時比武固然重要，但也正可探探長州營區。我就是這意思。甚內，你懂了吧？」

「是！」

組頭深尾甚內平伏為禮答道，同時對龍馬說：

「龍馬，你懂了嗎？」

「是！」

翌日天未亮，十名藩士即個個頭戴粗孔深斗笠，身著旅用背心及束腳褲，以如此旅行裝束自品川的土佐營區出發。

除了龍馬，還有島村衛吉、福富健次、日根野愛馬、平尾五八等名震他藩的刀客。

此去三浦半島南端有二十里路程，第三天夜裡一行人才抵達宮田村的長州營區。

龍馬親至現場一看，長州藩竟紮營在這名不見經傳的小漁村，讓人不禁為長州藩年輕家老益田越中（即後來的右衛門介。因元治元年（一八六四）七月的蛤御門之變而引咎切腹）獨到的作戰眼光感到驚嘆。

宮田村雖地處現在的神奈川縣三浦市中，卻有三方通路。要往橫須賀只需走五里山路，又正好位處浦賀及三崎中間。無論敵軍從這三港的任一港上陸，日軍都能即時迎擊，正是兵法所謂的「衢地」。

「島村兄，你最年長，與長州藩士也熟，應該認得長州的益田家老吧？」

「龍老弟，你想得太天真了。我再怎麼年長也無緣得見呀。」

島村不禁笑道。

「人家可是一國家老，且祿高是相當於大名的一萬二千石。土佐的山田八右衛門大人雖同為家老，可怎麼也無法相提並論啊。我區區一名低階武士，和八右衛門大人都不得直接交談，怎可能認得長州藩的家老呢。」

「原來如此。」

龍馬苦笑著點點頭。

島村說，益田越中比龍馬年長兩歲，才二十二歲。

益田氏本為長州藩的知名家族，戰國時代之前本是雄踞今出雲益田市附近的豪族。後來歸順毛利家之祖元就後，三百年來一直是毛利家的重要家老，每逢戰爭即擔任總侍，負責指揮主家的主力軍。

益田越中也因為這回黑船緊急事件自長州馳往江戶。雖年紀尚輕，想必也依世襲家職而挑起指揮長州兵的大任。

龍馬一行十人當夜便在長州大本營所在的寺院內會見益田越中。

果然十分年輕。

膚色白皙，一雙鳳眼，是典型的長州美男子，看來頗有名門子弟之氣質。只見他一入座便微笑道：

「在下越中。」

顯然是個不拘小節的年輕人。雖身為祿高一萬二千石的一城之主，卻不似土佐藩重臣及上士那般囂張傲慢。

「明早的比試著實令人期待。各位都是在江戶長大的嗎？」

「不，我們全是在土佐長大的。」

島村衛吉代眾人回答。

「原來如此。」

年輕家老微笑著環視眾人，目光卻突然停在龍馬身上。

「各位果然頗有土佐武士風範，看來明天比武，我方絕不能掉以輕心。」

「哪兒的話，貴藩乃毛利元就公以來馳名沙場的武勇之家，我方才是不敢掉以輕心哪。」

「麻煩的是，駐守此宮田村大本營的諸藩士中，武功最高強的人正好跟著韮山代官外出進行沿岸的測量工作。若他今晚或明早回營則無妨，若未及歸營，這場比試對我方來說可就大大不利了。」

「敢問這位高手大名？」

「他名叫桂小五郎。」
「啊！」
島村不禁倒吸一口涼氣。
「那不是齋藤彌九郎師傅練兵館的塾頭嗎？」
龍馬對此一無所知。
當夜因大本營過窄，龍馬一行土佐藩士於是被分配至民宅過夜。
豐盛的酒菜招待。
果然頗似益田越中的安排，長州藩的款待可說無微不至。
眾藩士陸續來到，和十名土佐藩士聊天。
龍馬第一次見到這麼多長州藩士。果然和土佐人不同人種，不僅相貌不同，連骨架也不同。眼神清澈、膚色白皙、臉型偏長，多為美男子。也不似土佐人那麼愛開玩笑，個個看來頗有城府、足智多謀。最教人耿耿於懷的是個個表情陰沉，不過這或許是風土不同所致吧。
「喂，島村兄。」
龍馬對一旁的衛吉道。
「長州人看來個個都很聰明。看了長州人後再轉過來看島村兄，感覺就不像人臉了。」
「那像什麼？」
島村笑著反問。
「看起來就像燒壞的泥偶，又吃、又喝、又笑的。」
「你這笨蛋說些什麼啊！」
「哎呀，絕無此事。」
搖手如此否認的是長州藩士佐久間卯吉，他是負責接待工作的年輕人。
「你們和我們不同。土佐、薩摩等南方人長得較粗獷威嚴，反而更具武士風範。」
「快別這麼說。我們土佐人呀……」
島村客套道。
「被戲稱為土佐仔。凡事衝動而顯得有勇無謀，就只有喝酒拿手啦！」
接著就開始聊起歷史。說到當時的流行書，首推賴山陽的《日本外史》。這本書人人都讀過，就連從小不愛讀書的龍馬也在姊姊乙女的協助下朗讀過一遍，甚至能一字不漏地背誦出來。
相模宮田村的這場酒宴中，雙方聊起了彼此的藩史。
長州藩的年輕人對己藩懷有無法動搖的信心及驕傲，龍馬對此深感訝異。他們藉著漸濃的酒意吹噓：
「我們長州藩屬於外樣大名，向來受到幕府的疏遠，然而一旦國難當頭，幕府就前來求助，要我們負責相模的警備工作。長州遲早是要挑起保衛日本全國的重責大任呀。」
「長州藩果然和其他藩大不相同。」
龍馬心裡充滿異樣的感覺。
長州人的自負似乎源於藩史。薩摩島津家的領土並非得自德川家的冊封，毛利的情況也相同。
二者的始祖都是六百多年前源賴朝手下武士，之後在戰國時代又靠侵略四鄰擴張領土。毛利甚至曾是日本中部——即中國地方——十一國的大領主。可惜關原之戰不幸戰敗，後遭減封而僅剩防、長二州領地，祿高亦減為三十七萬石。他們對德川家只有恨意並無感恩之心，而其獨特的風氣想必源自於此吧。
長州、土州的刀術比試就在宮田村大本營的庭院舉行。
檢分由長州藩刀術師範內藤作兵衛之甥，即神道無念流的永田健吉擔任。
長州方領隊大將為佐久間卯吉，土州方則推年紀最長的島村衛吉為首。
不久益田越中即入座。
他一就座便環顧左右，小聲問道：

「阿桂還沒回營嗎？」

一旁武士答道：

「是，尚未歸營。」

越中點點頭，隨即面有難色無奈地說：

「若阿桂在場，自然是由他擔任大將或先鋒。算這些土佐仔走運。對了，土州方的大將是哪位？」

「是。」

一名武士取來名冊，並打開給越中過目。

「是鏡心明智流『免許皆傳』資格的島村衛吉。」

「先鋒呢？」

「是北辰一刀流的坂本龍馬。」

「哦？」

越中展顏一笑並抬頭望去，看見正要戴上「面」的龍馬後，又道：

「就是那位大個子嗎？厲害嗎？」

「這個嘛……既是比武，得試了才能見真章。不過這位仁兄似乎不怎麼聰明。」

「有道是『大智若愚』。外表看起來機靈的人即便真有才能，也只能算是第二流人物。真正第一流人物外表多少看起來有點笨拙，不僅如此，有時在凡人眼中恐怕還無異於大笨蛋，然而卻能給對方深刻的印象。聽說他是在土佐土生土長的，長州人中並無如此相貌之人。」

益田越中一直對龍馬特別留心，總覺得自己這一生絕對與他後會有期。

龍馬站起身來。

長州方的先鋒是林乙熊。雙方站定後便拉開六間（編註：約十一公尺。一間約一·八公尺）的距離。龍馬擺出「右上段」之架式，乙熊則採「中段」架式。乙熊不愧是長州藩的先鋒，全身竟毫無破綻。

乙熊系出神道無念流。長州方幾乎全屬此流派，都是麴町齋藤彌九郎道場的門徒。

箇中原因是，數年前彌九郎長子新太郎到江戶長州屋敷的道場「有備館」與藩士比試時，竟無人勝得過他。新太郎後來周遊諸國研習，到了長州萩城城下又與藩士比武，依然無人能敵。比武之後，新太郎對藩裡的重臣道：

「要學武術還是得上江戶。何不挑選家中菁英至敝道場學習，如此定能提升元就公以來的傑出武風。」

此一意見受到採納。現在此處的河野右衛門、永田健吉、財滿新三郎、佐久間卯吉、林乙熊等人就是第一批長州藩公費留學生。同時入門的還有私費留學生桂小五郎及高杉晉作。

比試平淡無奇地結束了。

先鋒龍馬以一記雙手刺擊，把林乙熊刺倒到三間外，長州藩似乎緊張過度，竟接二連三敗在龍馬一人的劍下。就連大將佐久間卯吉也無法倖免，慘遭擊中「面」而落敗。土州方其餘九人最後竟連拔出竹劍的機會都沒有。

接下來是十組人的觀摩賽。長州、土州各有勝負，但因一開始的淘汰賽是由土州獲得壓倒性勝利，龍馬的聲名自此遠播諸藩。

這天眾人仍宿於宮田村的長州大本營，翌日一早才離開。

龍馬因奉家老山田八右衛門之命肩負視察長州營區之責，中途便與一行人分道揚鑣，打算獨自翻山越嶺前往橫須賀。

這一帶有座富士山，龍馬取道此山東麓。這座富士山高度僅一百八十公尺，宛如庭院假山，但對當地人而言卻比駿河的富士山更珍貴。此山山形雖小，但人人皆以其山勢之婀娜而自傲。據說駿河的富士山光禿禿不見綠樹，相模牛込村的富士山卻從腳到頂長滿松樹及櫟樹。

山路兩側果真是綿延不斷的蓊鬱樹林。龍馬一身標準旅裝，身著背心及束腳褲，腰懸臘色（黃灰色）大小佩刀，頭上斜戴著斗笠，快步前行。

終於來到山頂。龍馬腳步不敢稍停，他希望能在太陽下山前看見橫須賀村的長州營區。雖時值三月，卻難得萬里晴空，回頭一望，只見相模灘的方向正逐漸湧出亮得刺眼的白雲。

自山頂通往山下的路口有片山毛櫸樹林。龍馬踩著青苔前進，內心不禁充滿懷想。土佐的漁民都是用這種樹皮熬成染料來染漁網的。

山路向右彎。這是條樵夫闢成的狹窄林道，從這裡開始已不見山毛櫸，轉為一片雜樹林。這時龍馬突然停下腳步。

有個武士。

這人頭戴斗笠，獨自坐在樹根上，一身旅裝。

個子不高，看來身手十分矯捷，身上的衣服也頗乾淨。不過他掀起斗笠打量龍馬的眼神卻十分銳利，讓人不敢掉以輕心。

況且這人還舉起右手迅速解開斗笠繫繩，看來是準備萬一開打時，能隨時拿下斗笠吧。

「對不住。」

龍馬輕輕一禮，打算走過這人面前，沒想到才剛背過身，這人就說：

「請等一下。」

說著站起身來。

「請恕我冒昧一問。相模一帶乃是由長州藩負責警備之地，幕府已明令禁止他藩藩士任意闖入或視察。依我看來，閣下並非長州藩士。」

「那你想怎麼樣？」

龍馬隔著斗笠盯住對方，絲毫不敢大意。這人顯然是長州藩士，且已將自己當成他藩的探子。

「請報上姓名及來此之目的。」

對方說。

這就是坂本龍馬初次見到長州藩士桂小五郎的場景。

但兩人並不知這一時刻竟是如此重要。畢竟兩人這時也只是沒沒無名的年輕人，即便聽到對方名號也不覺得是什麼大人物。
不過龍馬對這位桂小五郎的名號倒是多少有點印象。長州藩家老益田越中曾不經意地說：
「要是桂小五郎在就好了。」
這話龍馬還沒忘。江湖上有言：「品格以桃井為最，刀技以千葉為最，力道則以齋藤為最。」誠如越中所言，桂小五郎已獲齋藤彌九郎神道無念流道場之「免許皆傳」資格，又是該道場之塾頭，一如越中對他寄予厚望，要是他在，龍馬恐怕就沒法贏得那麼輕鬆了。
龍馬默默往後退了兩三步。
東側是片雜林，深淺不一的綠色映著自林間篩落的陽光，美不勝收。
桂小五郎背對著這片雜亂的綠林，輕輕握起雙拳道：
「說！」
言下之意是要龍馬報上姓名及藩名。
這是盤問的語氣。對方態度如此無禮，龍馬當然不可能回應。
不過也難怪桂小五郎。長州大本營通往橫須賀的小路上出現這麼個身著旅裝而且獨自趕路的武士，自然要先當成間諜看待。
幕府命長州藩在相模沿岸戒備時，也同時委任了行政權，更何況眼前正值備戰狀態，見到可疑人物自然是格殺勿論。
「說不得啊。」
龍馬緩緩解開斗笠的繫繩，看來是有意引對方注意。要是對方上鉤，揮刀砍來，就冷不防地用拔刀術「居合」將他一刀斃命。
「再問你一次。你再不回答，我就把你當成可疑人物處理。請閣下報上姓名及藩名。」
「說不得啊。」
就在這一瞬間，桂小五郎的斗笠落地。
說時遲那時快，桂小五郎的刀已映著林間陽光朝龍馬頭上砍落。
真是間不容髮。
龍馬的身體彷彿成了顆皮球，陸續朝一間、兩間、三間外彈跳開來。
桂小五郎完全不給龍馬拔刀的機會，一刀、兩刀連續追殺而至。身手之矯捷著實令人吃驚。
桂小五郎不知連續砍了幾刀，龍馬斗笠的邊緣終於被砍出約莫一尺的裂縫。龍馬心中暗叫：
「不好！」
於是放棄防守。一放棄防守，身體便如飄在空中般輕盈。他沉下身體，擺出迅速拔刀的預備動作「居合」，然後挺進對方白刃之下。這時龍馬的目光並未離開地面，他根本無意查看對方的動靜。
下一個瞬間，對方身形稍動。龍馬的鋼刀同時出鞘，並以疾風之速格開對手的刀，這時手上卻傳來異樣的感覺。
桂小五郎的刀竟自刀鍔處折斷飛出。

桂小五郎迅速往旁一閃，拔出短佩刀。不料龍馬卻抬起手道：
「且慢！」
其實龍馬比長刀被砍斷的桂小五郎還緊張。
他舉刀端詳刀身。
其實方才以蠻力砍斷桂小五郎長刀，龍馬自己的刀也嚴重受損，距刀鍔約三寸處缺了一角。
「缺角了！」
龍馬失聲叫道。眼前頓時清楚浮現大哥權平那張不悅的臉。
這對長短佩刀是龍馬離家前，權平特請土佐鍛冶師傅打製送他的禮物。雖是新鑄作品，卻有著古刀遠遠不及的品質，刀上布滿清晰的紋路。權平見了竟如小孩般開心讚道：「這就是傳說中的八雲紋了。這種刀十分難得，恐怕一萬把也打不出一把呀！」
如今這刀卻受了如此大傷，再怎麼磨也無法補救，恐怕只能裁短磨成短刀了。

「這下不得了了！」

「怎麼了？」

桂小五郎心裡也十分詫異。這是當然的，因為眼前的男人要把自己砍成兩截可說易如反掌，但他卻毫無此意，反而因刀受損而緊張不已。

「這人是傻子嗎？」

不管怎麼說，這種怪人絕不可能是間諜。桂小五郎如此一想，便道：

「大概是我誤會您了。實在對不住，請到那邊的石頭上歇會兒吧。」

「多謝。」

龍馬收刀入鞘。桂小五郎也收起短刀道：

「我是長州藩的桂小五郎。」

「啊！」

龍馬往石頭上落座，同時笑道：

「我聽過你大名呀。我是土佐藩的坂本龍馬。受貴藩的益田越中大人之邀，特來參加刀術比試。」

「方才冒犯了。」

桂小五郎站著朝龍馬深深低頭一禮。

「請多包涵。雖說出於無知，但竟將藩裡邀請的客人當成間諜，實在失禮。」

「哎呀，好險。越中大人說若閣下返回營區，土州方就無法簡單獲勝了。方才領教你的猛攻，已能完全了解越中大人所言不假。」

「快別這麼說。武士最大恥辱莫過於長刀被對方砍斷，更何況我還把閣下誤認為間諜，想對您不利。請恕在下自私，還請您別將此事張揚出去。」

要是龍馬返回品川營區後大肆張揚，勢必造成長州、土州兩藩之間的紛爭。不僅益田越中，連桂小五郎也將陷入窘境。不過桂小五郎最擔心的，還是怕給主君惹麻煩吧。

龍馬油然升起一股同情之心。只要同情心一起就口沒遮攔，這就是龍馬的個性。

「哎呀，別太操心。其實我真是間諜呀。」

桂小五郎聞言也不禁愣得張口結舌。

自己刻意為他擺脫間諜的嫌疑，他卻偏偏承認間諜身分。不僅如此，還道：

「所以你不會給藩帶來任何麻煩，眼光也正確無誤，所做的處置更是恰當。」

他竟如此安慰桂小五郎。

「這傢伙肯定是個傻子。」

桂小五郎愣得站在原地默不作聲。

「不過，我有一事相求。」

龍馬道。

「我既已表明間諜的身分，就不能簡單放你走了。」

「那你想怎麼樣？」

難道他還想拔刀嗎？桂小五郎的表情頓時為之僵硬。只見龍馬連忙擺手道：

「沒什麼。其實很簡單，只是想請教一些有關貴藩營區的問題。」

「你說什麼？」

桂小五郎心裡更是詫異。

「你的意思是要我告訴你藩裡的機密嗎？」

「簡單說來就是這麼回事。如此一來我也不必繞路查探，算幫我一個大忙。反正好像也不是什麼了不起的營區。」

「要你操心！」

桂小五郎心裡嘀咕，但仍答道：

「這恕難從命。」

「我是真心誠意求你的。此舉並無他意，站在土佐藩的立場，只是想以此做為加強品川防備的參考罷了，最終還不是為了整個日本著想。」

「這人還真難纏。」

桂小五郎心想。因龍馬所言句句出人意表，但也字字誠懇，看似詭辯但絕非浮誇之言，更不是有意引人落入圈套的話語。

這些都是肺腑之言，因此句句都具有讓人深信不疑的力量。桂小五郎默默聽著，只覺這幾句話一一說到自己心坎裡。

「這人或許將成為意想不到的大人物。」

桂小五郎甚至如此感覺。

同樣的話若出自其他人口中，聽來或只會惹人厭惡或覺得可疑，但從這人嘴巴說出來，卻好似毛色充滿光澤的小動物一隻隻蹦出來似的，充滿不可思議的魅力。

然而又不是口若懸河，而是口拙得彷彿得使盡渾身解數才說得出口似的。不僅如此，還帶著濃重的土佐腔。

「也許這種人才稱得上人物。即使是相同的話，出自此人之口則別具魅力。這就是衡量此人是不是個人物的標準了。」

「您剛說姓坂本是吧。」

桂小五郎凝視著龍馬。

他生性謹慎多慮，甚至因多慮而顯得有些陰沉，此時卻一副開朗的表情。

「我這就為你介紹長州營區吧。」

「中午了。」

龍馬突然沒頭沒腦地說：

「肚子餓了，到那邊的農家請他們為我們張羅點吃的吧。一切待會兒再說。」

這戶農家只有一位年約四十的和藹婦人在家。她欣然答應為桂小五郎及坂本龍馬準備午餐。

「不過，兩位武士，配菜可只有醬菜喔。」

「夠了。」

龍馬道。桂小五郎卻沒反應。

「桂兄，這位大嬸說只有醬菜可以配飯，你覺得如何？」

龍馬緩頰道。

「這我倒無所謂。只不過……」

眼前這個長州人似乎是個典型的多慮長州人。

「我方才就一直在想，你跟我雖分屬不同藩，我卻很想和你交個朋友，不知你意下如何？」

「嘖嘖嘖！」

「咦？」

桂小五郎大為詫異。龍馬連忙一本正經道：

「沒什麼。這是土佐人表示驚訝的語氣詞。嚇了我一跳。因為我剛才也一直想著相同的事。的確，外國人來日的時代一旦降臨，就無長州、土州之分了。眼見如此時代即將到來，天下情勢必風起雲湧，到時能信賴的就只有摯友了。男人絕不能沒有摯友，即使必須下跪拜求也在所不惜。」

「坂本君所言我深有同感。」

「只是這事跟醬菜有什麼關係呢？」

「結交之初只吃醬菜，感覺不太搭調。我方才看到矖穀場有幾隻雞，就來隻雞吧。如何？」

「聽得我都流口水了。」

龍馬愛吃雞肉。

「但這怎麼好意思呢？」

龍馬低著頭訕笑道。自己不僅要求對方說出長州營區的機密，還讓對方請吃雞肉。哪有這種間諜呀。

「實在過意不去呀，桂兄。」

「不，快別這麼說，我覺得你的人品值得如此。」

「那就讓你請囉。」

「等等！看來有點誤會。我生性討厭不合情理之事，有人因此說我有點難相處。但醜話還是要說在前頭。我的意思是，有關長州營區的機密我會依約一五一十告訴你。」

「多謝。」

「不過你可別把吃雞的錢混為一談喔。我又沒理由請你，所以兩人應該各付一半才對。」

這人個性還真怪。龍馬感覺有點掃興，但轉念一想，「不做不合情理之事」說不定正是這人的優點。

但對方這麼一說，龍馬更下定決心非要他請客不可。其實身上荷包還滿滿的，但仍說：
「老實說我荷包已所剩無幾，若要出吃雞的錢，我就回不了品川了。」
「啊？這樣嗎？」
桂小五郎面不改色地說：
「既然這樣，那就我請吧。有道是『有錢出錢』，如此倒是挺合情理的。」
這人還真有意思。龍馬心想。
雞肉火鍋上桌了。
「酒呢？」
龍馬催道。
「至於酒我可就請不起了。」
桂小五郎不悅地說。
說來奇怪，同吃一鍋菜後，兩人感情似乎也大有進展。
其中龍馬最感興趣的是，桂小五郎這年輕人也是想當刀客，才遠從家鄉長州到江戶來的。
「跟我一樣呀。」
龍馬開心已極。
「你也打算將來回家鄉當個刀術師傅嗎？」
「嗯……」
桂小五郎不愛說話，只是一個勁地把雞肉夾入口中。
「桂兄，雖然我倆分屬不同道場、不同藩，但聽你這麼說就覺得好像遇見百年知己似的。」
「我也是。」
桂小五郎道，但仍專心吃著雞肉。
「對了。」
龍馬得問清楚重要的正事。
「有關長州營區……」
「啊，這個嘛，只要給你看看這張圖就立刻了解了。」
桂小五郎從懷中掏出一張地圖，攤在龍馬面前。

這是以三浦半島為中心的相模全圖。南側自城島起，依序是浦賀、橫須賀、長浦灣、平潟灣等地，一目了然。江戶灣、浦賀水道一帶以色彩繪出波浪，海上還漂著再度來航的美國艦隊。更讓人吃驚的是，甚至連沿岸的水深都標注得清清楚楚。

「這圖畫得真清楚，連海的深度都測量過了。我從未見過如此地圖。」

「這是當然的，因為目前全日本也只有這麼一張呀。」

「這是什麼人實地去測量的？」

「我呀。」

桂小五郎若無其事答道。

龍馬不禁大吃一驚。只聽說這個年輕人是齋藤彌九郎道場的塾頭，看來他會的不止刀術。

「是你……」

而且這應該是以西洋測量法測出來的。

「你學過蘭學（譯註：荷蘭人傳入日本的西洋科學）嗎？」

「沒學過。」

桂小五郎突然抬起頭來。

「關於這事其實有些內情，你就別追問了。你只要了解長州營區的機密就夠了吧？」

「也對啦。」

龍馬重新審視那張地圖，隨即大聲問道：

「真不愧是長州藩！每個營區都各有兩門大砲。土佐等藩都只有兩門二百目子彈（譯註：一目約三．七五公克）的小砲。」

「哎呀，那些大砲多半沒法射擊。遠看是大砲，其實是拿寺院裡的青銅燈籠橫擺偽裝的啦。」

龍馬大為驚訝。

「這圖上的大砲其實是燈籠偽裝的嗎？」

「沒錯。美國人從船上用望遠鏡看，一定也以為是真砲而不敢接近。這是楠木流兵法。」

「原來如此。經你這麼一提，《太平記》中的確有段故事寫到楠木正成在城牆上擺了一些全副武裝的稻草人誆騙來犯的坂東軍。只是，那些美國船有這麼好騙嗎？」

「這其實也是出於無奈。」

「為什麼？」

「日本太不振作了。既沒什麼大砲，也無軍艦。培里不斷恐嚇幕府要員，但不管受到何種侮辱，那些官員除了顫抖著合掌稱是也沒其他辦法。這就是現狀的無奈。我們長州人駐守的相模沿岸雖是江戶的咽喉，但也幾乎沒大砲，只得將閃著藍光的燈籠橫擺偽裝成大砲，嚇嚇敵人。若不如此，那些黑船豈不把日本瞧扁了。」

「這種小聰明我實在無法苟同。」

「難道你有什麼好辦法嗎？」

「沒有。不過，這實在太難看了。萬一美國人逼近海岸看清那些燈籠，恐怕會笑掉大牙吧。搞不好乾脆把燈籠點亮，跳起美國式的盆舞來呢。不過要是能趁他們跳得渾然忘我之際宰掉他們，倒也不失為妙計。你是如此盤算嗎？」

「你是傻子嗎？」

「我哪裡傻啦？」

「算我失言。不過聽你這麼一說，我頭都昏了。美國人哪會跳盆舞啊？」

「恐怕不會。偏偏你們長州人還想趁此機會宰掉他們。」

「糟了，我頭更昏了。」

桂小五郎放下筷子。

「我本來是不打算說的，不過還是老實告訴你吧。」

他恢復原本青年才俊的表情，正色道。

桂小五郎說，以洋學者之名而名聞遐邇的韮山代官江川太郎左衛門和他是齋藤彌九郎道場的同門。前些日子，幕府下令要江川修建品川砲台之際，江川理應先至武藏、相模、伊豆海岸測量。為了讓自己的劍道師傅齋藤彌九郎及年輕的同門桂小五郎了解海防乃當務之急，江川便讓他們表面上以江川家家臣的名義同行。

桂小五郎自此便與之前判若兩人。途中江川特別為桂小五郎解說西洋砲術的精妙之處，又進一步為他介紹西洋人的陸戰兵法及步兵、騎兵、砲兵的功能與用法。此外還詳細說明英、法兩國對印度及支那（中國）的殖民政策、俄國南侵的野心、美國產業的現況及國家組織方式。江川每說完一段就接著道：

「再這樣下去，日本一定會滅亡。桂君，現在是你這種年輕人奮起的時候了！」

「我們該怎麼做呢？」

「這我也說不上來。不過，目前舉凡海外昌盛的國家都有完善的國家體制。沒有任何國家像日本這樣由三百個諸侯各自割據為政，只知對德川氏伏首稱臣，而不思加強軍備或政務，渾渾噩噩度日，只求不惹德川氏不高興即可。」

…………………………………………

桂小五郎出身的醫學世家和田家與藩主毛利家同出一系，天保四年（一八三三）六月二十六日生於長州萩市吳服町的江戶屋橫丁，比龍馬大上兩歲。

隔壁住著一個名叫桂九郎兵衛、祿高二百石的武士，與桂小五郎之父和田昌景是莫逆之交。

桂九郎兵衛因帶病在身而膝下無子，因此曾如此央求昌景：

「你那個排行第二的兒子小五郎看來聰明過人，不如給我當兒子吧。」

不料口頭約定收養關係後不到二十天，九郎兵衛就一命嗚呼了。

收小五郎為養子一事尚未向藩提出申請，桂家會因後繼無人而遭沒收家產滅家，於是眾親友趕緊串通對外宣稱：

「九郎兵衛臥病在床。」

同時趕辦手續，收八歲的小五郎為養子。第二天才提出報告：

「九郎兵衛過世。」

這種繼承方式稱為「末期（臨終）養子」，以現在的角度來看是一種詐欺行為，但當時這種非正規的繼承方式各藩都有眾多事例。藩方面當然也知道實情，只是刻意睜隻眼閉隻眼罷了。

但末期養子一定會遭減俸，桂家的祿高也從二百石減至九十石。於是八歲的小五郎就成了祿高九十石的一家之主。

孰料養母九郎兵衛的遺孀不久之後也過世了。因此小五郎雖繼承了「桂」姓，但仍由隔壁的生家養育。

他小時體弱多病，曾幾度因感染風邪差點丟了小命，但隨著年齡漸長也愈來愈健康。

除了在藩校「明倫館」讀書之外，也跟隨藩的劍道師範內藤作兵衛習劍，堪稱文武雙全。少年時代起就特別喜歡作詩，十四歲時曾獲藩主褒賞，詩才似乎相當傑出。小五郎乍看之下有著秀才般的冷淡，內心卻暗藏容易激動的詩人氣質。想必就是這份詩人氣質造就了小五郎，讓他後來義無反顧投身於時代的風雲之中。

小五郎十七歲，即嘉永二年（一八四九）那年結識了一個二十歲的年輕人，那是當時在城外經營松下村塾的藩內兵法學者玉木文之進的姪兒。

一認識，小五郎便拜他為師。

這位年輕人就是吉田松陰。小五郎詩人般的熱血就是被他激起的。

「學問固然重要，但知而實行才是男兒之道。詩固然有意思，但光悶在書房裡作詩就太無趣了。男人最重要的是把自己的一生寫成一首詩。楠木正成從未寫過一行詩句，但他的人生卻是首無與倫比的偉大詩篇。」

松陰這麼說。其實他教給小五郎的就只有這個道理，卻決定了桂小五郎的一生。

之後過了五年。

師徒兩人都還年輕。這段期間，松陰為增長學問及見聞，小五郎為了習刀，兩人便分別上江戶來。

小五郎與龍馬在相模山中相遇時才二十二歲，龍馬為二十歲。

龍馬本就特別懂得欣賞別人的長處，對這位桂小五郎更是打從心底佩服。

這人真了不起。一介刀術學生卻已跟著韮山代官江川太郎左衛門習得西洋測量法，不僅如此，還曾詳細踏查相模、武藏、伊豆等處的海岸，甚至精心畫出詳盡的海防地圖。

「你真了不起呀！」

讓龍馬佩服的還不止這些。

小五郎已進一步將自己測量的結果及感想寫信向主君毛利大膳大夫報告。小五郎此信的主旨是，必須將藩的組織改造為西式軍隊，否則無法抵擋洋軍侵略日本。

龍馬對他的大膽之舉佩服不已。

區區祿高九十石的家臣，竟敢向主君直接提出徹底改造藩內組織的建言。如此大膽行徑在當時簡直無法想像。小五郎當然也早抱著被問罪的覺悟。

「了不起呀！」

龍馬讚不絕口，彷彿在為他打氣似的。

「哪裡。」

「你真的很了不起。」

被人如此極力稱讚，小五郎也不禁一臉難為情。但龍馬再認真不過了，他一再點頭，彷彿因震撼而由衷感動。

難怪龍馬會如此佩服。他們二人在相模山中相遇時，舉世止因黑船事件騷動不安。儘管如此，憂國憂民的理論卻尚未高張，稍晚於此的尊王攘夷志士橫行時勢亦尚未成型。天下施政之道及兵馬之事，竟由一介神道無念流的年輕劍客獨自擔憂、獨自設想，這事讓龍馬十分震驚。
「桂兄，貴藩有很多你這樣的人嗎？」
「沒有。長州仍沉睡不醒。」
「我們土佐藩中倒是有個愛講大道理的人。」
「愛抱怨的人？」
「換句話說就是善辯之士。」
「哪位呢？」
「是個名叫武市半平太的低階武士。他是鏡心明智流的劍道名人，但本是個讀書人，因此醉心於水戶學（譯註：興起於水戶藩的學說，以儒學為基礎，結合日本國學、史學和神道，提倡皇室的尊嚴、天皇的尊貴）。武市在家鄉有天皇迷之稱，頗負盛名哪。」
「天皇迷這種怪稱對他是種不敬吧？」
「這可不是我先叫的，是家鄉那些人取的。」
「就因他是個天皇迷而被當成怪人嗎？恕我無禮，看來土佐藩也是沉睡不醒。」
「沒沉睡不醒！」

「哦？」
「只有我坂本龍馬已睜開眼。卻只是張著眼睛，什麼也看不見。但我遲早定能看清的。」
「坂本君。」
桂小五郎突然握住龍馬的手。小五郎實在太年輕了，他因心情激動而雙手不住顫抖。
「好好幹吧！」
小五郎和龍馬在相模的農家交握著雙手並立誓。
「好好幹吧！」
其實當時並無特別明確的目標。主要是因時機尚未成熟，且兩人都過於年輕。
後來小五郎又道：
「總之日本必將遭遇更大困難，到時我倆一定要置生死於度外，同心協力互相扶持。即使彼此心有不滿，也不得背叛對方。朋友之間只要有『信』，必能成就國家大事。」

「沒錯！」

龍馬大聲回答並點頭表示贊同。但其實這時他根本搞不清桂小五郎口中的「好好幹吧」究竟是要幹什麼。他不但欠缺學識，見聞也不足，對當時的時勢可謂如嬰兒般無知。

但桂小五郎並未因龍馬說不出令自己著迷的理論和思想而瞧不起他。

「你頗具英雄風範。」

桂小五郎道。

「要想成大事，靠的不是一個人的辯舌或才智，而是他的個人魅力。我就是缺乏這項，不過你正具備如此魅力，這我看得出來。感覺你只要出聲，不僅是人，即便是山都會應聲而動。」

「山哪會動呀？」

「這只是比喻。」

「那我就放心了。」

「你們土佐人好像很愛開玩笑，真教人不知如何是好。」

「因為連江戶人都說『土佐人愛瞎扯』嘛。」

「沒錯。在江戶一向都有『長州人伶俐，薩摩人忠厚，土佐人瞎扯』的說法。」

「怎麼土佐好像屈居劣勢？」

「怎麼會呢？瞎扯反而更能解除對方的戒心，因此能夠成就大事。提到這點，長州人的伶俐易使人產生戒心而無法成事。況且反應過於伶俐本就不討人喜歡。而薩摩的忠厚也不好，有時會顯得遲鈍。」

「桂兄討厭薩摩人嗎？」

桂小五郎並未明說「的確討厭」。

「我認為男人不該坦言自己的好惡。」

桂小五郎特別如此自我警惕，可見他對人的好惡之情一定相當強烈。

「不管怎麼說，」

桂小五郎道：

「『長州人伶俐，薩摩人忠厚，土佐人瞎扯』的說法實在有意思。若有人同時兼具這三種特質，必然是個能成就大事的偉人。」

「我是這樣的人嗎？」

龍馬像個孩子般反問自己。

「並不是。瞎扯倒是第一名。但既不夠伶俐，也不夠忠厚。」

然而桂小五郎卻十分珍視龍馬如此善於瞎扯的天性。而儘管龍馬欠缺學識涵養，卻仍認定他是個兼具伶俐及忠厚天性的罕見人才。

淫蕩

龍馬返回土佐藩的品川營區，並詳細報告自己從桂小五郎那邊聽來的長州營地情況。

不料家老山田八右衛門卻只說了一句：

「啊，這樣喔。」

既不驚訝也毫無佩服之意，甚至連句慰勞的話都沒。

不僅八右衛門如此，這是代代繼承高俸的上士皆未能倖免的通病。

兩百多年來一直安坐於藩之貴族階級的高座上，後代子孫難免墮落。

如此情況下，生來即為藩之貴族的山田八右衛門，似乎不了解潛入他藩偵查是多麼辛苦的工作。即使了解，恐怕也認為這本就是那些下級武士該做的工作吧。

龍馬還據實以報：

「長州營區的大砲中，有幾門是以青銅燈籠的底座偽裝而成。」

但八右衛門竟笑也不笑。可笑的感覺是源自人類的批判精神，八右衛門大概不具如此能力吧。

「這樣的話，萬一敵軍攻上岸來怎麼辦？」

當然也未如此說。他之所以毫不擔心是因他氣勢已衰，毫無衝勁。

八右衛門既不覺得好笑也不感到憂心，卻一本正經地說：

「如此若不會遭大公儀（幕府）怪罪，那我藩不如也買些燈籠來假冒吧。」

會不會遭幕府怪罪？這就是當時武士判斷行為對錯的唯一標準。封建時期各藩上士多半都像八右衛門這樣，只是程度略有差異罷了。這個階層一如死水，早已腐臭不堪。諸藩下士出身的年輕志士在推動明治維新時，率先推翻此腐臭階級也是理所當然的。

但龍馬對八右衛門的話甚感詫異。

「這……相較於買燈籠，裝設大砲更是當務之急吧？」

不料八右衛門只是嚴厲地瞪了龍馬一眼，便扭頭不再睬他。因為下級武士向家老提出意見的行為是決不容許的。

幾天後，龍馬聽到一則令人詫異的傳聞。

上次聽桂小五郎提起的老師——那個名為吉田松陰的年輕人，據說企圖私自出國，沒想到卻遭幕府官員逮捕。

松陰本是個鑽研漢學及兵法之學的讀書人，但因深感必須瞭解外國情形才能重振日本，而企圖私自出國考察。這人凡事深思熟慮，竟然也會想出如此破天荒的衝動之舉。

他將小船划近泊在下田的黑船，請對方讓他上船，同行的還有弟子金子重輔。不料黑船方惟恐此事引發與幕府之間的外交問題而拒絕。

據說松陰隨即遭下田官員逮捕，並關進囚籠送往江戶北町奉行所。

吉田松陰在下田港外的壯舉及失敗的消息，給龍馬帶來相當大的衝擊，因為龍馬才剛聽桂小五郎提起這名字。

「天下風雲已開始湧動。」

龍馬心想。

不過……

「我也不能繼續渾渾噩噩過日子了。」

他倒也未如此覺悟。畢竟龍馬才二十歲，還不知道自己該做什麼，甚至連未來方向都還摸不清頭緒。

遇見桂小五郎時的確受到相當的激勵，曾暗下決心將來定要有一番作為，卻無即時行動的衝勁，因為他天生就非如此個性。

「桂小五郎是桂小五郎，我是我。我和他不同，我是晚熟稻，該學習的事情還多著。不管怎麼說，應該先把劍道學好。」

他如此決定。

「先加強自己吧。」

同時下定決心必須先使自己更強壯，鍛鍊成不輸他人的體魄，否則定無法成就天下大事。

於是龍馬又回歸平靜的日常生活。

之後不久，黑船便撤出江戶灣周邊海域，土佐藩在品川的備戰狀態隨之解除，龍馬也獲准返回江戶桶町的千葉道場。

返回道場時的龍馬，髮型已不是上次那樣，長短不一、像個山賊似的。如今他整頭留長的濃密頭髮已可順利紮起，看起來更像個大人。

「變得一表人才了喔。」

大師傅千葉貞吉欣慰道。貞吉身體依然不適，經常必須臥床。

「有道是『士別三日刮目相看』。男人就該日日長進。」

但少師傅重太郎隨即提起酒的話題。

「龍老弟，今晚來喝兩杯吧。」

龍馬認真練習對打直至天黑，這才擦淨身體、換上乾淨衣服走進道場的休息室。

酒菜早已備妥。

佐那子也在。

她利落地指揮下女，同時一邊安排座位。

「好久不見呀。」

龍馬招呼道。不料佐那子只是瞥了龍馬一眼，就噘起嘴來故作生氣狀。佐那子就像典型的江戶人，膚色微黑，五官小巧，因此板著臉反而更可愛。

但即使如此，她還是退後一步，並取下工作用的束衣帶，鄭重其事地三指著地請安道：

「坂本大哥這回隨軍參戰，想必十分辛苦。您能平安歸來，真是可喜可賀。」

龍馬隨性地點了下頭，隨即望著佐那子手邊正準備的東西，問道：

「那是什麼東西呀？」

「大哥要我做這道菜，我只好依他吩咐準備。我看了都覺得噁心。」

「是補品（山豬肉火鍋）嗎？」

「不，是豬肉。」

當時江戶專賣野味的肉店已開始販售豬肉。重太郎大概是想吃稀奇的東西，才叫佐那子去買的吧。

從前日本並無飼養或宰食豬隻的習慣，但近來琉球風俗傳入，江戶賣野味的肉店，除原本的山豬肉及鹿肉之外，也開始賣起豬肉了。

重太郎一屁股坐在豬肉鍋前，命令道：

「佐那子也吃一點。」

佐那子嚇得連忙搖頭。

「我死也不吃。」

「為什麼？這麼好吃的東西！聽說一橋大人（後來的第十五代將軍德川慶喜）也很喜歡吃喔。上次的山豬肉妳不也吃了嗎？」

「上次只吃一小片，而且是拚命給它吞下去的呀。」

「聽說很久以前野豬開始被人圈養之後，逐漸演變成現在的豬隻。所以二者沒什麼兩樣嘛。這回也吃吃看吧。」

「我不喜歡四條腿的。」
佐那子怯怯地望著滾燙火鍋中的肉片。
依照當時的風俗，煮食獸肉時必須拿到庭院煮，還得在神壇貼上白紙，以免神明聞到味道。可見是視獸肉為不潔之物。
「坂本大哥一定也不喜歡這種東西吧？」
佐那子尋求龍馬的同意。誰知道龍馬的反應卻和她的期待完全相反。他笑嘻嘻地說：
「我很喜歡這味。」
「哎喲。」
佐那子聽了很不高興。
「你以前曾經在哪兒吃過嗎？」
「沒吃過。」
「這是第一次？」
「嗯，第一次。」
「既然是第一次，怎麼可以說『很喜歡』呢？」
「因為我一向不挑食。」

⋯⋯⋯⋯⋯⋯⋯⋯⋯⋯⋯⋯⋯⋯⋯⋯⋯⋯⋯⋯

「哦？原來⋯⋯」
佐那子咬了一下嘴唇道：
「坂本大哥不管是對食物或人都不挑剔。」
「這話說得好狠哪。」
龍馬抓了抓頭。
「應該是這樣沒錯吧？你上回不是還想為深川岡場所的妓女報父仇嗎？」
「妓女也是人啊。」
「是呀，當然是人。」
「所以沒什麼不對吧？」
「是呀，對方是沒什麼不對。」
佐那子點點頭又道：
「不對的是坂本大哥自己。明明還是個學生，卻是岡場所女人的恩客，真是太不檢點了。」
「我不是她的什麼常客。」
「真沒男子氣概。還撒什麼謊呀？」
「真拿妳沒辦法。」

龍馬又抓抓頭。重太郎實在看不下去了，便說：

「佐那子，妳太沒禮貌了喔。我不逼妳吃豬肉了，妳坐到那邊去吧。」

「才不要！你們兩個就多吃點豬肉吧。人家偏要坐在這裡說些不中聽的話。」

佐那子雖然嘴上不饒人，但一旁的哥哥重太郎早就發現一件事了。

她的模樣很怪。

完全不像她。一下子不小心讓衣袖弄翻水壺，一下子又拿起空酒壺招呼道：

「哥，來。」

說著就要倒酒。

「佐那子，妳冷靜一點吧。」

重太郎終於看不下去了。佐那子卻撇嘴道：

「我很冷靜呀。」

竟如此頂嘴。她的雙眼亮得出奇，既逞強又嘴硬，但又不時把目光投向龍馬，然後飛快垂下眼簾。

「佐那子愛上龍老弟了。」

這個妹妹個性強，重太郎忍不住為她操心。

話題原本圍在相模港外的黑船、諸藩警備工作的優劣及屈服於美方威脅的懦弱幕府上打轉，都是些挑起悲憤情緒的話題。這些話題告一段落，重太郎冷不防來了一句：

「龍老弟，有關你的終身大事……」

接著又說：

「土佐老家那邊是不是幫你找好了？」

「屬意的對象？」

田鶴小姐的身影立時浮現在龍馬的腦海裡。但對方貴為家老之妹，自己怎麼配得上。

「沒有。」

龍馬悻悻然地回答。

「那正好。龍老弟喜歡什麼樣的女孩？」

「不知道。」

「只要是人應該就有特別的偏好。比方說個性強的啦，溫柔的啦，有學問的啦，還是懂得照顧人的女人呢？」

「我真不知道吔。」

「真的嗎？那對象是由老家的父兄代為決定吧。」

「不，我自己挑。」

「哦？這你倒回答得挺爽快的。」

「不過現在也不必了。」

「你打算怎麼辦？」

「我想一輩子單身。」

「這怎麼行？」

這下重太郎也緊張了。他看看佐那子，只見她黯然低著頭。

「男人沒老婆可慘了。我經常到上野的寬永寺去，只要到過那種地方，你就了解了。年輕僧人個個散發精力過盛、欲求不滿的感覺，看起來很好色。老和尚的皮膚也黏搭搭的，看起來比尋常男人骯髒。我看男人一定要有老婆，才能保持神清氣爽。」

「或許是吧。」

龍馬也不頂嘴，只是微笑著點點頭。

龍馬並未痛下決心，但自從在三浦半島的山中遇見小五郎，每天都因幾乎無法克制澎湃的熱血。雖然還不知道該做什麼，但他至少感知，讓自己如此熱血澎湃的那東西，似乎已在將來等著自己。

「哪還能想到結婚這檔事呢？」

龍馬只是單純地這麼想。

舉世騷動。

那些黑船於嘉永七年（一八五四）六月一日轉往香港，但騷動並未因此平息。

攘夷論甚囂塵上，武士開始流行批判幕府。以往在日本是絕不容許批評將軍的施政之道的。

江戶百姓對這些事或許一無所知，但另有讓他們驚慌的理由。

「地震。」

地震的謠言。最近不僅天氣悶熱，每天還不斷發生一些微震。

「會不會哪天突然來個大地震啊！」

百姓一相聚就討論起這項謠言。

此外，龍馬初到江戶來時不常見到、最近上街卻發現愈來愈多這種人物：哇哇天王及速速坊主。

這是種挨家挨戶乞討的藝人。

所謂的哇哇天王多半身著襤褸污穢的黑紋背心，裡面穿著白色窄袖和服及裙褲，腰間佩帶兩把假刀，臉上還戴著猿田彥的詭異面具。嘴裡嚷著：

「哇哇天王最愛吵鬧！」

如此挨家挨戶乞討一文錢。孩童若跟在後頭追著跑，他就灑下大把牛頭天王的護符，為他們祈求平安。

速速坊主同樣精力充沛。他們在青竹前端串上銅錢，在繞行大街小巷的同時用力甩動青竹並唱誦奇怪的經文。不管是哇哇天王還是速速坊主，都是為家家戶戶祈求平安而來，可見他們的人數若愈來愈多，就表示世人心裡愈是惶惑不安。

但龍馬依然專心練他的刀。

刀術也變得更強了。

在道場能與龍馬互爭勝負的只有少師傅千葉重太郎，其他人連一記都打不中。

特別值得一提的是龍馬原本擅長攻擊「面」，但下工夫苦練後，很快地就在「籠手」的攻擊上有了長足的進步，如今連重太郎都望塵莫及。

「龍馬的手部攻擊讓人必哭！」

這名聲甚至傳至神田玉池的千葉道場。若遭龍馬的竹劍由「上段」直劈手部，任何人都會痛得跳起來。那力道貫穿道服厚厚的棉布直竄手腕，彷彿連骨頭都要震碎了。

炎熱的夏天才過，江戶各處的路邊都聽得到蟋蟀的叫聲。這時許久不見的寢待藤兵衛又上道場來找龍馬。

「藤兵衛呀，稀客稀客。」

龍馬向重太郎借了間房，請藤兵衛入內。

「你這一向可好？」

自阿冴事件後，兩人即未再見面。

「去了遠地一趟。」

「工作嗎？」

藤兵衛是專門在遠地作案的竊賊，在江戶期間可謂完全安安份份。

「是到西方諸國去了嗎？」

「不，往北方的出羽、會津那邊去了。」

藤兵衛如此回答後，又突然想起什麼事情似地補充道：

「對了，我在會津若松的城下又看見那個信夫左馬之助。」

「信夫左馬之助在會津若松？」

龍馬大吃一驚。這人就是阿冴小姐的殺父仇人，去年秋天曾在薪河岸吃了龍馬的大虧，當時他曾撂下狠話：

——先警告你，我生性固執，等我琢磨功夫之後還會來找你。你給我好好記住！

說著便消失在黑暗中。

想必左馬之助當時就關閉本所鐘下的小道場，離開江戶了吧。

「那人在會津嗎？」

「您也很意外吧。」

「他在那裡做什麼？」

「他開了家劍道場，收些武家的僕役、農民、商人、流氓為徒。論流派，因為他所屬的無眼流是眼前並不風行的小流派，所以名門子弟自然不屑學之。但近來專收這些無身分地位之學生的道場，收入反而更可觀。」

「江戶也是一樣情形。」

打從去年黑船騷動事件開始，無論武士、浪人或百姓，學習劍道的人便突然大增。江戶城區每個月都會多出幾家道場。在千葉、齋藤、桃井之類的大道場很難取得「目錄」或「皆傳」的資格，因此聰明的浪人都投入小流派門下，一取得「皆傳」資格便立刻自立門戶另開道場。因招收對象不是武士而是百姓，即使武藝不甚高強，當起師傅也綽綽有餘。

「就是這類道場吧。」

「不過信夫的道場雖是個簡陋的鄉下道場，但他曾在江戶開過道場，因此在會津也頗受歡迎。會津若松雖是窮鄉僻壤，好歹也是武名赫赫的二十三萬石松平氏的城下町。連百姓都崇尚武術。因此信夫的道場還真選對地方了。」

「很好啊。那你見著左馬之助了嗎？」

「當然沒見著，只是偷偷看了看道場的情形，四處打探一下消息罷了。」

「這麼說來，你還有介入為阿冴小姐報父仇的事嗎？」

「因為都插手了呀。」

「你人還真好。」

「大概是平常做太多壞事了吧。偶爾想做做好事，就一股傻勁地做下去，也不管是不是被騙還是什麼的。這就是我幹這行之人的性格。」

「真令人佩服。」

「您別取笑我了。」

「我這是在誇你呢。對了，阿冴小姐現在怎麼樣？」

阿冴曾認真地說要教龍馬男女之道，以報答代報父仇之恩。但龍馬已退出此事，因此便沒了下文。

「她很好啊。」

藤兵衛道。

「還在深川仲町嗎？」

「不，今年二月黑船騷動事件發生時，她弟弟山澤市太郎就因肺癆過世了。」

「嗯。」

「我也存了點錢，於是就替阿冴贖了身。」

「這真教人吃驚啊。你收她為妾了嗎？」

「開什麼玩笑！」

藤兵衛氣道。

「事情不是這樣啦。」

「對了，你今天來有什麼事嗎？」

龍馬問。寢待藤兵衛答道：

「哎呀，是因為來到這附近，想說許久不見就順道來拜訪您了。」

說著搖搖手沒再說下去就打道回府了。

後來佐那子來收茶具，問道：

「那生意人模樣的人你認識嗎？」

「嗯，是我朋友。」

龍馬隨性地微笑道。

「做什麼的？」

佐那子似乎對龍馬身邊大小事都想了解。

「什麼『做什麼的』？」

「我是問，他做的是什麼生意？」

「喔，他是小偷。」

「啊？」

「這沒什麼好驚訝的。雖是盜賊之屬，但只要浸淫得夠久，渾身會自然散發內斂的光采。無論為人或談吐都遠較生吞四書五經的初出茅廬儒者更有意思。何況他是個遠地的盜賊，幾乎經年遊歷各地，故熟知各國情況。我從他身上學到不少意想不到的事物，包括各地風土、風俗及人情。」

「坂本大哥……」

佐那子難以置信地睜大眼睛，但隨即撇撇形狀小巧的嘴道：

「你是到江戶來進修的，竟與那種盜賊來往，要是傳出去，老家的父兄一定會嘆息不已吧。」

「對啊。」

龍馬故作驚覺狀。

「他們應該不會說『幹得好』吧。不過家姊一定會覺得有趣。」

「令姊是什麼樣的人呢？」

「她可是日本第一的女性哪。她叫乙女，長得漂亮，個子又大。」

「個子大？」

佐那子個子十分嬌小。

「又有學問。」

「比我還有學問嗎？」

「這可難說了。但她刀術高強。」

「比我還高強嗎？」

「當然乙女姊刀術再怎麼強，也只是土佐鄉下的刀術。但若論及馬術及泳術，應該就勝過佐那子了。」

「我不會游泳。」

「江戶的河川沒法游啊。要是有個妙齡美女下水游泳，一定會吸引大批群眾圍觀的。」

「真希望見見坂本大哥的姊姊。」

「你們一定很合得來。兩個脾氣都倔，長得實在很像。」

「你是說五官像嗎？」

「不，是『衝』這點像。」

「不懂。你剛說『初鷹』（譯註：日文衝和初鷹音近）？」

「不是指鳥，是指女孩子呀。在我老家都稱那些像男人一樣愛學刀術及馬術的女孩子『衝妹』，就是野丫頭啦。」

「我是那種野丫頭嗎？」

「這個嘛……」

龍馬笑而不答。翌日龍馬說鍛冶橋的藩邸有事，一早就出門，直到晚上都沒回來。

這天傍晚，龍馬一直在一家藤兵衛常去的堀江町船宿喝酒。

為什麼要到這裡來，龍馬自己也不明所以。

其實這天剛走出鍛冶橋的藩邸，本打算返回千葉道場……

「大爺。」

突然有個人鞠躬哈腰地走上前來。

「大爺是坂本龍馬爺吧？」

「是啊。」

「藤兵衛爺說有要事叫我來帶您過去。」

「你是誰？」

「我是船宿的小吉。」

「要帶我去哪？」

「堀江町河岸的『萬字桔梗』船宿。正好和大爺您的家紋有些關連。」

「是嗎？」

為了安全起見，龍馬特地告訴藩邸守衛自己此去之目的地，然後才上船。雖是艘船，卻與土佐浦戶的漁船不同，稱為「豬牙船」。龍馬曾聽說江戶遊客多乘此船遊江，但這還是他第一次搭這種船。

江戶的市景從河面上看來別具風情。

小吉搖著櫓，同時為他介紹川岸上的大名屋敷及旗本屋敷。

一會兒鑽過思案橋後，從萬字桔梗上了岸。然而卻不見藤兵衛人影。

「喂，藤兵衛人呢？」

他問老闆娘，她卻只管送酒和酒菜進來。藤兵衛本人依然沒露臉。

又過了一會兒，對岸材木町的木料場已是漆黑一片，家家戶戶都點上燈火。

這時紙門總算拉開。

「藤兵衛嗎？」

「是我，阿冴。」

「……」

龍馬倚著欄杆俯瞰江面，其實已有相當醉意。

龍馬默默回頭一看，阿冴趕緊深深低下頭。

「是妳呀！」

「藤兵衛大爺要我馬上過來，所以我就趕過來了。」

「那藤兵衛人呢？」

「不知道呀。」

「咦？」

龍馬拍了拍手喚老闆娘進來。老闆娘在這一行裡算是比較正直的中年婦女。她揩著額頭上的汗水道：

「藤兵衛大爺剛才……」

「來了嗎？」

「不，只是派人來傳話，說今晚特地請您過來，自己卻無法趕來，深感抱歉。請您盡情享受美酒佳餚。」

「藤兵衛這傢伙就會耍這種一眼就能識破的小花招。定是想撮合我跟阿冴小姐，把我扯進報仇一事吧。」

龍馬立即識破了，但他生性不喜展現自己的聰明。

「真傷腦筋呀。」

他故意裝傻。

這天晚上龍馬真是大開眼界。

提到船宿，人們多半只想到伏見的寺田屋或天滿的八軒家那種接待往來淀川旅客的歇腳處。但江戶的船宿可大不相同。

江戶的船宿饒富風情。

那是接待攜藝妓遊川之客的休息場所，甚至不止於此。有些人還與深川藝妓相約在此共度春宵。

「原來如此。」

龍馬一臉欽佩。

阿冴小姐簡直就是個萬事通。

「要玩的話，還是江戶最好。」

「這樣嗎？」

「京都、大坂當然也有獨特的風情，但江戶人更懂得玩。您家鄉土佐如何呢？」

「土佐的高知是二十四萬石的城下町，但並無青樓區。」

「哎喲，那血氣方剛的年輕武士要怎麼宣洩過剩的精力呢？」

「到海邊激烈地相撲或比刀，要不就游泳。土佐人自古就特別喜歡相撲，歷代藩主也鼓勵年輕武士參加，將精力宣洩在土俵上。」

「不到青樓玩女人，改賽相撲，多粗野呀。江戶的旗本武士才不會這麼不解風情呢。」

「阿冴小姐，妳身為京都人，怎地如此偏袒江戶人呢？」

「因為江戶武士較懂風情呀。」

「難道土佐人就完全不解風情嗎？」

「呵呵，最不解風情的是薩摩武士。」

「第二是土佐武士嗎？」

「呵呵，就像『土佐的長刀』那樣呀。」

喜歡佩帶與自己身高不相稱的長刀，這就是土佐武士的習慣。在江戶街頭只要看到如此裝扮，當場即可斷定是土州人。

「可旗本八萬騎多半慣以鐵質較少的江戶水道水洗身，膚色因而顯得白皙而似乎較溫柔。但再怎麼解風情、善於冶遊，一旦黑船入侵也無一人半騎能挑起沿岸的警備工作。國難當頭之際，還是只知相撲的土佐年輕武士才派得上用場。」

「在船宿不適合如此自誇唷。」

「這就是江戶人所謂的庸俗嗎？」

「沒錯。」

「阿冴小姐想必毫不庸俗，但妳既身為女人，為何偏要做為父報仇這種庸俗不過之事呢？真教人無法理解。」

「是這樣嗎？」

一提起這話題，不知為何，阿冴就含糊其辭。

「不管這個了。還是來說說我和坂本大爺的約定吧。」

說著頻送秋波。

「什麼約定？」
「您忘了嗎？我要教您男女之道的約定啊。」
「嗯，總有一天要請妳教我的。」
「不如就趁今夜吧。」
阿冴的語氣像在開玩笑，臉上的微笑卻立時消失，雙眸炯炯凝視著龍馬。
這時十五的滿月升起。
明月映在水中，對岸材木町的房子彷彿漂浮在月光中，這風景美得如夢一般。
龍馬醉得厲害，也許是因阿冴特別會勸酒吧。
「喝太多了。」
龍馬說著放下酒杯。
「沒關係吧。」
「沒關係，我要回去了。」
說著站起身來拉開紙門。
「哦？這房裡還備有寢具呀。阿冴小姐要睡在這裡嗎？」
「坂本大爺也住下吧。」
「我要回去。」
「您這樣子，走路危險呀。」
「不要緊。」
龍馬這麼說，腳下卻輕飄飄的。他趕緊扶著柱子。
「您瞧，這可不是鬧著玩的。」
阿冴說著攙住龍馬的手臂。
「對了，坂本大爺，方才提到幫阿冴報父仇時把話題岔開了。請容我再說說。」
「那件事別再提了，我吃夠苦頭了。」
「我再想不提也得提呀。我差點因信夫左馬之助而丟掉性命呢。」
「有這種事？」
「我還在深川仲町時，有個熟客要我陪他乘船遊大川。沒想到天一黑，他就突然一把將我推下川去。」
「是那個熟客推的嗎？」

「是。」
「然後呢？」
「幸好川裡有艘夜釣船將我救起，這才撿回一命。那熟客竟然就是左馬之助的門人哪。」
「這故事說得未免過於湊巧了。」
龍馬心想，但仍一本正經問道：
「然後呢？」
「我向藤兵衛大爺提起這事，他說我要是繼續待在仲町，左馬之助一定會一直來索命，於是便為我贖了身。」
「那妳現在靠什麼維生？」
「當書法教師。」
「女人家教書法？還真罕見啊。那麼妳現在還想報父仇嗎？」
「我若不報仇就會被殺。請坂本大爺無論如何一定要助我一臂之力。」
「恕難從命。妳最好也死了這條心。」
「我絕不死心。」
今晚讓他們二人在此約會，果然像是藤兵衛會要的小把戲。要是和阿冴小姐同床共枕，龍馬一定會心生憐惜而不顧一切為她報仇。這想必就是藤兵衛打的如意算盤吧。
「這小偷還真愛多管閒事哪。」
龍馬暗中嘀咕。不料，抱著柱子的雙手突然不由自主地下滑，最後竟一屁股坐在柱旁地板上。
「咦？我大概真醉了。」
天將亮時，乾渴已極的龍馬醒了過來。
這才發現自己竟不知不覺裹著絹絲棉被睡著了。
「糟了！」
他趕緊翻身坐起。
他盤腿坐在棉被上。但更教他吃驚的是，自己竟不知不覺被換上睡衣了。
此時龍馬察覺暗處有人，他立即把手伸向枕邊的佩刀。

凝神一看，旁邊似乎還鋪著一床棉被，棉被中傳出女人強忍著笑的聲音。龍馬花了一點時間才想起，那是昨夜頻頻為自己斟酒的阿冴小姐。

「您醒了呀？」

「真糟糕。」

龍馬一時慌得六神無主。

「怎麼才喝那點酒就醉得不醒人事呢？我什麼都記不得了。」

「呵呵……」

阿冴悶聲笑著。

這其中另有隱情，只是阿冴並未對龍馬坦白。其實是因昨夜龍馬喝的酒裡放有寢待藤兵衛調製的藥粉。

藤兵衛事前就告訴阿冴。

——要和坂本大爺睡覺。

他如此獻計。

——若非自己的女人，男人絕不會為她掏心掏肺。但這位大爺嫩得出奇又沒摸過女人，恐怕很難誘他共寢。你看看情況，若覺很難成事，就把這東西讓他喝下去。

說著遞給阿冴一個小紙包。

——這是什麼呀？

——哎呀，是從長崎的中國人那裡買來的春藥啦。

藤兵衛這麼說。但其實應該是種安眠藥。

藤兵衛有時為了工作會使用此種安眠藥，以便潛入民宅作案。就是因為這樣才被其他盜賊朋友取了「寢待」這個別名。不過阿冴做夢也想不到藤兵衛是幹這行的。

「幫我點亮行燈。」

龍馬道。

「是。」

阿冴站起身來，卻不走向行燈所在的角落。她突然勾住龍馬右臂，並攤倒在他膝上。

「妳、妳在幹什麼?」
「坂本大爺，昨晚阿冴依照約定教您男女之道了，您還記得吧?」
「什麼!」
我完全不知情呀!龍馬在黑暗中咆哮似地說。
「討厭!」
阿冴把手放在龍馬大腿上。
「昨晚您明明和人家翻雲覆雨的呀。」
「胡說!我完全不記得!」
「我可是記得一清二楚的唷。」
「阿冴小姐，妳一定記錯了。既是男女之道，怎可能只有女方記得而男方不記得呢?這點道理我可是懂的。」
龍馬那天一早就返回桶町的千葉道場，但總覺得有上當的感覺，心情大為不快。
「阿冴那女人真像隻狐狸精。」

他在井邊脫得精光，不停提水沖洗身體，沖了約莫二十桶，才拿手巾擦起身體。
「怎麼啦?」
重太郎在身後訝異地說。坐在庭院那頭屋裡的佐那子也望著這邊。
「什麼怎麼不怎麼?我明明沒幹嘛，卻說我做了啥!那女人說她教了我，還真的有好好教咧!真受不了。那怪女人偏偏哪壺不開提哪壺，還說要報父仇。真是的，重哥，江戶這地方是不是怪物群集之所呀?」
「要說江戶的壞話也就罷了，但請你用江戶話說。你那土佐腔我完全聽不懂啊。」
「說得也對。」
龍馬於是改用江戶話道:
「啊，對了。重哥你呢?這種事你一定很有心得吧?怎麼樣?」
「我?什麼怎麼樣?」

「就是那個，那個嘛。」
「龍老弟，你冷靜一點，說清楚到底是什麼事呀。」
今早的龍馬和平常判若兩人，躁動得出奇。重太郎心裡很納悶。
「我很冷靜呀。」
一絲不掛的龍馬依然岔開雙腿站著。
「先把兜檔布繫好吧。」
「嗯。」
龍馬繫上全新的白布條後，又說：
「重哥跟女人睡過覺嗎？」
「你、你問這什麼問題呀？這也太突然了吧。」
重太郎緊張地四下張望。那邊房間裡的佐那子早已躲在紙門後。但龍馬的聲音很大，那邊想必也聽得見。
「請老實告訴我。」
「這個嘛……」
重太郎盡量壓低聲音。不像父親，重太郎是個花花公子，當然曾暗中與其他門生到過吉原或岡場所。
「睡過。」
「那我問你，和女人做那檔事的話，會錯亂到早上醒來一點印象都沒有嗎？」
「哪會這麼瘋狂。」
「我就說嘛！」
「龍老弟……」
重太郎欲言又止。
「太大聲了啦。佐那子就在那間房裡偷聽哪。」
「可這不是很奇怪嗎？我昨晚喝酒醉到不醒人事，就和某個女人睡了。後來那女人就信誓旦旦地說她教了我男女之道。」
「喂，太大聲了。」
「沒辦法，我天生就這嗓門。我期待中的男女之道是更加纏綿的，到現在仍如此相信。和那種女人搞成這樣，真讓人不快啊。」
「龍老弟，事情的來龍去脈我不清楚，不過你這行徑可真是武士之恥呀。萬一睡著時被砍下首級該如何是好？較之男女情事，你如此疏於警戒更是恥中之恥。」

後來佐那子鐵青著臉走進重太郎的房間。

「大哥，方才坂本大哥那醜態究竟是怎麼回事？真讓人失望透頂。沒想到他是這麼齷齪的男人。」

「是喔。」

「大哥，您老實告訴我，您心裡是怎麼想的。」

「看來似乎不值得尊他為武士。」

重太郎之前覺得龍馬是值得他尊敬的人，沒想到現在龍馬竟和妓女飲酒作樂直至不醒人事。不僅如此，堂堂男子漢還被女人蓄意侵犯，事後甚至毫無印象，簡直窩囊透了。虧他還身為武士，更教人不齒。

「他的確是個好男人，但因生為鄉下有錢鄉士之么子，似乎有點被寵壞了。我看今天在道場稍微給他一點教訓吧。」

「贊成！」

佐那子拍手道。不過顯然只是故作開朗，證據是她眼裡毫無笑意。不過她為什麼特別開心到鬼叫呢？重太郎百思不解。

大病初癒的老師傅貞吉正好在庭院散步，大概是想練練腿力吧。這時突然悄悄坐在簷廊上。

「啊呀，父親大人！」

兄妹兩人正要衝往簷廊迎接，貞吉卻揚手制止他們。

「坐在那裡就好。說來抱歉，你們剛才說的話我全聽見了。你說要在道場上教訓龍馬，你有這本事嗎？」

「那當然啊。」

「最近曾與龍馬練習對打嗎？」

「哎呀，好久沒和他對打了。」

「我就說嘛。他最近似乎更上層樓了。」

「我倒感覺不出來。」
「不過還是較量較量吧。我也很久沒當檢分了，就以三十回合分勝負吧。」
「三十回合——」
這可是拚死力戰哪，重太郎心想。
貞吉又說：
「方才在井邊他一絲不掛大聲和你討論昨晚跟女人睡覺的事，對吧？」
「是，孩兒惶恐。」
「你不必感到惶恐。我遠遠都聽見、看見了。心裡還暗想這人不簡單。他絕非表面上看來那樣魯莽，在他內心最深處，其實還有個沉默而冷靜的男人存在。你大概看不出來吧？」
「是，孩兒看不出來。」
重太郎唯唯諾諾地回答。但其實他早已看出龍馬內心另有個沉默而冷靜的男人，正因如此他才會近乎著迷地欣賞他。

「藉這個好機會告訴你一則有關刀術的故事吧。這和龍馬那件事似乎毫無關係，只是我方才見到井邊那個天真無邪的龍馬，竟想起從前我大哥（千葉周作）告訴我的一則故事——我忘了是發生在哪個國家的深山，不過還記得有個樵夫——」
深山中有個樵夫正揮著斧頭砍伐巨木。他突然發現背後不知何時來了隻名叫「悟」的異獸，正目不轉睛地注視著他。
「你是誰？」
樵夫問。
「我是名叫『悟』的獸。」
那獸回答。
出其不意生擒這珍貴之獸吧。樵夫心裡才如此動念，「悟」就張開血盆大口一針見血地笑道：
「你是想將我生擒吧？」
樵夫聞言十分詫異。看來這獸不易生擒，乾脆拿斧頭砍死牠吧。沒想到心裡才如此尋思，「悟」就立即道：

「你是想拿斧頭砍死我吧？」

樵夫這下也覺沒意思。

「心裡想的都被牠一語道破，那就沒辦法了。還是別理牠，繼續砍我的柴吧。」

於是重新拿起斧頭。

「你現在一定是想不出其他辦法，只好繼續砍柴了吧？」

「悟」嘲笑道。但樵夫已不想理牠，只管專心砍柴。

這時斧頭的斧刀部分竟突然鬆脫飛了出去，正中異獸頭部。異獸的頭被徹底擊碎，一聲不吭地死了。

刀術中所謂「無想劍」的奧義就在此。

這則寓言應是出自某位善於創作的禪僧之手，神田玉池的千葉周作很喜歡這故事，頒發「目錄」或「皆傳」證書給門下弟子時總要說：

「劍有心妙劍和無想劍。」

周作說。

「何謂心妙劍？」

心妙劍別名實妙劍，指的是能招招都依計畫不偏不倚確中目標。使刀能到如此境界應可謂刀術高手，但這刀若像異獸「悟」一樣遇上更厲害的高手，仍難逃落敗的下場。

所謂無想劍指的就是：

「斧頭之斧刀。」

斧頭之斧刀並無心思，只是無心無念地行動。若說異獸「悟」是心妙劍，那麼無想劍就是斧頭之斧刀。這是刀術的至高境界，臻此境界就能百戰百勝。千葉周作如此道。

「那麼，父親大人。」

重太郎聞言頗不服氣。

「您的意思是龍老弟已到達無想劍的境界嗎？」

「不，尚未到達。若已到達，就連我都要被龍馬那傢伙打得落花流水了。只是，無想劍的境界固然得靠勤練才能到達，但資質也很重要。心妙劍是凡人所能到達的最高境界，無想劍則是天才所能到達的最高境界。」

「那我是何者呢？」

「你嘛……」

貞吉顧左右而言他。

「三十回合的比試就定在明早卯時下段（約近七點）。要門人全數集合。」

龍馬與重太郎分持竹劍自道場東西兩側走向場中央。

提到這位千葉重太郎一胤，龍馬雖沒大沒小稱他「重哥」，但他與本家的堂兄弟一樣都被尊稱為「千葉的少師傅」，是江戶劍道界響噹噹的人物。

順帶一提，周作貞吉兄弟所代表的北辰一刀流千葉家有以下幾位傑出高手。

千葉奇蘇太郎（周作長男，於此前一年即嘉永六年病逝，得年二十一歲。）

千葉榮次郎（周作次男，當時人稱江戶實力第一的刀客。提到「千葉小天狗」，江戶百姓可謂無人不知無人不曉，據說刀技在其父之上。於水戶德川家的親衛隊「大番組」任職，幾年後的文久二年病逝。據說榮次郎雖長龍馬二歲，對龍馬卻敬愛有加。）

千葉道三郎（周作三男，因兄長相繼過世而繼承千葉本家。後晉升為水戶德川家之大番格，明治五年才過世。）

千葉多聞四郎（周作四男，文久四年病逝，得年二十四歲。）

千葉重太郎（貞吉獨子，相對於榮次郎的「小天狗」，有「桶町之龍」的稱號，後受龍馬影響投入勤王運動，明治十八年才過世。千葉的少師傅們都因激烈的練習，個個年紀輕輕即過世，只有他一人特別長壽。死後因生前盡心護王而獲追封正五位之官職。）

話說重太郎及龍馬兩人劍尖相交之後，隨即彼此彈開，保持六間的距離。

勝負約定為三十回合，中途不准休息。

「這場比試我一分也不讓龍馬！」

重太郎採「下段」的架式。

只見他劍尖如鶺鴒尾般輕巧抖動。這是北辰一刀流的特徵。

如鶺鴒尾般抖動有個優點——可預防刀尖僵死。如此接下來更能快速應對，對方也不易識破自己的意圖。

龍馬則採威風凜凜的「上段」架式。

重太郎雖覺龍馬的架勢雄偉而有氣度，但不認為他真有父親稱讚的那般能耐。

「哎呀，根本不足為懼嘛。」

父親貞吉就坐在前方正中間。

坐在旁邊的兩位，是以客人身分從玉池千葉特來觀摩的千葉榮次郎及同為代理師範的海保帆平。

此外又有門人弟子。末席稍遠處還坐著打扮正式的佐那子。

昨晚佐那子語帶嫉妒地說：

「大哥，你可要好好給坂本大哥一點顏色瞧瞧呀。」

她卻沒料到竟然搞成如此盛大的比試。

過了一會兒，重太郎大喝一聲：

「呀——」

這是誘對方出招的吶喊。

龍馬依然不動如山。

兩人皆文風不動。

坐在木座的佐那子緊張得渾身發顫。

到底緊張什麼呢？

或許是因雙方對峙的氣勢順著道場地板如實傳了過來吧，但絕不止為這原因。

她知道這回比試攸關龍馬在劍道界的未來。

總道場的千葉榮次郎和代理師範海保帆平也以客

人身分列席觀摹，使得這場比試意外成了正式比試。

「若坂本大哥得勝……」

那他在千葉門下三千弟子中，就穩坐少數菁英的寶座了。

「萬一落敗呢？」

龍馬的聲譽勢必頓時下挫。不僅如此，劍道界有許多人因大型比試失利而喪失自信，從此一蹶不振。佐那子知道很多這種例子。龍馬大哥也會步上如此後塵嗎？

「真不知結果如何。」

父親貞吉雖對龍馬最近的進展大加讚賞，佐那子卻不覺得他有到那麼厲害。

龍馬的功夫的確和剛上江戶時判若兩人，但大哥千葉重太郎的本領在整個千葉家族中可是與本家的榮次郎不相上下的。

「可是……」

父親貞吉對重太郎的資質從未有過任何評論，卻說龍馬具有無想劍的資質。言下之意，他不是秀才，而是天才。

「到底情況如何呢？」

自己究竟站在哪一邊？這一來佐那子自己也搞不清楚了。

——像坂本大哥你這種人喔，輸了最好啦！

佐那子幾乎想如此放聲大喊，但明明這麼想，眼睛卻不爭氣地直盯著龍馬的架式，內心迫切地祈禱龍馬獲勝。

如此奇妙的矛盾害佐那子自己都搞糊塗了。

注視著龍馬的並不止佐那子，千葉榮次郎和海保帆平也一樣。兩人之所以列席，是為了裁決龍馬是否夠格晉升千葉門最高的「大目錄皆傳」資格。

「呀——」

重太郎再度誘龍馬出招。

龍馬應聲將劍尖對準重太郎，換成「青眼」的架式。重太郎間不容髮地上前擊打龍馬的劍，並將之捲起以破壞他的架式，最後大喊：
「啊——」
同時以迅雷不及掩耳的速度向前突刺。
「看招！」
就在重太郎大喊之際，自身卻意外地往三間外飛了出去。因為龍馬的刺擊比他更早出手。
滿場喝采聲。
因劍道比試中從未見過如此精采的勝利。
之後就不妙了。接連十回合都是重太郎獲勝。
如此奇特的比試真是前所未聞。
或者該說，再無龍馬這般奇特的劍士了。
最初一回合，龍馬以豪快的刺擊打敗重太郎。當時所有人都認為：
——龍馬勝千葉重太郎一籌。
孰料後來他卻連輸十回合。
「他方才那一記明明十分了得呀。」

千葉榮次郎百思不解。
「叔父大人，這情況真詭異，我看其中必有隱情。這場比試還是就此中止吧。」
他向貞吉道。
「無所謂，還是比到最後吧。」
比試於是繼續進行。
讓眾人驚訝的是，龍馬依然一路落敗，最後終於進行到第三十回合。
雙方的道服都被汗水濡濕，像沖過水似的，但兩人的呼吸卻絲毫不亂。
重太郎採「下段」架式，而龍馬則迅速揚起劍尖，擺出「上段」架式。龍馬的氣勢飽滿，可謂天衣無縫。
這時龍馬作勢上前半步，並大喊：
「看招！」
彷彿想以氣勢壓人。
重太郎當時一瞬間以為龍馬瞄準的是自己的「籠

手」，正要使出最拿手的手部攻擊。他趕緊將劍尖往右拉近，護住手部。沒想到龍馬身形又是一變，害重太郎以為：

「想改擊我的『面』嗎？」

當重太郎抬起手的瞬間，龍馬的身體突然跳上前來，既不是朝「籠手」也不是朝「面」砍落，而是記巨砲般的猛烈刺擊。重太郎再度仰天摔倒。

「停——」

貞吉揚起手喊道。

榮次郎與帆平也站起身來，卻是滿臉不解。三十回合中的最初和最後回合，龍馬以豪快的刺擊將對手刺得翻倒在地，但中間的二十八回合卻輕易落敗。

後來到休息室時，榮次郎忍不住問道：

「叔父大人，您怎麼看這場比賽？」

「這個嘛……」

貞吉也是一臉疑惑。

海保帆平道：

「不管怎麼說，前後兩記刺擊實在精采。老實說我從未見過如此刺擊技巧。」

「但龍馬功夫既然如此了得，為何中間的二十八回合會落敗呢？總不會因對手是師傅的兒子就故意落敗吧？若如此就不配成為劍客了。」

「總之……」

海保帆平道：

「這人實在深不可測。就算他是故意輸給重太郎的，那麼要在二十八回合中以不同形式、不同動作、不同姿勢讓對方自然獲勝，可也不是普通本事。」

……………………

比試才過一個月，十一月初的某個傍晚，土佐藩的鍛冶橋屋敷失火了。人正好在道場的龍馬趕緊換裝趕回去，但火勢已經撲滅了。

「情況究竟如何？」

他抓著大門警衛問道。

「還好只燒掉工作小屋中的鉋木屑就順利撲滅了。」

「真是不幸中的大幸。」

火勢既已撲滅，龍馬等人就不必留在藩邸了。

此時突然嘩啦嘩啦下起雨來。

「這下可慘了。過午後天空就不太對勁，果然真的下起雨來了。」

「這把傘您帶著吧。」

警衛好心地說。

「不過一定要盡速歸還喔。最近帳房那邊特別囉唆。坂本爺您一向漫不經心，我看不太妥當哪。」

「放心，我一定會拿來還的。」

土佐藩的這個上屋敷因主君（本年人在領國）為人豁達、好發議論，諸藩藩士及本地的學者、劍客經常在此出入，故在江戶十分有名。

若回家時正好下雨，訪客自然要向藩邸借把備用的百文傘，但借了之後往往不還。

管帳的野村良平於是想了個辦法。

「再這樣下去，藩裡將因傘而經濟拮据。若換成上等傘，人家應該就會歸還了。」

因此每把上等傘上面都以黑漆寫上「鍛冶橋山內」字樣。

沒想到諸藩年輕武士特別愛拿此傘在路上招搖，反而更無人歸還，此舉因而淪為笑柄。

龍馬撐著那把寫有「鍛冶橋山內」的傘走出藩邸，正想返回道場。

身旁突然竄出一個女人。

「剛剛你們這裡很亂吧。」

「哎呀！」

龍馬大吃一驚。

「這不是阿冴小姐嗎？妳怎麼會到這裡來？」

「我到這裡來辦點事，沒想到正好遇上這場騷動。我擔心坂本大爺在裡面，特地來關心一下的。」

「妳還真有心哪。」

「坂本爺。」
阿冴小姐大膽地依偎過來。
「請讓我也到傘下躲雨吧。」
「啊，別客氣。妳要上哪兒去？」
「就前面一點而已。」
「是南大工町那一帶嗎？」
「對，就那邊。」
她含糊其辭地說，同時偷偷瞥了龍馬一眼，一副比以前更親密的模樣。
走著走著雨突然停了。烏雲散開，落日逐漸染紅整個西側天邊。
「這情形真有點詭異啊。」
龍馬抬頭仰望天空。
這天是嘉永七年（安政元年，一八五四）十一月三日。翌日清晨，大地震即將襲擊東海和畿內，但龍馬這時自然渾然未覺。

大地震前夕，龍馬與阿冴小姐道別後即返回桶町的道場。
龍馬撐著寫有藩名的傘和阿冴並肩從鍛冶橋一直走到桶町，這情形早就傳到道場，當然重太郎和佐那子也都知道了。
發現兩人共撐一把傘的，是奉重太郎之命前去查看火災情況的千葉家僕人，他回來立即向重太郎兄妹報告。
龍馬一回來，佐那子立即道：
「火災想必造成嚴重的騷動吧？」
語氣中充滿諷刺。
「啊，真的很嚴重。」
龍馬故意裝傻，其實心裡正想著嚴重的問題。
——那時阿冴小姐說，基於某種關係，她說她和道場南方僅一丁的八幡神社神主有交情。接著又引誘龍馬：「今晚我會留宿在社裡。亥時請到此宅與我私會。」

「那絕對不行。」

龍馬慌得就想立刻拒絕，但那時阿冴已迅速溜出傘下，提起衣襬往泥濘的道路跑去。

她當時的背影一直烙印在龍馬的眼裡，即使回到道場了仍未消散。

「似乎真要步上男女之道了。」

龍馬並未特別喜歡阿冴，但以他現在年紀，阿冴的誘惑實在充滿刺激，理性或任何東西都擋不住。

「今晚要溜進去嗎？」

想到這裡，都還沒下定決心就感覺渾身燥熱。

但看在佐那子眼裡，龍馬的表情卻充滿孩子氣，只是天真無邪地傻笑著。

佐那子沒想到龍馬心裡正因那事而澎湃不已，因此還說：

「對了，關於前些天的比試，我一直沒機會問你。你怎會輸得那麼慘呀？」

「因為我不夠強啊。」

「本家的榮次郎大哥後來還提出質疑，以龍馬的刀術看來恐怕是故意落敗的。不過要是坂本大哥在比試時故意落敗，我佐那子就要瞧不起你了。」

「是因為我太弱了啦。」

「真的？」

「因實力不足而落敗，就只是這樣。」

接著龍馬就噤口不語了。

老實說，龍馬與重太郎實際對決時，才驚覺對手竟然在短短時間內功力大減。其實並不是對手功力大減，而是龍馬進步太神速。

「還是輸給他吧。」

他的思考模式就是如此。龍馬從未對任何事特別執著。

就這一點來看龍馬或許不適合當刀客。重太郎將來必須繼承桶町的千葉道場，顧及重太郎顏面自然比贏得一場比試來得重要。龍馬的考量總是特別著重現實層面。

與阿冴約定的亥時終於到來。晚上十點，街上自然一片死寂。

龍馬翻過屋後圍牆，跳進後頭空地的草叢中。臉上蒙著黑布。

他蹲在草叢中點亮提燈。

「我怎地如此禁不起誘惑？」

龍馬這樣的人已不會這麼想了。

因為他已翻過圍牆，即使再如迂儒般連聲自責也於事無補了。

「既然要做，就痛快地做吧。」

即便是做壞事，即便只是為了滿足一時的情慾，也要勇往直前幹到底。所謂武士該當如此。儘管有點自私，卻是適用於龍馬自己的武士之道。

龍馬天生是個抗拒傳統道德觀的人，日後便以自創的龍馬式武士道做為自己的行為規範。話說回來，他若不依自己的道德觀行動，恐難以倖存於當時的亂世。表面上他始終笑得天真無邪，但幾年後身陷天下風雲之際的他曾如此宣稱：

——與人見面時若覺膽怯，就試想對方與其夫人調情時也沒什麼了不起。如此多數對手都將變得微不足道。

——義理之類的東西，連做夢都不要去想。那只會縛手縛腳。

——拋開所謂的「恥」，即可成就世間之事。

龍馬語錄

龍馬個性本就複雜，因此這並非內心深處的真正想法。他其實和善已極，或許只是想擬出獨樹一格的道德觀，藉以鼓舞自己吧。這些且先點到為止。

總之龍馬這天夜裡就提著燈籠目不斜視地快速前進。

他知道只要轉進西會所後方，即可不打町設的警備柵門經過，接著再轉過去就是八幡神社了。

小小的社殿東側就是神官宅。只見格子門已緊閉。

「該怎麼辦才好？」

龍馬駐足猶豫之際，突然出現一個顯然是阿冴以小錢打發來的老太婆。

「大爺，這邊請。」

老婆婆以不知何處的方言招呼道。

打開小柴門，繞進庭院距離母屋約二間距離處，果見另有一屋。大概是蓋來給神官隱居用的吧，只是屋主恐怕已不在人世。

阿冴默默打開門。

「這麼晚了，若點燈怕附近人家發現，所以我故意不點燈。屋裡很黑，我牽您進來吧。」

「喔。」

龍馬依言伸出左手。

說來或許可笑，不過龍馬進屋後立即找到酒瓶，隨即當著阿冴的面暢飲起來。

阿冴起初還摸黑為他斟酒，後來就覺得自己很傻。其實也真是傻。這個本該為偷情而來的男人連自己的手都不牽一下，只知一個勁地抱著黑暗中的酒瓶。

「您究竟怎麼回事呀？」

阿冴失望極了。

「妳是指什麼？」

「您是特地來這裡喝酒的嗎？」

「因為剛好有酒嘛。」

「這樣摸黑喝酒好喝嗎？」

「我家鄉年輕武士常玩一種名叫『闇汁』的遊戲，就像這樣。很特別喔。」

「那是什麼樣的遊戲？」

「在團團圍座的年輕武士正中間放一只大鍋，鍋裡煮著南瓜、茄子、魚等各式各樣的食物，但同時也放進舊草鞋、老鼠和貓之類的東西。就這樣熄燈開始吃將起來，身為男子漢大丈夫，不管夾到什麼，即便是稻草編的馬蹄護套，也得吃下去。」
「好噁心喔。不過大家為什麼要這麼做呢？」
「為了訓練膽量。身為武士，無論遇到什麼狀況都要處變不驚。就是要訓練這種鐵膽。」
「但即便是土佐鄉下的武士，也不會喜歡馬蹄套子吧？」
「當然不喜歡啊。所以呢，就這樣。還好周遭一片漆黑，大家一開始就大鬧並拚命灌酒。只要讓自己醉得神智不清，鍋裡的東西，管他是老鼠還是馬蹄套子都照吃不誤。」
「請問一下。」
「怎麼？」
「坂本大爺言下之意是，故意在我這只大鍋面前猛灌酒好讓自己神智不清嗎？」
「不、不、沒那回事。」
「我可不是馬蹄套子或老鼠呀！」

「好像沒什麼差吧？」
龍馬如此暗想，但仍若無其事地說：
「我剛剛只是打個比方。」
「那就更可惡了。您是把我比成馬蹄套子嗎？」
「不，我只是說，因為現在摸黑喝酒不禁讓我想起『闇汁』的情形而已呀。」
「那麼您眼前的若不是大鍋，又是什麼呢？」
「我可沒說是妳喔。」
龍馬一本正經道。
阿冴見狀忍俊不住。
「哎呀，算了，不跟您計較了。」
「拜託妳別計較。」
「仔細想想，坂本大爺莫名奇妙被一個來歷不明的女人纏上，其實也很像『闇汁』的情形。的確不知將出現馬蹄套子還是老鼠喔。」
「這我早有覺悟。」
「哎唷，您真是的。」

阿冴已經不生氣了。

熄燈喝酒容易醉，但龍馬雖已頗醉，內心卻仍有某部分十分清醒。

「要吃下去嗎？」

龍馬如此猶豫。

指的當然是眼前的「闇汁」。

換句話說就是阿冴。

日後志士夥伴口中的龍馬，是個狂放不羈又兼具雄才奇略之人，但別忘了，此時置身黑暗之中的他才二十歲。

連女人的滋味都不知道。

正因太想了解女人的滋味，而一步步掉進阿冴的陷阱。但其實黑暗中的龍馬正咬牙強忍著顫抖。

「原來男人的鐵膽也會顫抖。」

男人初夜原來就是這麼回事。

龍馬在家鄉時曾聽過幾則男人初次接觸女人的滑稽故事。

土佐人說：

——感覺就像初陣（譯註：初次上戰場）。

《甲子夜話》是當時十分受歡迎的隨筆（平戶藩主松浦靜山著），裡面有篇記載提到，從前戰國時代的加藤清正向兒子描述自己初陣的心情。

清正說：

——那是我初次隨秀吉公在賤岳打頭陣時，刺出全軍第一槍的事。一衝上山坡，發現上面有敵軍。我拚死以長槍和他們對決，但腦袋其實一片空白。就像半夜摸黑亂打亂刺一般，根本分不清哪個是哪個。心想自己武運已盡，於是閉上眼睛頌唱佛號，隨便衝進黑暗之中以長槍猛刺。這時手上突然感覺刺中東西了。那是刺中敵人了。事後聽說這就是此戰的第一槍，但自己當時並不知情。後來隨著征戰次數增加，我的眼睛也逐漸能看清敵我雙方的長相了。

「清正真了不起。」

龍馬一直如此認為。以清正這般藝高膽大者，初陣也是如此，讓人覺得說不定膽量愈大，初陣更容易手足無措。小勇小才者凡事不放在眼裡，適切採取行動，或許反而較冷靜。

這應該是兩碼子事，但土佐一向有如此說法：

——第一次和女人肌膚相親，大丈夫最是容易慌亂。浪蕩子則因胸有成竹而特別冷靜。

因此龍馬雖不以自己的慌亂為恥，卻有點意外自己似乎亦有浪蕩子的特質。

因內心有某部分仍冷靜地透視著阿冴的舉止及想法。

「說不定就此淪為無可救藥的浪蕩子喔。」

但除此之外，他還有很幼稚的部分。

他很怕父親八平及大哥權平。他們一再告誡龍馬要節制色欲，甚至要他隨身帶著護身符。然而現在他要去打破這個戒律。

「唉，這究竟怎麼回事呀？」

龍馬不禁納悶。

「坂本大爺，您在想什麼？」

阿冴將手放在他大腿。

「我在想『人』的問題。」

龍馬一口氣乾杯後說：

「這麼說或許有點裝腔作勢，不過我是在思考『我這個人』。」

「怪人！」

真是個怪人。

「那種無聊的想法先放在一邊吧。拿出坂本大爺的本色，一口一口吃掉眼前的『鬧汁』吧。」

「對喔，這也是個方法。」

「您還真是怪人。除此之外難道還有別的方法嗎？」

「還有忍耐的方法。」

「到現在您還打算忍耐？俗語說『送到嘴邊的菜還

不吃，是男人的恥辱』，不是嗎？」

「那是一般百姓的諺語。我坂本龍馬可是堂堂武士哪。」

「沒錯，沒錯。那麼武士大人……」

阿冴語帶嘲弄地說：

「被逼到土俵界繩上方仍然挺住還會被別人稱讚的，也只有相撲力士了。武士大爺何必也如此刻意忍耐呢？」

「我是個散漫又不可救藥的男人，但我一向最注重的就是無論如何落魄仍應極力忍耐，時時心繫劍道之修業。否則便像隻無骨的水母，勢必無人睬我。不僅如此，最可怕的是自己都將厭惡自己。我的個性本就如此危險。」

「既然如此，坂本大爺認為什麼最重要呢？」

「就是男人必須有堅持的原則。」

「這是什麼意思？」

「將來或許會因周遭環境條件不同而有所改變，不過目前只有一項，妳若曉得了一定會笑到肚子痛。」

「是上次那個護身符嗎？」

「沒錯。」

「嗯，倒是很規矩又孝順。」

「倒也不是。只因對目前仍少不更事的我而言，『修業期間內禁慾』是我唯一能培養忍耐力的機會。為了讓我到江戶遊學，父親和大哥花了不少錢。但我忍耐的動機並非生性規矩和孝順，而是目前另有烈風似的東西正不斷鞭策著我的心。」

「好可怕。那是什麼東西？」

「那就是在日本的國難裡我坂本龍馬也應為此盡一己之力，因此絕不能成為龍馬式的水母，否則不配立足於世。」

「哎呀，好大的口氣喲。坂本大爺是想成為由比正雪那種大叛徒嗎？」

「給妳看樣好東西。」

龍馬不知有何企圖，他突然摸黑握住阿冴的小手。

這實在不像阿冴。

可以這麼說。

被龍馬握住小手的她，竟彷彿回到少女時期似地心頭小鹿亂撞。

「——我究竟……」

怎麼回事呢？這會兒竟連身體都僵了。淪落風塵已近一年，這時的她竟把此事忘得一乾二淨，身心都恢復成少女了。

想當然耳，阿冴以為龍馬握住自己小手，是準備把自己擁入懷中。

不料龍馬卻說：

「阿冴小姐。」

說著把她的手放在自己的衣領。

阿冴吃驚地說：

「您要做什麼呀？」

「把手伸進我背後，不必客氣。」

「我不是客氣，只是，您是希望我幫您搔背嗎？」

「妳想幫我搔嗎？」

「我可沒特別想為您搔背唷。」

「快伸進去吧。」

阿冴把手伸進去後，摸到龍馬背上有片濃密的硬毛。

「啊！」

嚇得當場就想縮手。

「怎麼樣？現在妳知道我為什麼取名龍馬了吧？」

「毛怎會長在這麼奇怪的地方？」

阿冴感覺有點噁心，又摸了那地方幾次。

「這毛可是一千萬人中才有一人會長的。出生時就是如此，所以父親才取名為龍馬。不過聽說已逝的母親對此耿耿於懷。母親懷我臨月時，家中飼養的公貓老喜歡爬上睡鋪，還曾躺在她肚子上，因此她懷疑自己也受了那公貓的精。所以家人對我的評價兩極。大哥權平懷疑我是隻貓，姊姊乙女卻不如此認為，她堅持我是匹千里馬。究竟何者為是，我自己也不知道。」

「乾脆……」

阿冴撫著龍馬的背道：

「做貓吧。想吃就吃，想睡就睡，不如做這種人吧。我覺得坂本大爺的資質很適合喔。」

「就因為適合，更教我不知如何是好。若為太平盛世，我肯定是這種人。但既生於現在，我就不想當貓了。我還是希望名副其實當匹遠征千里的龍馬。要是我不當千里龍馬，日本恐前途堪憂呀。」

長州桂小五郎的臉突然浮現龍馬的腦海。

「所以我現在才猛灌酒。」

「這藉口真可笑呀。」

阿冴的一雙臂膀突然環住龍馬的脖子並順勢仰頭躺下，接著又將嘴唇貼向龍馬的臉頰。

「那只是強詞奪理，虛張聲勢。只要與女人結為一體，這些都將如朝露般消失於無形。」

「等會！」

雖已意亂情迷，但龍馬仍道。

「事到如今，還有什麼話好說？」

阿冴的唇終於貼上龍馬的唇，接下來黑暗中的阿冴便不再說話。

她靜靜地任左手繼續環住龍馬的脖子，右手則解起褲帶。

阿冴頭上擦著京都流行的髮油，那香味讓龍馬莫名地熱血沸騰。

「不行呀！」

心神出現如此斥責自己的聲音。

「沒關係啦！」

還有如此安慰自己的聲音。就在龍馬內心天人交戰之際，父親八平的大臉和大哥權平的長臉相繼浮現眼前。後面還有雙細長的鳳眼冷冷瞪視著自己。

那是姊姊乙女的眼睛。

但又像是福岡屋敷田鶴小姐的眼睛。
「嘖嘖……」
龍馬沒來由地咂舌。他的腦袋還真忙。
奇怪的是，龍馬的雙臂卻宛如不相干的活物似地，緊緊抱住阿冴的身軀。
「哇，這真教人無法自已呀！」
龍馬心裡才這麼想，隨即以柔道技巧「寢技」將阿冴壓倒在絲被上。
「您這麼粗暴，會弄亂我的髮髻呀。」
「那該怎麼辦？」
「讓阿冴來教您吧。」
「教吧。」
龍馬害臊地說。
「那就請您先鬆開手。」
「好，我放開了。」
「好乖。」
「接著該怎麼做？」

「現在阿冴要先解開衣帶。」
「哦，原來如此。」
「在這之前，我先幫坂本大爺解開衣帶吧。」
「我自己來。」
「不對，要聽師傅的話喔。」
龍馬站起身來。
就在這節骨眼……
嘉永七年（一八五四）十一月四日的大地震襲擊了江戶、相模、伊豆及西日本各地。
「不行啊！」
龍馬突然拾起大刀大喊。
「阿冴小姐，住手呀！」
因為他已站不住腳。
起初只感覺地板似乎沉了下去，隨即左右搖晃，牆壁也開始掉下土屑。
「震得不輕！」
龍馬心想。

他抓著阿冴的手衝出屋外。背後的屋子隨即發出巨大聲響，是屋梁斷了。方才自己和阿冴還待在裡面呢！

「啊！」

阿冴尖叫一聲緊緊抱住龍馬。

「老天爺在吶喊。」

龍馬抬頭一看，漆黑天空的西方一隅已染上一抹分不清是橙色還是暗紅色的色彩。

「我做錯事了。老天爺正朝我怒吼。」

龍馬渾身打著哆嗦，他咬牙忍住並如此尋思。

龍馬很少作詩為文，卻堪稱詩人。

詩人感受性特別強。

他覺得這回地震是老天爺給自己的懲罰。他認為是因自己過於懦弱，老天爺才會發怒。

「別做小貓，要當千里馬！老天爺一定正朝自己如此怒吼吧。」

「阿冴小姐！」

龍馬對緊偎著自己的阿冴厲聲叫道。因為他想就此甩開這女人。

但接下來說的卻完全與其心意背道而馳。

「我揹妳！」

說著還蹲下身去。

阿冴趴到龍馬背上。

腳下仍不斷搖晃。

在地震混亂之際要就此甩開阿冴，這種事龍馬實在做不出來。

他揹著阿冴在黑暗中發足狂奔，回到道場看見大門前已高懸印有月星家紋的燈籠。幾名門人守在門口。

「坂本兄，你在做什麼？」

眾人看著龍馬詫異道。

地震搖得正厲害，竟還揹著個女人。

「是路上救回來的傷患嗎？」

「這位姑娘本應返回深川，但目前情況如此混亂恐怕回不去了。能不能幫我看著她，讓她待到天亮。」
「那你要上哪兒去？」
「我上藩邸看看。」
龍馬丟下阿冴隨即衝了出去。
這時「轟」地一聲，染紅了整個天空。
「火災現場在哪裡？」
龍馬抓住一個百姓問道。
「小川町那邊有棟大名宅邸燒起來了。」
那人回答。
龍馬直衝到鍛冶橋屋敷，一問之下才知只是大門掉了幾片瓦，災情並不嚴重。
「這樣嗎？那我先回去了。」
龍馬趕緊折返道場。
半路上聽說妻戀坂下手町附近燒得很嚴重。
大震已經停止，但雙腿似乎餘悸猶存，感覺腳下仍不住晃動。

一回到道場，佐那子立即迎上前來對他說：
「坂本大哥揹回來的行李說，反正地震也停了，所以方才已往深川那邊去了。你從昨晚就一直和那件漂亮的行李在一起嗎？」
「嗯，沒錯。」
「在什麼地方呢？」
「就在這附近。」
「這樣嗎？不過這附近應該沒那種不正經的場所吧？」
佐那子似乎想狠狠羞辱龍馬一頓，沒想到這時又發生一次餘震，龍馬趕緊趁機跑了出去。
餘震持續發生至五日，不過江戶的災情並未比翌年安政二年（一八五五）的大地震嚴重。
但這回地震過了約莫十天，卻傳來讓龍馬心驚膽戰的消息。
土佐被震毀了。

寅年大變

土佐慘遭震毀的詳細消息，是透過職稱為「江戶立歸飛腳」（譯註：將消息傳至江戶便立即折返的特急信差）的下級武士傳至江戶的。

當時遠地各藩都訓練這種人員，以維持國內與江戶之間的通訊。

龍馬也在鍛冶橋藩邸聽到此報。

飛腳呈上藩國家老所提之報告書，甫退下就被執勤的藩士圍住。

「城的情況如何？」

眾人七嘴八舌地問道。想當然耳，大家其實更擔心自己的妻小和家屋，但都忍住不提。

武士就是這樣。

「方才小的也鉅細靡遺報告過了。城裡有兩間大砲倉庫震毀，箭樓月見櫓的瓦片掉了幾片，此外拜軍神摩利支天的護持，一切平安。」

「那城下呢？」

這才是大家真正想問的。

飛腳掏出城下地圖，仔細說明各區災情後又道：

「地震固然嚴重，但海嘯帶來的災情更嚴重。永國寺町全區都被海嘯沖得片甲不留，連上士的家人都

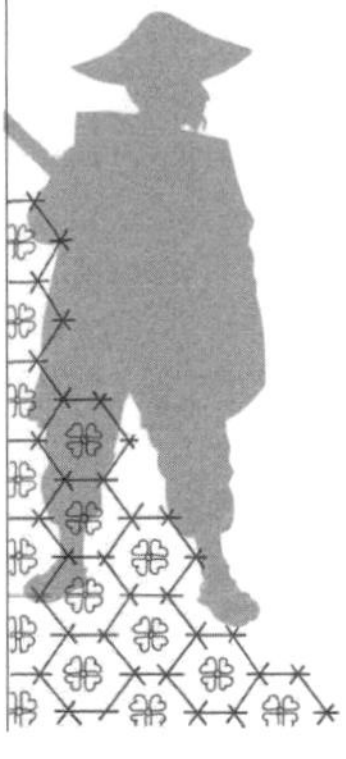

被迫在竹林裡生活。」
後來這場地震在土佐稱為：
寅年大變。
寶永年間（一七〇四～一七一〇）有過一場大地震，只是這回災情更慘重，據說是山內家入主土佐以來最嚴重的天災。
龍馬抓住這名飛腳。
「我是本町筋坂本家的兒子。我家那邊的情況如何？」
「聽說整排房子全震垮了。死者也相當多。」
「坂本家的房子呢？」
「這我就不清楚了。」
因他急著上江戶，鄉士家的情況就來不及打聽了。
「但若在那一帶，恐怕不太可能平安無事。」
「真會嚇唬人。」
龍馬立即向藩邸的留守人員提出返鄉的申請，整裝後便返回桶町。

他向師傅貞吉和重太郎告假。
「如此情況是該立刻趕回去。」
他們將此事當成自己的事一般，也是擔心不已。
「但若一切平安，你就別多逗留，趕緊返回江戶吧。」
貞吉道。
「我也是向藩裡如此申請。」
「很好。我打算等你返回江戶就頒發『大目錄皆傳』的資格給你。」
「不，前些天的比試，我可是大大敗給重太郎兄呀。」
「你以為瞞得過我的眼睛嗎？」
「弟子不敢。」
龍馬隨即退下，走到門口時，看見佐那子從樹下跑了過來。
一到龍馬面前就說：
「活該！」

這下龍馬也嚇到了。

「為什麼活該？」

「誰教你被不正經的女人迷惑而怠慢劍道的修業。」

「真說中我的痛處了。」

重太郎立即送他到品川，龍馬接著便飛也似地踏上東海道。

龍馬從大坂天保山港循海路趕往土佐。在船上過了幾天後，終於抵達浦戶灣。船駛進灣內時，四國山脈那邊的晨霧正逐漸散去。

「我回來了。」

闊別一年八個月的故鄉。

不料地震與海嘯的破壞遠比想像中嚴重。潮江川出海口的漁村幾乎全毀。

「這下建材行和木工可賺大錢了。」

龍馬雖是武士，體內卻流著一半商人的血。這年輕人見到災情忍不住這麼想。

一進到城下，就看見天守閣巍巍矗立在冬日的晴空下。

「城內沒事啊。」

龍馬只是淡淡地這麼想。他身為鄉士之子，因此並無太多感動。

待在江戶期間，龍馬的想法逐漸轉變。

「即使同為土佐藩士，上士就只是山內家的武士，而鄉士卻是日本的武士。」

不知何時竟隱約形成如此想法。其實土佐鄉士對高知城山內家的忠誠度本就薄弱。

愈往城的方向走去就愈放心，因為愈接近城區災情愈輕。

還是城附近的地盤較堅固。

話說龍馬走進自家所在的本町後，發現一丁目筋因屬上町（編註：武士居住處），離城較近，所以家家戶戶皆無損傷。

「怎會這樣？早知如此也不必趕回來。」

進了大門，發現庭院中有一大叢花草。

正在花黃叢中工作的源老爹看到他大吃一驚。

「哎呀！」

他彎了彎腰後衝上前來。

「少爺！您回來啦！」

「嗯，我回來了。」

龍馬點頭道。

「我來通知大家，要讓全鎮的人都知道！」

「先幫我通知家裡吧。」

「那當然。老太爺！老爺！少爺回來啦！」

家裡頓時大為騷動。

正好來訪的龍馬奶娘小矢部等人緊抱著龍馬的腿嚎啕大哭。

龍馬洗了腳，拍拍旅裝上的灰塵，走進父親八平的房間。

八平坐在正中間，權平坐在一旁。

龍馬依禮雙手支地道：

「我聽說災情嚴重特別趕回來。幸好看來平安無事。」

「幸好平安無事。」

八平晃動大臉點點頭。

大哥權平也遺傳了父親的大臉。難得他面帶笑容道：

「幸好平安無事。」

和父親說了同一句話。

請了安後，龍馬便入浴洗塵，接著又和童年好友、鄰居以及日根野道場的舊交把酒言歡。他們都是得到源老爹通知後特地趕來的。

眾人見龍馬脫胎換骨變得一表人才都驚嘆不已，卻未能了解他心中的落寞。

姊姊乙女不在家。

翌日天還未亮，龍馬就離開高知城下，走上街道再往東折。

路上行人看到提燈上的家紋都知道是龍馬，便問道：

「坂本少爺要上哪兒去？」

「上山北去。」

龍馬如此回答。大家都是看著他長大的，因此都立即會意。

「那好啊。你在山北一定會樂不思蜀吧。」

香我美郡（現在的香美郡）山北村位於城下以東五里的山麓。

姊姊乙女就是嫁給這村裡的鄉士岡上新輔。

新輔是大哥權平的朋友，早年就到長崎學習西方醫術，因而耽擱了婚事。

不過乙女的婚事也成得晚。

乙女長得漂亮，腦筋、氣質都好，卻是城下有名的——

「坂本家的仁王」。

這麼個野丫頭，難怪沒人敢上門提親。

大哥權平擔心之餘便央求岡上新輔。

「你就娶了乙女吧。」

沒想到新輔竟雙頰泛紅道：

「我這種矮冬瓜，乙女小姐恐怕看不上眼吧。」

沒錯。新輔是個身高不滿五尺的矮子。因此和乙女擺在一起怎麼看都不登對。

權平為了勸乙女，著實費了好大一番工夫。

「醫生或學者我都不喜歡。」

她如此堅持，因為她喜歡剛勇的男人。

「乙女，妳想清楚啊。」

權平斥責道：

「剛勇的男人絕不會看上妳這種剛強的女人，他們只喜歡溫柔的女人啊。」

「那我就不嫁。」

「不嫁？妳往後怎麼辦？」

「等龍馬回來，就和他過一輩子。他可是我一手帶大的。」
「傻瓜。龍馬年紀到了也得討老婆呀。等生了孩子，妳就沒有立場待在這裡啦。」
「龍馬說過：『只要乙女姊還在，我就終身不娶。』」
「妳真好騙。那是小時候的孩子話吧。現在他一定有別的想法啦。更何況姊弟感情再好也生不出子孫。話說回來，萬一真生出來可就不得了啦。」
權平噗哧一笑，大概是想歪了吧。
「非嫁不可！」
就這樣，乙女嫁給岡上新輔已將近一年。
這天乙女正好在岡上家後院指揮幾個男僕劈柴。
此時龍馬突然進門。
「哎呀，龍馬！」
乙女突然發出待字閨中少女般的驚嘆聲。
不過她已剃去眉毛、染黑牙齒，完全是清純少婦的模樣。
「你是因這回地震特別趕回來的嗎？」
「是的。姊姊已脫胎換骨變成少奶奶了喔。」
「就是丈夫靠不住呀。」
「姊夫可了不起呢。他在家吧？」
「不，他一早就到山田村去了。因為中山大爺的祖父身體微恙。應該馬上就回來了。你先進屋坐會吧。」
「好害羞。」
「怎麼這麼說呢？」
「和姊姊兩人獨處一室……」
「看來你已知男女有別喔。」
乙女的眼光很銳利。
「到了一定年紀，男孩子連和家人說話都覺得彆扭。」
「我已經是個大人了。」
「在我眼裡還是個孩子啊。要不，在你姊夫回來之前，我們先來玩足相撲好嗎？就像從前一樣。」

「那個啊，我不想玩吔！」

「為什麼？」

「因為我要出發那天看到姊姊的重要部位。」

「重要部位？哪裡？」

乙女說完後突然會意，頓時脹紅臉道：

「龍馬，你在江戶應該沒見過其他女人的重要部位吧？」

「差一點。」

「咦？」

「就差一點。不過還沒仔細看過。」

「刀術有進步嗎？」

「已經取得『中目錄免許』資格。這次返回江戶，應該就能取得『大目錄皆傳』資格了。」

「那就等於我們日根野這邊說的『本目錄』資格囉？」

各流派不同，乙女所屬的日根野道場的資格是以「小太刀」為最基本段位，接著是「刃引」、「拂捨刀」、「目錄」、「假名字」、「取立免狀」，最高段則是「本目錄皆傳」資格。

「北辰一刀流只有『初目錄』、『中目錄免許』、『大目錄皆傳』三個階段。取得『大目錄』資格就是最高段了。」

「那好。」

乙女走進屋內，一會兒取來一把鐵製的大型野太刀。

「你拿這刀去把那邊那根五寸粗的柴砍斷。」

「還是這樣亂來啊？這刀應該是岡上家的傳家之寶吧？」

「這的確是傳家之寶。但因這代當家的新輔當了醫生，所以這把傳家寶刀『胴田貫』就用來劈柴吧。」

「不過醫生也有厲害人物喔。我見過長州藩的醫生之子桂小五郎，他就是神道無念流的高手。」

龍馬雖如此嘟囔，但也不敢違背這個大自己三歲的姊姊。他輕而易舉地拿開胴田貫的刀鞘後隨即盯住那根五寸粗的木頭，一下子就砍成兩段。

不一會兒姊夫岡上新輔回來，從倉庫後方連聲發出驚嘆：

「呼呼呼！」

就像貓頭鷹的啼聲似的。龍馬也被嚇了一跳。

「唉呀，這不是姊夫嗎？」

龍馬雖害臊，仍如此請安。

「你來啦。」

「是的。來叨擾姊夫。」

大家都稱他為「山北的新輔醫師」。龍馬自小就聽過這名號，但還是第一次見到他本人。

年紀約四十二、三歲，比乙女要大上二十歲。

頭特別大。

身高卻不滿五尺。

他生為支配一鄉的鄉士，故並未梳成醫師式髮髻。但鬢角卻很短，雖然年紀才四十二、三，前額已禿了一大片。

他就頂著這顆大頭從倉庫旁的樹叢鑽出，並匆匆跑過來。給人十分和善的感覺，卻也正因和善而充滿滑稽感。

龍馬將胴田貫收入刀鞘。

「把您的傳家寶拿來砍柴了。」

「沒關係，沒關係。」

新輔撫著龍馬的身軀道：

「你長大了呀。你小時候我還幫你做過竹馬呢，龍弟還記得嗎？」

「不記得了。」

「沒關係，沒關係。反正你暫時還不回江戶吧？在這裡住個兩三天吧。」

兩人進屋立刻喝起酒來。

「乙女，快好好招待，拿些好吃的來吧。」

「拼盤。」

乙女對新輔有點不耐煩。

「拼盤好啊！」

漢字寫做「肴鉢」。在土佐，各家依門第階級許可，將大量的魚和山菜擺在得意的大盤子裡，然後像中國人似地眾人一起夾著分食。

一會兒後，新輔開始細問：

「江戶的黑船騷動事件到底怎麼回事？」

不愧是年輕時候曾在長崎學過西洋醫學，新輔即使住在如此山村，仍對海外的動靜十分敏感。

龍馬就缺乏如此知識及敏感度。

他只是像一般的攘夷黨志士那樣，對美國人的蠻橫之舉感到憤怒並咒罵幕府的懦弱。

「這麼說來，龍弟也是攘夷黨囉？」

「是啊，當然。」

「你認為美國是蠻夷之邦而瞧不起他們嗎？」

「是瞧不起他們。」

「這可不成啊。」

新輔臉色突然一正。

「這蠻夷之邦可有著了不起的先進文物。除了醫術，還有許多黑船和大砲，這該如何對付？」

岡上新輔又繼續道：

「我雖只是區區土佐的鄉下醫生，但也了解外國可怕之處。目前那些高倡攘夷論而橫行天下的志士，其實都缺乏學問及智識。」

「呃……」

龍馬不知如何回答。

「喂，門神！」

新輔神情愉快地如此招喚自己妻子。

「妳說對吧？」

「是這樣嗎？」

乙女不理他，轉向龍馬道：

「龍馬覺得如何？」

「畢竟因為我是武士吧。」

他灌下一大口酒，又說：

「被人輕侮立即拔刀雪恥乃是武士之道，較諸缺乏學問智識等，這對我們來說是更為根本之事。」

「沒錯，龍馬說得對。」

乙女如此附和。

「這是醫生無法了解的觀念。」

「喂喂，老婆大人。」

新輔為人和善又深愛乙女，因此並不動氣。

「連妳也是攘夷黨嗎？」

「我是武士黨，不是蘭醫黨。」

「可妳是我老婆呀。」

「老婆歸老婆，和這是兩碼子事。」

「要是黑船到土佐來了，該怎麼辦？」

「開打呀！」

「一艘黑船大概有二十門大砲，大砲的砲彈會噴火爆炸。對方若從海上密集發射，所造成的騷動可不比前些日子的地震。只怕整個城下、甚至連高知城都要燒個精光。」

「要是敵軍膽敢上陸，我就用日本刀把他們一一砍成兩截。」

「對方有的是精密的步槍，妳還沒出招恐怕就被射死啦。」

「這有什麼好怕的。」

乙女嗤之以鼻。

「放心好了。到時候我會把夫君您藏進後山的洞穴倉，再用傳家寶胴田貫來保護您。」

「我不是擔心自身安危。女人的識論為何總是公私不分。我是為國擔憂啊。」

「可是……」

乙女噘起嘴正想反駁。龍馬看不過去，便居中打圓場。

「來，喝酒吧！」

說著就要幫新輔及乙女斟酒。這時新輔已醉得口齒不清了。

「我不行啦。仔細想想，我一介山村醫生再怎麼高談闊論也成不了事。我只是在說，龍馬你既是男子漢就要盡一己之力保護這個國家。與其高談闊論，更該有盡一己之力保護國家的氣魄。這樣說對吧？乙女。」

「當然對囉。」

乙女也因初為人妻而天真地附和。

「你姊夫說得對。你一定要名垂青史，在歷史上留下坂本龍馬的名字！」

「乙女，我要睡了，幫我鋪床吧。」

「是。」

乙女起身的姿態及氛圍與方才氣勢凌人的模樣判若兩人。他們畢竟是夫妻，看起來彼此之間似乎含情脈脈。這是龍馬尚不了解的奧祕。

第三天龍馬才返回高知城下的家。之後每天都有人來找他。

鄉下愛湊熱鬧的情形，是城市人無法想像的。

「龍馬究竟長成什麼德性？」

這就是他們最想知道的。

接著還想問問：

「江戶的情形如何？」

自黑船來日，江戶的中央政界與京都輿論究竟是何動向？土佐人身在遠國，對此極為關心。

因此一旦有人從江戶或京都返鄉，大家就蜂擁而來。當然，有些龍馬不認識的人也來了。最離譜的是有人竟從幡多郡的宿毛或中村等距高知城下三、四天路程的深山裡遠道而來。

這情形不單發生在土佐。

同為遠國的大藩薩摩及長州也是相同情況。這三國正因地處遠國，對中央情勢更為關心。對中央的一舉一動，遠比江戶或京坂百姓更敏感。此三州武士之所以成為明治維新的原動力也是理所當然的。

至於龍馬家，因父親八平有命：

「不認識的人也無所謂，有年輕人來就請他進屋，招待他喝酒。」

因此大家都樂於來訪。

比較不妙的是有人只是想來喝酒，一登門就道：

「今天為聽聽黑船騷動事件的相關消息而登門拜訪。」

龍馬自然極受歡迎。龍馬日後成為勤王倒幕運動的主將，部分原因就是受到這些年輕人的擁戴。

來訪的年輕人不全是武士，還包括村長之子、補陶匠之子、餅店少東等。其中有不少人日後加入龍馬的海援隊(私設艦隊)，或因投身維新運動而捐軀。

這一年即將過去。

龍馬原有意即刻返回江戶。但父親八平年老體弱，心生依賴，又要求他說：

「多住幾天吧。這回上江戶去，恐怕就再也見不著你了。」

因此龍馬滯留了頗長時日。

龍馬不喜歡寒冷天候，因此不想冒著寒冬旅行，打算等春天再上路。

——安政二年(一八五五)已至。

正月前三天都在家度過，接著就出門拜訪朋友。雖說是朋友，可惜與自己最志氣相投的武市半平太此時已返回江戶，剩下的都不是談得來的朋友。

正月十五。

這天是俗稱的女性新年。

城下的女性無論武家或庶民，人人都盛裝打扮上神社或寺院參拜，或到親戚朋友家拜訪，玩上一整天。

這天下午，家老福岡家的田鶴小姐竟突然出現在坂本家，搞得全家雞飛狗跳。

坂本家為町鄉士，屬福岡家管轄的預鄉士，因此每年家老福岡宮內都會在接受坂本家賀歲後，親自拜訪以為回禮。這是慣例。儘管這天是女性新年，但其妹田鶴小姐來訪卻是前所未有的先例。

「到底怎麼回事？」

父親八平大為吃驚，趕緊指揮準備待客。

田鶴小姐被領進書房。

八平及權平、兩顆極其神似的大頭並排著進入鄰室，在離書房門檻二尺處大聲道：

「恭迎小姐。」

說著平伏為禮。

「原來是當主權平大爺及老當家八平大爺。未事先通知即冒昧前來，給二位添麻煩了。請千萬別對家兄提起。」

她的聲音極為美妙，不愧是人稱土佐國內第一美女。老邁的八平幾乎渾身打起哆嗦。

「敢問小姐有何貴幹？」

八平畢恭畢敬問道。

「我是來見龍馬的。」

「啊？」

「聽說他從江戶回來了。我想問問他有關黑船騷動事件的情形。龍馬在家嗎？」

「當然在。我立刻去叫醒他，喚他過來見您。」

「他在睡午覺嗎？」

「真是個不成材的東西。他竟大言不慚地說，睡午覺也是武士的一種修練，經常躲在味噌倉庫中偷睡。我趕緊去叫他過來。」

「啊，請等一等。是我要向龍馬請教的，所以應該以弟子身分向他行禮，還是我上味噌倉庫去吧。」

「這……」

「您別客氣。今天是女性新年，所以不要在意我的身分，也不必拘禮，不是嗎？」

「話雖如此，讓您到味噌倉庫也實在太過失禮。還是叫人到龍馬房間擺席吧。」

於是田鶴小姐就和龍馬在西向的八疊房間相對而坐。自從前年在開往大坂的船上相見，這是兩人一年十個月以來的重逢。

進房，原本舉止大方的田鶴小姐卻變得十分躁動不安。她環視整個房間道：

「除了小時候偷看過大哥的房間，我這還是第一次進男人的房間呢。」

「嗯……」

龍馬心不在焉地應了一聲，他肯定也正害臊著吧。

田鶴小姐不知如何提起話題，便說：

「看起來好髒呀。」

「早上起來就沒洗臉。」

「不是啦。」

田鶴小姐反而慌了，連忙解釋：

「我是說你的房間呀。」

接著福岡家的田鶴小姐就問起龍馬在江戶的各式見聞。

說來奇怪，龍馬一和這位田鶴小姐聊起，話就多了起來。

因為田鶴小姐的反應總是恰到好處。

聽到恐怖的事情她就驚呼：

「哇！」

並配合露出害怕的神色。聽到令人擔心的事情她就應道：

「這樣嗎……」

說著連表情都為之一沉。龍馬一提到開心的話題，她就綻顏大笑，那笑容足以滌淨龍馬的心靈。光與田鶴小姐對坐而談，就會發現她是個充滿神采的藝術家。

「真是教人無法置信的女人。」

何況她美得難以言喻。

美得近乎女神。龍馬一置身在田鶴小姐的氛圍中，就覺得自己彷彿飄浮在離地五尺的半空中。

「那麼，那位阿冴小姐呢？」

田鶴小姐巧妙地試探。

龍馬這才發覺自己說溜嘴了，竟不知不覺把這件發生在江戶的祕密也說了出來。

每逢話題暫告一段落，田鶴小姐就以若無其事地的口吻提出切中要害的短評。這些短評實在有意思，所以龍馬為了想聽她的短評竟步入陷阱，不由自主說出更多不相干的事情。

短評並不只針對那些粗俗話題，舉凡黑船騷動事件、江戶志士的囂張行徑、幕府的失職以及外國人的蠻橫等話題，田鶴小姐也都能一一評論。

「她真聰明。」

更重要的是，在田鶴小姐的引導下可以暢所欲言，龍馬心裡也不斷湧出原本沒想到的想法。

「咦？我原來有考慮到這點嗎？」

龍馬自己也很吃驚。

「她真奇妙呀。」

想來田鶴小姐本身似乎並無那麼多意見或想法。不過她總能巧妙地引出沉睡在對方腦海裡的想法。這位女性似乎生來就有這種天賦。

「男人一定都想以她為妻或愛人。」

龍馬瞪大眼睛凝視著田鶴小姐，好半晌才想到要反問她：

「田鶴小姐，我認為再這樣下去，日本恐將滅亡。您認為該如何是好呢？」

「我認為與其高談闊論，不如大量製造西式大砲及軍艦，如此自然會出現轉機。只是造了軍艦和大砲，若交給幕府那幫懦弱的官員又能如何？以目前的幕府是撐不住日本的，大家何不齊力打倒幕府呢？」

這話可真讓龍馬大吃一驚。

田鶴小姐言下之意想當然耳就是：

「推翻幕府！」

她雖未明說，卻彷彿只是道出季節問候般地淡淡說出這句可能會教人如此解釋的話來。

說點題外話，最早撼動幕府的勤王倒幕運動是在此後數年才發生的，此時安政二年正月十五日，龍馬與田鶴小姐談話時，幕府地位比大地之磐石更安穩。諸藩藩士自不在話下，就連百姓也一樣，只要提到——

幕府。

就堅信那是比上天更崇高的存在。

不過，祿高二十四萬石的山內家雖是外樣大名，但自家康以來就多蒙德川家恩澤，所有藩士都比旗本更擁戴幕府。

然而山內家家老福岡宮內之妹卻在與人閒聊之際，笑著提議：

「大家何不打倒幕府？」

連龍馬都不禁懷疑她腦袋是不是正常。

龍馬自己做夢也沒想過要推翻幕府。

這是理所當然的。

幕府就等於日本。因為有幕府，才有土佐藩。因為有土佐藩，龍馬才能學劍，也才有心學劍；日後龍馬也才能返回高知城下開設道場，娶親，教導眾多藩士，生兒育女；偶爾喝酒，時而高談闊論，如此快樂過一生。

一切皆因目前處於幕府治下，這些事情才能順利進行。不是嗎？

即便是當時天下激進派的思想家，恐怕也無人真認為應該推翻幕府吧？不過此後數年情勢將急遽變化。

「田鶴小姐，您真教人吃驚呀。」

「您是指……」

「我是指您方才那番話。」

「我說了什麼？」

田鶴小姐若無其事地說。那表情讓人無法聯想她曾說過如此重大事情。

「推翻幕府要做什麼？」

「這麼深奧的事情我不懂。我田鶴不過是個女人家。最重要的是，坂本少爺千萬別把我說的話完全當真。老女阿初說我有時口沒遮攔，會像巫女般說些莫名奇妙的話喔。」

「是……」
龍馬對她精湛的演技大感吃驚。
「大概因為我還是個孩子吧。」
「是……」
「我剛才說的那些話，您就當做大家無聊踢石子玩吧。差不多就是這意思……」
正當龍馬也懷疑田鶴小姐方才是否真說過如此深奧的話時，田鶴小姐突然將手伸向龍馬。
「來，這給您。」
說著遞上一個白色的小東西。
「這是什麼東西？」
「送給您的。」
「我可以收下嗎？」
是個摺紙作品。不知她何時做成的。方才聊天時田鶴小姐的確似乎邊在大腿上摺著張小紙片。龍馬拿在手上一看，是艘不到半個手掌大小的可愛小船。

「喜歡嗎？摺得不錯吧？」
「……」
龍馬愣愣地望著這艘紙船。
這艘紙船不是一般摺紙手藝的那種帆船，而是酷似黑船。摺成黑船肯定是田鶴小姐的新巧思。
況且她還是趁著和龍馬談話時一點一點摺出來的，視線甚至沒落到自己的腿上。
「沒想到我手這麼巧吧？」
「我真被田鶴小姐嚇到了。」
「為什麼？」
「我以為城下頗負盛名的田鶴小姐應該更加幽婉，是個就連呼吸都細微得難以察覺的閨女才對。」
事實上，城下盛傳田鶴小姐就像竹取公主般美麗，卻僅有少數人見過她的廬山真面目。因此傳說便將她神祕化了，說她絕不吃魚或雞等脂肪多的食物，只吃少量蔬菜。此外，每天早晨親自到邸內的竹林收集葉尖的露珠飲用。鎮日除了讀書什麼事也不做。但只要一到滿月的晚上，就對著月亮自言自語。城下到處流傳著諸如此類不切實際的傳說。

然而田鶴小姐竟唆使人推翻幕府，與人對談的同時又在掌中暗自摺紙。這不為人知的一面龍馬做夢也想不到，想當然耳，城下也絕無任何人知道吧。

「妳的病怎麼樣了？」

龍馬道。他聽說田鶴小姐因病將婚期延後。

「好了嗎？」

「嗯，差不多了。」

「那就要當新娘子囉。」

「是啊。」

她想了想又說：

「不過嫁人後就不能看自己喜歡的書，也不能像這樣事事順著自己的心意。我打算生一輩子的病。只是這樣就太對不起大哥了。」

「那怎麼行。我還年輕不懂，不過人家說女人結了婚才算長大。」

「可我並沒找到非嫁不可的對象。要是這人出現，說不定我還會為了他空手逃家呢。」

「難道土佐二十四萬石之領的所有家臣中都找不到理想對象嗎？」

「是有這麼一位。可惜他還太孩子氣，想必對田鶴我一點意思都沒有。」

「這人是誰？」

龍馬十分在意，或許該說只聽到田鶴小姐有意中人就幾乎窒息。

如此奇妙的心情還是生平頭一遭。

「你猜是誰？」

「我怎麼知道。」

要說媒，門當戶對是首要條件。要與福岡家結親，若非主君同族之人，就是同位階的家老，再不然起碼也得是七、八百石以上的名門。否則即使當事人彼此相愛也不可能成婚。

「喂，你猜猜看嘛。」

田鶴小姐悄悄地將視線移至中庭，望著陽光下升起的霧靄。她的側臉白得讓人不禁懷疑血流未打此經過。

「不知道。」

「別急著這麼說嘛。先提出幾個人來問我嘛。因為今天是女性新年，男人應該陪女人玩玩的。」

「可是我很忙。」

「要你陪我說說話真讓你那麼為難嗎？」

「也不至於啦。那——是乾君嗎？」

龍馬瞎猜道。乾退助出身祿高三百石，是負責護衛主君的「馬迴役」，即日後的坂垣退助伯爵。家格雖較福岡家低，但田鶴小姐若看上他也不至於太離譜。

「不對。」

「是後藤嗎？」

指的是拜領乾退助鄰屋的後藤象二郎（日後成為伯爵）。在眾多愚蠢的上士子弟中被認為是個出色人物，日後成為執政，在風雲時代中一肩挑起經營土佐藩的重任。

「不對。」

「難不成是其他藩的人？」

「不，是土佐藩的家臣。」

「有這樣的人嗎？能讓田鶴小姐傾心的人……」

「土佐二十四萬石之領的城下。上士中沒有，也還有鄉士呀。」

「鄉士？」

龍馬一驚。

「那可不成呀。不管田鶴小姐如何傾心，以福岡家的家格，藩裡絕不准您下嫁鄉士的。最重要的是，鄉士中哪有適當人選？」

「哎呀，到底是誰呀？」

田鶴小姐促狹地笑著，彷彿在嘲笑龍馬：「還猜不出來嗎？」

「——？」
龍馬頓時會意，卻也不禁愕然。他終於發現：難道是自己嗎？一思及此，膝蓋竟不爭氣地打起顫來。
「田鶴小姐。」
「什麼事？」
「是在下嗎？」
這話都到了嘴邊，不，只是想這麼問，頭腦卻已早一步想到下一件事（龍馬老是這樣）。
「我不行呀。」
「你是指什麼？」
田鶴小姐驚訝地說。
「什麼不行？」
田鶴小姐凝視著龍馬道：
「我不懂你的意思。」
「不行呀！不行呀！」
龍馬一再害臊。
「到底什麼不行嘛？」
「要說是什麼……」
龍馬拿衣袖拭去臉上的汗水，同時說：
「田鶴小姐的意思是想嫁給我吧？」
「哎唷，好臭美呀。」
田鶴小姐心裡覺得好笑。
但這話卻正說中她的心事。
「沒錯，我想嫁給龍馬少爺。」
田鶴小姐很想如此表白。但其實龍馬說得對，只要天下情勢不變，武士社會繼續存在，福岡家的姑娘就不可能下嫁鄉士坂本家。更何況龍馬要是坂本家的繼承人就算了，可他偏生為既無俸祿又無領地、注定一輩子只能吃冷飯的次子（編註：日本採長子繼承制）。當然更不可能與他結合了。
這一切田鶴小姐也完全了解。
不僅了解，原本她也無意嫁人。她誰都不嫁，因為她對自己的健康狀況毫無自信。

但這麼一來就太浪費青春了，田鶴小姐也心有不甘。

站在田鶴小姐的立場，當然希望能像一般女性一樣愛男人、被男人所愛。她甚至覺得如此欲望似乎比別人更強而有些瞧不起自己。或許正因如此，她老覺得似乎有個不明物在體內蠢動，害自己屢屢睜眼到天明。

但一到白天，田鶴小姐絕不讓自己露出馬腳。

不僅如此，她明明無意出嫁，卻還故意捉弄他，心眼真是壞透了。

說不定田鶴小姐是個戴著菩薩面孔的惡女。

「怎麼？原來不是說我呀？」

龍馬其實很失望。

田鶴小姐終於感到過意不去。

「不過我很喜歡龍馬少爺。」

「哦？」

龍馬臉上的表情十分複雜。

「可田鶴小姐即將嫁給城下的某人，不是嗎？」

「那不是真的，我這輩子誰也不嫁。」

若就此打住還好，偏偏田鶴小姐又造口業地說：

「不過若真要嫁也希望嫁給龍馬少爺，所以我剛剛才會想說就說。」

「嗯……」

龍馬的膝蓋又不爭氣地打起顫來。

「真的嗎？」

「真的。」

「那好，土佐古今都有所謂的搶婚。」

「龍馬少爺的意思是要為了我這麼做嗎？」

「沒錯，我龍馬是男子漢。即便今夜，我也願召集劍道的朋友殺進福岡宅邸。」

「哦！」

田鶴小姐恐怕真是魔女轉世。

她因有病在身，早有終身不嫁、守在福岡家度過一生的打算。但她畢竟不是草木之身，因此即使只是口頭上，也想捉弄捉弄龍馬。

她微偏著頭說：

「可我不喜歡搶婚。」

「為什麼？」

「我們可不是一般老百姓。要真這麼做，這二十四萬石領地之內就無處可容身了。」

「那就上京坂或乾脆到江戶去吧。田鶴小姐一人，以我的本事還養得起。」

「龍馬少爺就在陋巷中租個房子糊糊紙傘維生嗎？」

「嗯，應該會這樣。」

「龍馬少爺糊紙傘，那田鶴要做什麼呢？做些紙玩偶之類的來賣嗎？」

光是如此人生的冒險故事，田鶴小姐似乎相當樂在其中。但事關男女之事，如此曖昧的談話若繼續進行下去，難保不會弄假成真。

「不過老實說我討厭過窮日子，所以還是別搶婚吧。」

「嗯……」

「世人常說和心愛的男人一起生活，貧困也甘之如飴，但就不能像現在這樣悠閒看書了。何況貧窮常招來屈辱，實在不適合田鶴的個性。」

「那我就不衝動行事了。」

龍馬方才的滿腔熱血似乎完全被澆熄了。他把視線移至中庭的白茶花上。

這麼一來，田鶴小姐又起了撩撥之心。

「可是田鶴最喜歡的就是龍馬少爺了。」

「那還真感激。」

龍馬已知田鶴小姐只是在玩弄自己，於是強忍激情故作泰然地大笑。

「我可不是騙你喔。」

「真的喔。」

「一想起龍馬少爺，有時晚上都睡不著呢。」

田鶴小姐是個聰明人，談笑間輕描淡寫地故意說出關鍵字。

「真的喔。」

龍馬仍有所提防，但已恢復認真的表情。

「要不然我一個女孩子也提不起勇氣連個隨從都沒帶就來你家拜訪呀。」

大概因土佐屬南方之國，未婚男女的交往較他國自由。據說年輕男女經常成群結隊到有閨女的家庭作客，女孩雙親也會以酒菜熱情款待。聚集在一起的男女互不相讓地演唱「左衛門節」或「淨琉璃」的歌曲，徹夜狂歡直至天明。這種訪客在當地就稱為「搔釣客」。如今田鶴小姐身為女性，卻化身搔釣客來訪，還真是個特例。

田鶴小姐又進一步提出一般人難以啟齒的邀約。

「明天快過戌時（晚上九點），我會打開我家後門，要不要偷偷溜進來？」

隔天夜裡戌時快過。陰曆十六夜裡的月亮彷彿被霜拋光過般澄澈，高高地懸在五台山上。

龍馬走出家門。

家老福岡宮內的宅邸位於面對護城河的南邊，大約在今天高知市役所「日新火災」大樓一帶。

因為就在坂本宅往東走五百公尺的地方而已，龍馬連提燈都懶得拿。他身穿白色小倉布裁製的裙褲，腳踩高木屐，腰間曳著長刀，快步前行。

年輕人半夜潛入女方家中幽會，在當時的土佐可謂稀鬆平常，但潛入家老宅邸幽會恐怕就不多見了。

不巧的是才走到升形（編註：設在城的門與門之間的方形廣場），就碰到在日根野道場認識的一個叫馬之助的年輕人。他不是武士，而是城下補陶匠之子，龍馬回土佐後，這年輕人就一直黏著他。

「這不是坂本少爺嗎？您要上哪兒去？」

說著把提燈挪近些。

「呃……去約會。」

龍馬把手放在懷中回答。

「哦，對方是岩本的阿德，您不必躲躲藏藏啦。」

真是自以為是。他熱心地想幫龍馬忙，便說：

「岩本的阿德我也曾一度想和她幽會但遭拒絕，她家後門我走過，我來幫你打開遮雨窗吧。」

「遮雨窗我一個人就能開了。」

「不不不，和女孩子幽會可不是這麼簡單的。何況屋裡頭還養著狗。馴狗我最拿手了，還是由我來開路吧。」

「喔，你好像挺熟門熟路的嘛。」

龍馬忍不住調侃他，不料卻讓補陶匠的兒子馬之助更加得意忘形。

「很熟啊。這裡要往南走。」

說著提著燈籠率先往前走。

事到如今也不好說自己目的地其實不是阿德家。以自己的身分竟要與福岡家的田鶴小姐幽會，這檔事實在說不出口。

「唉，既然如此，就順其自然吧。」

想通了便拖著木屐跟在馬之助身後。

「坂本少爺，請小聲點。萬一失敗就不堪設想了。幽會失敗可是男人之恥呀。」

岩本的阿德是城下出了名的美女。這龍馬早有耳聞。

她父親岩本里人原居於領內幡多郡中村的上橫丁，是個中醫。阿德十歲時就有「中村美人」的美稱。

阿德十三歲時，岩本家舉家遷至高知城下，此後每晚都聚集許多前來喝酒喧鬧的年輕武士。換句話說就是以阿德為目標的搔釣客。

然而龍馬一次都沒參加過。但阿德對他卻相當清楚，據說還常提起：

「真想見見從江戶回來的坂本龍馬少爺。」

龍馬這人很特別。

明明和田鶴小姐有約，可到了約定的快過戌時，卻莫名奇妙潛入素未謀面的醫生女兒住的宅邸中。

——為什麼？

為什麼做出如此不合情理的事？龍馬不禁自問。

——這誰知道啊？

除了如此咒罵或一笑置之也別無其他答案吧。

現代人凡事總要為自己的行為找個理由，否則便無法安心。但龍馬不同。

何況「對女性要忠實」是西洋傳入的良心。可惜龍馬尚未安裝此種進口的良心，他是個道地的日本武士。

兩人扳開籬笆潛入後，馬之助就說：

「您先在這等一下。」

「你要做什麼？」

「我去把遮雨窗卸下來。」

馬之助要龍馬躲在石燈籠後方，自己踩著月光輕手輕腳地往阿德所住的屋子奔去。

這位馬之助後來被龍馬喚做：

「紅面馬之助」，

並對他疼愛有加。他後來改名為新宮馬之助並當上龍馬海援隊的士官。他兩頰紅得像充血，十分善解人意，是個徹徹底底的大好人。

過了一會兒馬之助回來了。

「坂本少爺，這邊請。」

語氣彷彿帶人進自己家似的。龍馬也順著他。

「啊，好啊。」

走了一步卻突然想起一個問題。

「對方叫什麼名字來著？」

「叫阿德。這可千萬不能忘記啊，請在心裡默唸兩遍『阿德』。」

「嗯，就這麼辦。」

「可千萬別叫錯對方名字啊。」

馬之助竊笑著說。

「你怕我叫成誰的名字？」
「福岡的田鶴小姐啊。」
「原來這傢伙早就知情！」
龍馬心中一驚。
「我當然知道啊。咱們城下可不比江戶，只是個小地方。昨天田鶴小姐隻身到坂本家拜訪的消息早就傳遍鎮上啦。而且兩人還聊了許久的悄悄話。有人躲在紙門後，早聽得一清二楚，還回來對同伴四處張揚呢。這也無可厚非。國色天香的田鶴小姐竟有了戀慕的對象，對我們年輕人來說，光是這消息就比寅年大變還嚴重了，更何況對象還是坂本龍馬。大家遭逢如此重大打擊，今天中午開始就騷動難平了。」
「高知還真小呀。不成，不成，竟連我戌時要去幽會都知道了。」
「當然知道啊。就是為了保護田鶴小姐，我才埋伏在路上等你的。」

「原來你是蓄意改變我的行進路線啊。不過事到如今我也無意撤兵了。」
龍馬決定就和阿德幽會，於是邁開腳步。
此時的龍馬與在江戶的龍馬已逐漸有點不一樣了。
龍馬很喜歡：
——天馬行空
這句成語，而他天生就有如此潛在資質。可惜對女人這方面卻不是這麼回事。
別說天馬了，在阿冴面前也膽小得像隻松鼠。他也很氣自己這樣。總之他怕女人。
——女人有什麼好怕的？
這問題龍馬不知如何回答，因為他對女人幾乎一無所知。正因無知，更覺得有壓迫感，進而莫名地感到恐懼。
龍馬知道，這股壓迫感只要了解女人身體之後即可煙消雲散。

但龍馬也不敢為了了解女人身體而求助於田鶴小姐。對龍馬而言，田鶴小姐是個近乎女神的崇高女性。

「真幸運。今晚我就和那素未謀面、好不容易才記得其名為阿德的這位女性一夜春宵吧。」

馬之助已不見人影。大概是太善解人意而自動離去吧。

龍馬踩著露草前行。

這時，岩本宅東側十字路口的地藏庵前聚集著幾個年輕人。

個個都是日根野道場的同門子弟。

「馬之助，情況如何？」

「萬無一失啦。」

馬之助點頭道。

「這樣啊。」

這位是岡田以藏。

日後在京都市街上大殺佐幕派及穩健派人士而有「殺手以藏」的封號，就連新選組都對他畏懼三分。這年輕人前年在大坂隨機殺人時偶遇龍馬，還接受龍馬給他當做父喪奠儀的大額金錢，以藏有感於此曾下定決心：

「為了坂本少爺，縱使犧牲性命亦在所不惜。」

他是個單純的男人，故此時蹲在地藏庵陰暗處竟不住暗喜。

「這樣一來也算報了大恩的萬分之一。」

龍馬今晚幽會之事看似龍馬糊裡糊塗被馬之助巧言所騙，其實一切都是出自這群年輕武士的計策。

事實上，城下的年輕武士都對阿德及阿德之父岩本里人醫師頗不以為然。

「這等女孩不嫁給土佐的年輕人，卻想嫁給大坂的有錢人當妾，豈有此理。」

補陶匠之子馬之助等人每天都在道場藉故批評。

阿德好像是上京坂遊玩，在道頓堀看戲時被富商鴻池善右衛門看上的。善右衛門喚來其父里人道：

「我給你二百兩辦嫁妝，外加八百兩當成拆散你父女的補償金。」

一千兩可是個大數目呀。

算不上紅牌醫師的岩本里人自然樂昏頭了。這事龍馬並不知情，卻是城下最熱門的話題。

一個月前，鴻池店裡的夥計已送來二百兩給岩本里人醫師辦嫁妝。

消息一下就傳開了。因為高知城下的上等和服店及道具屋都接到岩本家大手筆的訂單。

「二百兩的嫁妝呀！」

高知因藩裡下了嚴格的節約令，即便是富商播磨屋嫁女兒也不敢花到二百兩辦嫁妝。

「真不愧是日本第一富豪呀！」

眾人皆因鴻池的闊氣而驚嘆。但阿德是個絕色美女，因此年輕武士更覺得嫉妒。不但憎恨貪心的里人以八百兩賣掉自己女兒，甚至散佈謠言：

「阿德本人看來也十分開心。」

因此阿德逐漸成了婊子的代名詞。

這麼一來，各地年輕人便突發奇想：

「誰來替我們出氣？趁夜去佔阿德便宜吧。」

有人如此提議，眾人於是七嘴八舌討論起代表人選。最後岡田以藏建議：

「坂本家的龍馬少爺最理想吧。」

以藏是打算回報龍馬的恩惠。

「妙啊！妙啊！」

眾人大樂，於是才有了今晚的計策。

龍馬對此當然一無所知。

他爬進馬之助為自己卸下的遮雨窗，站在屋內走廊上。

四周一片漆黑。

但他一摸便摸到紙門，於是鼓起勇氣一把拉開。

「哪位呀？」

年輕女孩似乎坐起身來，想必本就尚未入睡。

「妳就是阿德嗎？」
「您是哪位？」
阿德絲毫不見驚慌，看來對如此不速之客早已見怪不怪。
「我是本町筋一丁目坂本家的兒子。」
「是龍馬少爺？」
「妳怎麼知道？」
龍馬故意裝傻。
「聽說你最近才從江戶回來，這消息城下無人不知無人不曉呀。」
「真教人吃驚。」
龍馬坐在她枕畔。
「我想妳也猜得出來我大半夜來這做什麼。老實說我是來與妳幽會的。」
「——」
龍馬見她一點也不驚訝，猜想馬之助夠機靈，方才大概先來打過招呼了。

龍馬解下大小佩刀，脫下裙褲。黑暗中的阿德似乎正屏息凝視著自己的一舉一動。
「阿德小姐。」
「是。」
「我要過去了唷。」
龍馬掀起棉被迅速鑽進阿德身旁，然後使勁一把將她溫暖的身體摟近。
「好痛！」
「對不起我太粗魯了。因為這是我的第一次。」
阿德只是默不作聲。
她被龍馬緊緊攔腰抱住，只得弓起背拚命屏住呼吸。
漆黑中看不清楚，但知她身材嬌小纖細，有著柔軟、濕潤而細緻的肌膚。大坂富商看上的大概就是這副身材吧。
龍馬突然想知道這姑娘五官是何模樣，於是從頸部到耳垂，接著是臉頰、嘴唇、眼皮，逐一以小指指腹輕輕撫過。

「好可愛……」

當然這完全是黑暗中的想像。

她有著土佐姑娘少見的雙眼皮，大大的眼睛，小巧的鼻子，臉頰肉不多，下巴卻有著油脂滴落般的曲線。

「看不見，真可惜啊。」

龍馬十分冷靜，冷靜到他自己也感到驚訝。他甚至怕自己了解女人滋味之後，恐怕會變成浪蕩子。

「接下來該怎麼做？」

這個未來的浪蕩子此時卻愣愣地抱著阿德，不知如何是好。

「喂，該怎麼做呀？」

「不知道。」

阿德的聲音細得幾乎聽不見。

「這下怎麼辦？」

龍馬不經意地摸到阿德的胸脯。阿德一驚，縮起雙肩。

龍馬被這突如其來的反應嚇了一跳。但他也十分清楚，阿德的女性最關鍵的部位並不在這裡。

但阿德以雙膝緊緊夾住柔軟的長襯衣衣襬，說什麼也不肯鬆開。

「小姐啊。」

這是城下對武家之女的稱呼。

「我接下來就要變成好色鬼了，妳最好有心理準備。」

「我已經準備好了。」

「可妳得把膝蓋……把膝蓋打開呀。」

「那得在很自然的引導下才行呀。」

「……」

這姑娘的男人經驗似乎十分豐富。肢體雖仍滿懷羞澀，嘴上倒是毫不慌張而充滿機智。

「那好。是這樣嗎？」龍馬如此揣測。他把原本放在阿德胸脯的手掌緩緩往柔軟的腹部摸下去，終於摸到隆起的小丘。

這時阿德的膝蓋已自動鬆開。

那隆起的小丘在龍馬的掌下彷彿幻化成另一生物，逕自蠕動著。不一會兒龍馬的手指就濕了。

接下來只要依神的安排行事就行了。一點困難也沒有。

龍馬把阿德的身體當成自己所有之物，阿德也把身體完全交給龍馬，只管咬著唇時而嘆息時而低聲呻吟。

「坂本少爺……」

阿德忘情地揚起白皙的下巴。

後來阿德備妥衣裳及各式配件，在鴻池的掌櫃陪同下上大坂去了。抵達後隨即向丈夫善右衛門請安。

「阿德呀，妳那身衣裳、荷包和扇子都跟妳毫不相襯哪！」

據說善右衛門命人把在土佐訂做的衣裳及配件悉數扔掉，重新在大坂為她訂製。

鴻池的奢豪由此可見一斑。

善右衛門年過五十且已喪妻，因此毫無顧忌地寵愛阿德。特地在夕陽山崗為她興建俯瞰船場島之內犀海的別墅，據說光是為了照顧阿德的生活起居，就派了二名貼身侍女供她差遣。

不料好景不常，丈夫善右衛門居然不久就過世了。

阿德後來的人生可說十分傳奇。

她被趕出鴻池家，跟了一個認識的土佐藩士到江戶。消息立刻傳到藩主容堂耳裡。

「我聽說我們領國出名的美女阿德到江戶來了，是真的嗎？」

容堂生性豪邁，也特別好色。有人說他私下召見阿德，但也有人說絕無此事。

幸好在因緣際會下，她又嫁給水戶藩士野村信之。接著時序進入明治時期。

丈夫野村仕於維新政府擔任警察職務，在任職地高知縣早逝。

阿德膝下無子，卻活至九十七歲的高齡。

晚年回到雙親出生之地土佐的中村町（今中村市），獨居在天神下的一處破房子，有時似乎三餐不繼。

偶有鎮上的志士與她聊起往日時光，話題若觸及龍馬，她就說：

「龍馬少爺嗎？我從未見過那麼有男子氣概的人。」

據說此時她臉上會浮現少女般的神情。

中村一條神社的神官聽到這消息，便四處召集有志之士共同扶養阿德。

理由無他。

「雖只一度春宵但和龍馬有過露水姻緣的女人，絕不能棄之不顧。」

據說就是這樣。

人的際遇就是如此奇妙。鴻池的家財萬貫也幫不了阿德貧苦潦倒的晚年，然而阿德僅與龍馬一度春宵，卻因此得以安樂地終老餘生。

這只能謂之奇譚了。

黎明已至。

此處指的是龍馬到阿德房中幽會之後的黎明。

龍馬驚覺東方天色已泛白，便離開岩本里人家。路口小佛堂後面竄出一人，原來是紅面馬之助。

「怎麼？你一直在這等我嗎？」

「我不放心您呀。結果如何？」

真是體貼。

「很好啊。只是自始至終都沒見到阿德的容貌，感覺很奇怪。」

龍馬道。

龍馬在老家停留的時間意外地久，著手準備離開高知時已是安政三年（一八五六）的孟夏。

「膩死人了。還是回江戶吧。」

因為有了如此感覺。

鄉下很無聊，但人際關係卻極繁瑣。

從他要離開城下的前一個月開始，就為了四處與親戚朋友道別這等愚蠢透頂的事而忙得不可開交。

大哥權平給他列了張該去辭行的名單，龍馬每去過一家就刪去一條。權平把這當成天下大事似的，還嚷著要他一家都別漏掉。真教人受不了。

最後是福岡家。

「去見福岡大人時，龍馬，只要在大門請管家代為轉達即可。」

「為什麼？」

龍馬並未如此反問。

箇中原因彼此心照不宣。

福岡家的田鶴小姐和龍馬關係非比尋常。這事早已傳遍城下。

——看來田鶴小姐對他十分著迷。

——不，龍馬也是。聽說還厚著臉皮去找田鶴小姐幽會呢。

然而事實並非如此。龍馬與田鶴小姐從那次見面後就再無任何交集。

後來城下的傳聞甚囂塵上，故雙方宅邸雖近在咫尺卻再無任何機會相見。

權平之所以交代：

「在大門請管家代為轉達即可。」

就是唯恐傳出更多謠言。

這天是安政三年八月七日。

龍馬造訪福岡宅邸時，管家安岡牛藏出來應門。

「啊，是坂本家的少爺呀。真不湊巧。」

他說當主福岡宮內因反對藩政改革，奉命自昨日起閉門思過。不僅不得踏出家門一步，也不得接受任何人來訪。

「這下麻煩了。」

「不打緊，我會告訴大人你來請過安。」

「不，我是想直接求見。」
龍馬如此要求，其實是另有所圖。
「就告訴你不成啊。」
「那就請田鶴小姐代家老接見我吧。」
「田鶴小姐？」
「是。」
龍馬迅速塞給他一兩金子。牛藏隨即哈腰道：
「您在這等一下。」
他進去一會兒後，出來對龍馬說：
「田鶴小姐說她要在庭院的涼亭接見你。」
「你真有一套。」
聽到如此讚美，安岡一臉不悅。龍馬卻是一臉正經，逕自從玄關走向庭院。
在涼亭等了一會兒，田鶴小姐就在老女阿初的陪伴下出現了。
「啊。」

龍馬趕緊站起身來。
阿初依然沒什麼好臉色。
「坂本少爺，田鶴小姐現在可是代表我家大人唷。您的膝蓋……」
「膝蓋怎麼樣？」
「下跪呀！」
「不必多禮。」
田鶴小姐指著一旁的陶製板凳又道：
「那邊請坐。我就坐這張。阿初妳先迴避一下。」
「那怎麼成。您兩人若單獨談話，城下不知又要傳出什麼謠言了。」
「阿初，退下。」
「不，我不退下。坂本少爺您還真不像話，您應該知道鎮上是怎麼傳您跟我家小姐的是非吧。」
「不知道啊。」
龍馬故意裝傻。
「他們還編成歌來唱呢。」

「什麼樣的歌呀？」
「羞死人了，我唱不出口。」
「那好。」
龍馬拍了一下膝蓋道：
「就由在下現醜吧。」

護城河畔宅邸中，住著頭梳島田髻的姑娘，
偷偷摸摸來了個腰佩朱鞘劍的郎，
啊，幽會呀幽會。

「唱得好嗎？阿初。」
「真受不了。竟然自己唱出來！哪有這麼恬不知恥的人。金島田堀那端的宅邸顯然是指田鶴小姐，而城下佩帶朱鞘劍的也只有坂本少爺。任誰一聽都知道唱的是您二位。我家老爺很是頭痛呀。」
「但我和田鶴小姐可從未幽會呀。喏，田鶴小姐。」
「咦？您說什麼？」

……………………………………

「喏，我們從未幽會過。對吧？」
「……」
田鶴小姐滿臉通紅地低下頭。事實上兩人自上次之後就未再見過面。
「明明沒幽會卻無中生有中傷人，這歌實在無法無天呀。妳不覺得嗎？阿初。」
「不，俗話說『瓜田李下』，都怪坂本少爺故意做些啟人疑竇的舉動。」
「我本就粗心大意，老是做些瓜田李下的事情，謠言要因此而起我也沒辦法。行動我自己可以決定，謠言卻是出自眾人之口，世事本就如此。」
「世事如此的確無可奈何，但人家說『謠言可置人於死地』呀。」
「怎麼會呢？只要把謠言當成放屁就沒什麼死不死的了。只是如此拖累田鶴小姐，我還是要致上深深的歉意。」
「嗯，其實我並不在意。」

田鶴小姐並未針對緋聞一事深究，只是問道：
「這回您上江戶去，恐怕很久才會回來吧？」
「是。」
龍馬的表情就像個傻瓜。
「坂本少爺下次回來，田鶴恐怕已不在此地了。」
「哦？」
這話龍馬就無法充耳不聞了。
「要出嫁了嗎？」
「不是。」
「要搬去哪裡呢？」
「京都。」
「為什麼？」
「不能說。」
「不能說一開始就別提嘛。我最討厭故意吊人胃口的話了。」
「可是……」

田鶴小姐略顯悲傷道：
「現在真的不能明說。只是想先讓您知道，為了山內家的要事我必須上京，恐怕就要在京都終老一生，且是生是死還不知道呢。」
「那……」
龍馬想從田鶴小姐的表情找出蛛絲馬跡。
「這話真教人擔心啊。」
「呵呵。」
田鶴小姐天真地笑了。
「我外表看來能幹，其實是個偏激的女子。」
「似乎真是如此。」
「田鶴天生體弱多病，隨時都有小病痛，對生命的執著自然較一般人淡薄。既然人生苦短，何不活得轟轟烈烈呢。」
「啊，妳是指戀愛嗎？」
「可惜我不是指戀愛，而是工作。」
「工作？」

龍馬十分詫異。女人不該有什麼工作吧？

「而且我指的還是攸關天下的工作。」

「妳是個女人呀。」

「別小看我。」

「我還是不懂。」

龍馬覺得該對田鶴小姐刮目相看了。本以為她只喜歡讀書泡茶，是個室町人偶般的洗練氣質美人，但她似乎並不是如此單純的女性。

「不過，坂本少爺您千萬別以為田鶴是因受不了和你之間的緋聞而離開的。」

「啊？」

她故意撇得遠遠的。田鶴小姐之所以要上京，想必這也是原因之一吧。

龍馬走出福岡宅邸。

這是待在高知最後一天的夕陽，景致美得讓人想大聲喝采。眼見紅澄澄的夕陽正往高知城本丸的松林落下。

惡人彌太郎

土佐安藝郡有個名為井口村的小村落。

從高知鎮上順著海岸往室戶岬的方向行約十里，就是安藝川中游。小村雖地處這景色宜人之處，村民的性子卻極其暴烈。

這村裡只要有人群聚，就立刻發生暴力事件。

村長本身也極其衝動。該村與隔鄰的土居村之間發生用水糾紛，他不分白天或黑夜，一想到就率領村民越過安藝川去攻打對方，因此每年不斷有戰爭般的大規模械鬥發生。

村民有的可不止是力氣。

井口村的男人個個膽識過人又懂得虛張聲勢。此外，村民的罵人功夫更是了得。

「在井口村被罵，即便是妖魔鬼怪也要落荒而逃。」

土佐國中如此流傳。可見大家都對他們退避三舍。

此村有對風評很糟的父子。

彌次郎。

彌太郎。

他們是村裡的「地下浪人」。

兩人個性都十分暴躁，平素就愛諉過。一旦開了頭，即使對方都被罵昏了仍不肯罷休。連惡名昭彰

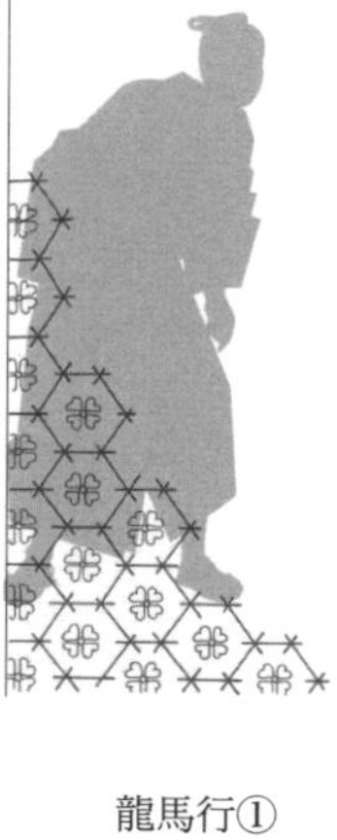

的井口村都視之如洪水猛獸，可見他們有多凶惡。

龍馬自高知出發時對大哥權平說：

「我沒去過室戶岬，這回我打算先繞過去，欣賞那一帶的風景後，再順著海邊前往阿波。」

沒想到權平卻說：

「要去室戶，途中會經過井口村，順道幫我問候彌太郎父子吧。」

井口村的地下浪人岩崎家與龍馬家似乎有點淵源。雖素未謀面，但龍馬早聽過他們的名聲。

「那對父子風評似乎很糟哪。」

「聽說被圍毆得只剩半條命。甚至還聽說被關進郡裡的奉行所裡。」

「是兒子彌太郎嗎？」

「不，一把年紀都白活了，是他父親彌次郎呀！」

原來是井口村村長家有喜事，特邀村裡重要人物來同歡，想不到彌次郎酒後竟在席上鬧事。

「不認識我地下浪人彌次郎嗎？」

這就是這老人的口頭禪。

所謂地下浪人是土佐特有的一種武士。鄉士將其身分賣給他人後，就變成浪人。換句話說，就是還住在村裡的浪人，因此稱為地下浪人。

日後建立三菱企業王國的彌太郎家，世代都是地下浪人。

各村裡的地下浪人自然十分貧困，還被戲稱為「佩著雙刀走跳的貧窮之神」。

老彌次郎雖以做鳥籠糊口，氣焰仍十分囂張。

多半是在村長的酒宴上因席次問題而鬧得不愉快吧。喝醉之後便開始發酒瘋，向在座眾人口沒遮攔地亂罵一通。

眾人起初對他百般容忍。但這畢竟是以脾氣暴躁出名的井口村。一見老人爛醉如泥，就拿件外衣給他兜頭罩上，二十幾個人恣意拳打腳踢。

老彌次郎被打得如死人般無法動彈，村裡一個名為角力八的男子才把他扛回家。老彌次郎當然不會就此罷休，他可是有「蝮蛇彌次郎」渾號的狠腳色哪！

翌日他一寸一寸爬到村長家門口，像蛇一般高揚著頭喊道：

「村長，我來啦！」

又大喊：

「你們誰出來看看我這副慘樣！全身上下共有二十幾處瘀青呀！」

果然他削瘦而泛黃的的皮膚上遍佈遭人毆打的痕跡。

「美輪！」

其妻美輪想必是奉彌次郎之命吧，竟扛著一副棺木。只見這個溫順的女人低垂著頭，窘得都快哭出來了。

「別愣在那兒！快幫我把棺材擦乾淨。這麼痛，可見我的五臟六腑全碎了，再過不了半個時辰就得死了。我是被村長害死的。南無大師遍照金剛。我死了之後，你就趕快請飛腳到江戶通知彌太郎，要他回來好好替我報仇。千萬別忘了！他雖是地下浪人，好歹也是個武士。叫他從村長開始殺起，把村裡所有男人全殺個精光！」

「——」

村長家門內依然一片靜默。

不過是在酒席上跟人打架，就嚷著要把兒子從江戶叫回來為他報仇，委實誇張。大概是故意嚷嚷，想揩點油吧。村長也沒放在眼裡。

不久，奉行所的官差為值班人帶路而來到此地。

「岩崎彌次郎，別鬧啦！」

這種情形依這一帶的慣例，是要借用村長家的庭院審問的。

於是立刻將昨晚參加酒宴的村人全召集到院子裡。不過村長似乎早一一關照過了。官差問道：

「你們是否毆打這個人啦？」

大家不約而同辯解道：

「絕無此事。彌次郎昨晚空腹就猛灌酒，所以醉得不醒人事。恐怕是他自己做夢吧。」

村醫也被叫來診斷，但他也已和村長串通，便說：

「這些傷痕是因為喝太多酒造成的。」

官差聽了正中下懷，於是朗聲道：

「彌次郎，你真太不像話了！村長請你喝酒，你不但不知感激，竟還存心勒索，藉口說自己被毆，這就是你的不對了！」

「你該不是收了錢吧？」

因為這句話，彌次郎就被官差關進郡奉行所的牢裡。儘管身在監牢，惡劣的態度仍未稍改。

「你們等著瞧！等我兒子從江戶趕回來，就把全村燒個精光！」

龍馬聽說，兒子岩崎彌太郎的殘酷較之其父有過之而無不及。

真想見見這位彌太郎。龍馬心想。

龍馬自高知出發，半夜才抵達位於田野浦的安藝郡奉行所。

這裡只有兩家旅館，其中一家兼做公事宿，老闆利兵衛在奉行所很吃得開，還做點類似訟師的生意。

龍馬把利兵衛叫進自己房間問道：

「聽說牢裡關了個井口村老地下浪人岩崎彌次郎。他情況如何？」

利兵衛脫口道：「啊！你是說那條蝮蛇……」可見他惡名遠播已傳至此地。

但更讓人驚訝的是，他說就連其子彌太郎也被關進牢裡了。

「這我就沒聽說了。我只知彌太郎在江戶留學，他那麼快就趕回來了嗎？」

「是呀。」

利兵衛挖苦地說。此地對岩崎父子似乎沒什麼好感。

「他呀，一般人走東海道得花上十二、三天，他卻只花了八天就趕完了。從大坂再乘船至阿波，接著因盤纏用罄而露宿荒野，沿路乞食。從江戶竟只花了十三天就抵達土佐安藝了，簡直就是個餓鬼羅剎般的男人。」

「是擔心父親吧？」

「誰知道。說不定是身體太強壯了吧。」

「不過還真奇怪，這個因一片孝心而趕回來的孝子，怎會被關進牢裡呢？」

「大爺，孝順也得看情況呀。」

老闆說，做兒子的彌太郎一返回村裡就走訪全村，調查事發當晚的情形，然後上奉行所提出父親無罪的訴訟。

但奉行所早已收了村長的好處，當然不予採信。

之所以不採信還有另一個原因。因為彌太郎的訴狀太過分了。他不僅要求釋放父親，據說還要求拘禁村長及相關的村民。

——這挺像彌太郎會說的話。

村長慌了手腳，趕緊使勁賄賂奉行所，因此彌太郎的情況更加不利。

彌太郎還沒認輸。他心存挑釁，在奉行所以東二里的西濱一帶的一塊路邊大石以墨寫上：

水湍則魚不住，
政苛則人不就。

數日後又把郡代公務所的門柱削出一片白底，大大寫上：

官以賄賂成，
獄以愛憎決。

意思是，判決全依金錢及心情而定。奉行所卻也不敢聲張，只是立刻命手下削去這些字。但彌太郎仍不屈不撓。他天生拗脾氣，一旦咬住絕不鬆口，於是又在奉行所的白牆上以墨寫上：

官以賄賂成，

獄以愛憎決。

據說後來躲在井口村時被捕而關入牢中。

「真不愧是蝮蛇之子啊。」

龍馬由衷佩服。據說大蝮蛇是個酒鬼，小腹蛇彌太郎卻致力研究學問。

「老闆，反正有錢好辦事，對吧？你幫我算算要多少錢才能見到他們。」

龍馬把大哥權平託他的金子交給老闆利兵衛。

這錢稱為「公務金」。當然不是大數目，但據說透過公務宿舍老闆利兵衛塞點錢給獄卒，牢內的待遇就會大不相同。

「老闆，這點小心意是特別給你的。」

龍馬說著又給了他一些錢。

「這、這麼多啊！」

俗話說「有錢能使鬼推磨」，老闆把頭貼在榻榻米上鄭重致謝，抬起頭來時的表情簡直就像世代蒙恩的家僕般忠心耿耿。

「那麼就由我為您帶路。」

來到郡代役所，利兵衛先要龍馬在門前的樟樹下稍候，自己先進公務所內四處奔走打點，然後才叫龍馬進去。這時往大牢的一路上竟連半個人影都沒見著。公務所理應擠滿書記、管理人、掌鑰人、拷問者及偵訊者等地獄巡邏兵般的下級官員，現在竟連個人影都看不見。

牢內也無看守的獄卒。

「利兵衛，你真有本事。」

「咦？」

「竟能把人變不見！」
龍馬由衷佩服。
這地牢一棟分為三間。不但面北，窗戶又少，故通風不良，一進到裡面就聞到一股異樣的臭味。
「請看，坐在那個角落打盹的就是彌次郎。」
「在打瞌睡呀。」
「我來把他叫醒。」
利兵衛手說著將手搭在牢房外圍的格子窗，但龍馬立即制止道：
「不要緊，待會你再幫我傳個話，就說坂本家的權平派人來探望他。我反而比較想知道他兒子彌太郎在哪裡。」
「是，這邊請。」
他帶龍馬到最西端的牢房。這才看見有個獄卒坐在那裡。但利兵衛的賄賂似乎十分管用，獄卒像尊石佛般，正眼也不瞧他們一眼，視若無睹。
「那人就是彌太郎。跟他說說話吧，不打緊的。」
龍馬透過格子窗往裡瞧。
暗處果然有個男人。
他盤腿而坐，粗得驚人的眉毛下方射出懾人的目光，一看就知絕非等閒之輩。
龍馬招呼道。
「彌太郎大爺嗎？」
「……。」
對方默不作聲，渾身散發出一股天不怕地不怕的氣勢。與其說是武士，感覺還比較像土匪頭子，而這並不只因為他的絡腮鬍。
「我是高知城下坂本家的次子龍馬。請開口說點話吧。」
「你就是坂本龍馬嗎？我早聽說城下有這麼個愛放厥詞的傢伙。有何貴幹？」
龍馬聞言心裡有氣，但臉上仍堆著笑容。
「聽說井口村有個名叫岩崎彌太郎的惡人，所以我專程到鄉下的監牢來參觀。果真面目可憎，看來一餓起肚子就連老鼠都敢生吞活剝。」

「胡說些什麼呀！」

彌太郎滿口粗話，是井口村的方言。城下出生的龍馬聽起來有些吃力。

「喂，我現在雖被關在牢裡，但心志已遠在萬里之外呢。」

「哦？」

龍馬像見到珍獸般仔細打量彌太郎。

「這牛皮吹得還真大呀。你所謂的萬里之志究竟是什麼？說來聽聽吧。」

「小心，小心。」

彌太郎突然掩住嘴巴，大概是提醒自己千萬別不小心說漏嘴。

「哼，算了，反正也沒什麼了不起。」

龍馬故意套他話。果然，彌太郎一副不說不快的表情，自動靠到窗邊。大概也因為在牢裡關久了，很想找人說話吧。

「彌太郎，聽不見啊。」

「我又沒答應要告訴你。」

「看來……」

龍馬望著最裡面的角落道：

「有人跟你關在一起。不知道是什麼樣的人。」

「那位是我老師。」

「哦！老師？連老師都被抓了嗎？」

「是呀。」

彌太郎洋洋得意地笑道。

「他早就被關了。我是在獄中拜他為師的。喏，你說對吧。太助爺。」

「是，您說的是。」

老師反而向他低頭致意。

「是武士嗎？」

「不，老師是樵夫，魚梁瀨村人。我在江戶曾拜天下知名學者為師，但在牢中跟這位老師學到的更多。」

魚梁瀨村位在奈半利川上游。龍馬聽人提過，是個住有豪爽樵夫的山村。

「可這位老師為何入獄呢？」

「因為他私砍木材賣給大坂的商人。」

「哇，那可是滔天大罪啊。」

應該就是現在所謂的違反專賣法吧。土佐藩舉凡鯨、柴魚、木材、紙張、樟腦等主要物資，全屬藩的專賣品。這些物資應由藩本身收集、運送至大坂，再由西長堀的土佐藩邸販售。商人不得擅自販售這些物資，否則就會像太助這樣遭到拘捕。

「你拜這位太助爺為師學什麼？」

「算數和生意之道。」

以往只知作學問及學武術的岩崎彌太郎這時才開始學習算數。也是這時才有了將來要靠經商成就一番事業的想法。

「世上最重要的是金錢，第二重要的也是金錢。我父親和我都因沒錢賄賂才會被抓進這郡代公務所。因為他們個個都收了村長的好處呀。這世間全靠金錢在運作，詩文或刀劍都無法使之動彈。我將來要將全日本的金銀統統掃過來！」

「真有意思。」

龍馬神情愉快地拍手讚道，因為這是他第一次看到這種武士。

龍馬就此前往江戶。

牢裡的彌太郎又被拘禁了幾個月。

岩崎彌太郎與龍馬再次見面，要等到數年後，兩人活躍的舞台不約而同移至長崎時。在此先大致介紹彌太郎出獄後的情況。

總歸一句話，若未被監禁在田野浦郡代公務所，日後岩崎恐怕也未必能三菱財閥創辦者這樣的人物。

教彌太郎算數的魚梁瀨村之太助，對彌太郎學習力之強曾如此感嘆：

「真教人驚訝。我花了四、五年才學會這算數的法則，您竟然一個月就會了。思想死板的武士竟能如此，實在了不起。你這種人才若從商，必然大有成就。」

「不，這全是拜你所賜。若我未坐牢也學不到這學問。出獄後，我就放棄武術並拋開一切書籍，改行經商。要是我成為日本第一財主，我就送你滿滿一飯桶的小判金幣。」

「哇哈哈！那真感激不盡啊，您說話算話吧！」

太助當然只把這當成玩笑話。

但後來垂垂老矣的太助在魚梁瀨村的山裡生了病，生活極為窘困。這時聽說名震天下的三菱企業總帥就是當年的彌太郎，震驚之下便告訴村人當時的約定。眾人聽了都說：

「太助爺，說話一定要算數。去跟他要吧。」

「這是什麼話，把我當乞丐嗎？」

據說他並未把這放在心上。

「某終未前往。亦一異人也。」

舊版《岩崎彌太郎傳》中有以漢文方式如此記載的名文。大概是說這人雖籍籍無名而垂垂老矣，卻仍相當有骨氣。

不過太助死後，岩崎家曾依約致贈重金給其子，以報當年之恩。

出獄後，彌太郎被判處——

「逐出原居之村」。

因此不得返回村裡，只得在高知城外的鴨田村蓋了間陋屋，教村裡的孩童讀書、寫字及算數維生。

但這段浪居鴨田村的日子，卻再度為他帶來莫大的幸運。

距此村不遠處有個名為長濱村鶴田的部落，那裡住著一名流放之人。

他就是後來藩的獨裁者吉田東洋。

在思想上他支持德川幕府，是個徹頭徹尾的佐幕論者，但他同時也是藩內唯一的學者，是個非凡的政治家。受提拔後成為江戶家老，得以展現其出色的政治手腕，卻因過分能幹而失勢，如今奉命過著蟄居的生活。

彌太郎拜入東洋的門下。

東洋後來獲赦重新掌握藩裡的行政權，這時在長濱村收為門生的藩士子弟都被編排在機要職位。

可惜彌太郎是地下浪人出身，因此並未立即受到重用，但後來也當上財務官，掌控土佐藩的所有金錢。彌太郎開運之機可說即肇始於此時。

言歸正傳。

龍馬抵達江戶時已是該年秋天。在鍛冶橋藩邸稍作休息後，即返回桶町的千葉道場。

江戸夕照

看到龍馬回來，桶町千葉道場的師傅貞吉和重太郎都高興得任淚水在眼眶打轉。

「家鄉固然不錯，但畢竟還是江戸更重人情呀。」

離開一陣子後才深深體會到這點。

龍馬不在時，重太郎討了個嬌小又漂亮的妻子。

「她叫八寸，飯吃八分飽的八，一寸兩寸的寸。有事儘管吩咐她。」

他開心地為兩人引見。八寸退在門檻後方的簷廊上，以三指撐在地板上低頭向龍馬行禮致意，一會兒才抬起頭來。

「我是八寸，請多指教。」

她眼神清澈，瓜子臉，看來很伶俐。屬於龍馬喜歡的那型。

「糟了，正是我會迷上的那種女人。」

龍馬心裡暗叫不妙，但仍一如往常，露出煦煦和風般的天真微笑。

「我是坂本，請多指教。」

「好了，好了。」

重太郎沒來由地開心。八寸之父名為芥川與惣次，在淺草封有宅邸，是幕府專司天文之職的天文

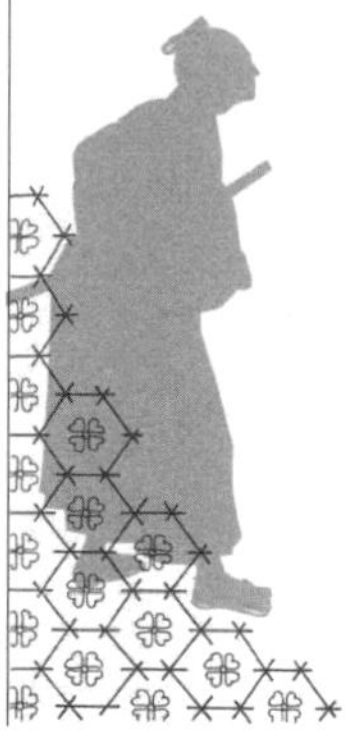

方。家格雖低，但說起芥川與惣次，可是赫赫有名的關流和算（譯註：關孝和創始的日式數學流派）學者呢。

「八寸，酒！」

重太郎故作威嚴地命令道。但他尚未習於擺出丈夫架子，因而顯得有些不自然。

「是，馬上來。」

八寸退下後，重太郎就把臉靠過來說：

「龍老弟，有老婆的好處真多呀。」

「應該是吧。」

龍馬隨口附和。

「不過你是不會了解的。」

「了解什麼？」

「有老婆的好處啊。」

「那還真沒辦法。」

龍馬不知如何接話。

「因為我畢竟還是個光棍啊。」

「別太悲觀。」

「倒也不至於。」

龍馬逐漸感到一股壓迫感。

「不如娶一個吧？」

「我不像你可以繼承家業，我是次男，得自立門戶後才能娶老婆。」

「以你的本領，再一、兩年就能開間氣派的道場當場主了。」

「你算是我師傅，聽你這麼說我當然高興。不過，其實我應該不會如此安穩過一生。」

「龍老弟，你的一生究竟會是怎樣的一生呀？」

「我自己也不太清楚。」

龍馬望著遠處。

「我不像個會娶老婆的男人。」

「沒錯，以龍老弟的個性，不知會做出什麼事業來。但或許可以找到能全力支持並為你守在家裡的女人呀。」

「停！」

龍馬趕緊打斷他，因為佐那子的名字已呼之欲出。

龍馬認為男人有兩種類型：農夫型及獵人型。一是能安居在田野一隅，種植農作，疼愛老婆，扶養孩子，並能從中尋得樂趣。另一型則必須踏遍山野，在山間追獵野獸，甚至連家鄉都拋諸腦後。

重太郎年紀輕輕就躋身一流刀客之列，卻是樂於以刀耕耘家門、娶妻並享受家庭溫暖的農夫型。

龍馬卻與他截然不同。

「別再提娶老婆的事了。我呀，恐怕是個怪胎，自少年時期，每晚睡覺時都感到熱血沸騰。」

「是想抱女人吧？」

「又好像不是這麼回事。」

「那是怎麼回事呢？」

「我眼前總會出現一隻其大無比的黑豬。」

「咦？」

「我眼前老是浮現這一幕。黑豬總想逃離我身邊，邊逃卻又『來追呀，來追呀』地逗我。我心裡想追，雙腿卻黏在地上動彈不得。黑豬於是嘲笑我：『龍馬，大笨蛋！』」

「原來你心中有這麼一隻黑豬呀。」

重太郎詫異道。龍馬一本正經地點頭道：

「那就是野心。」

「啊，原來是野心。這我也有啊。鑽研刀術不也是野心嗎？」

「刀術太微不足道了。」

「哦？」

重太郎露出憤怒的表情。他生為刀術名門之後，自然無法忍受任何人侮辱刀術。

「刀術也是供年輕人寄託雄心壯志啊。龍老弟或許還不知情，你不在時，幕府已成立極具規模的機關，叫『講武所』。這是家康進駐江戶城以來的一大事件。三百年來重文輕武的政治走向，如今終於有所修正。正如文方面有湯島的昌平黌，武方面也有講武所。事實上我已在附近的講武所任職。」
「那真恭喜你了。」
「謝謝。不過，龍老弟，努力鑽研刀術不也有其發展之道嗎？」
「可惜我的黑豬不太一樣。」
「怎麼個不一樣？」
「我自己也無法理解。只要像這樣閉上眼睛，那頭黑豬就會出現。但這黑豬究竟是何物，我實在還搞不清楚。總之我打算在我搞清楚之前，繼續專心練刀。」
「你的意思是，沒搞清楚之前都不娶老婆嗎？」
「嗯，大概就是這樣。」
龍馬敷衍道。因為自己和重太郎是完全不同類型的男人，再怎麼跟他解釋他也不會懂。何況，老實說連龍馬自己也還沒徹底弄清楚。
過了半晌，八寸終於送來酒菜。
跟在後面幫忙拿菜的是佐那子。
「哎呀。」

龍馬趕緊坐正。
「愈來愈漂亮了呀。」
佐那子在龍馬面前放下飯菜後便挪動膝蓋往後退，朝他鄭重低頭行禮。
「恭迎您回來。別來無恙，真可喜可賀。」
「好久不見。」
龍馬也朝佐那子頷首道。
「還以為妳早嫁人了呢。還沒消息嗎？」
「……」
「眼光太高的話會嫁不出去喔。對了，我這才注意到，妳雖然還是一樣漂亮，不過好像老了一點喔。」
「哎喲，討厭！」
「我是好心提醒妳的。難不成妳已有意中人？」
真是明知故問。佐那子一陣難過，但仍故意瞪大眼睛，裝出一副生氣的表情。
「難道他一點也不知道嗎？」

「佐那子沒有特別喜歡的人，不過最討厭的人倒有一個。」

「哦？那是誰呢？」

「坂本大哥你！」

「這沒道理吧。」

「佐那子，別太過分啦。」

大好人重太郎捏了一把冷汗，趕緊轉移話題：

「龍老弟，離開這麼久，你覺得江戶怎麼樣？」

「這個嘛……」

龍馬一口乾了杯中酒，並把杯子還給重太郎。

「離開後才體會到江戶的好。家鄉當然也不錯，就是人粗野了些。」

「明明是自己粗野。」坐在角落的佐那子狠狠瞪著他。

「江戶真有那麼好嗎？」

重太郎是道地的江戶人，當然樂於聽到如此讚美。

「畢竟已累積了二百多年的文化，人情的精粹到底不同於鄉下。人與人的交際，凡事皆需面面俱到。歷代德川家的最大功勞，可說就是打造了這座城市。」

「不過土佐的高知應該也不差吧？」

「那是鄉下。鄉下人啊……」

龍馬一杯接一杯，很快地，容量二合（譯註：一合約〇・一八七公升。）都空了。

「只知喝酒，只要有三個年輕武士聚在一起就開始討論國家大事，而且根本是雞蛋裡挑骨頭。還打從心裡相信自己若不出面日本就要滅亡了，衝動到想讓那些瞧不起日本的外國人立刻嚐嚐土佐刀是什麼滋味。」

「當真？原來你的同鄉都這麼激進呀！」

「但也很可怕。」

「怎麼個可怕法？」

「鄉下呀，我看長州和薩摩的年輕武士都差不多。粗野，但又固執。離開江戶一陣子再回來，發現街上的人群都優哉游哉，彷彿把國難當成拂面而過的輕風。江戶人將來或許會被鄉下人幹掉呀。」

「怎麼可能？」

重太郎笑而不答。

翌日傍晚龍馬因故前往築地屋敷。

天黑之後正要返回桶町。途經一間原出雲松平家的備用宅，房子現已是空屋，但龍馬經過矮牆時，卻突然迸出一條人影，朝自己劈頭就砍。

龍馬迅速一閃。

「隨機攔人試刀嗎？江戶也變得這麼亂了？真意外呀！」

龍馬扔掉手上的提燈並踏熄燈火。

頓時一片漆黑。

龍馬跳至土牆一角，悄悄拔刀。拔刀不得出聲乃夜鬥的訣竅。

倒楣的是，龍馬卻被迫站在正對著月光的地方。

而對方——卻取得背光的位置。只見兩條黑影分別站在龍馬左右三間距離開外，並未採取進一步的動作，只是緩緩挪動雙腳縮短距離。即使是隨機殺人，看起來也是行家。

「顯然經驗老到。」

龍馬想起當年在大坂高麗橋遭岡田以藏襲擊的情形，當時反而是攻擊自己的以藏緊張得發抖。今晚這兩人態度卻十分冷靜，顯然已多次見過他人濺血。

右邊身材較高者採「八相」架式。

左邊較矮小者採略帶個人習氣的「下段」架式。

「喂，想搶劫嗎？」

龍馬低聲問道，雙腿隨即往右一跳移動位置，以防敵人循聲攻來。

「……」

對方並未回答。

自黑船來日舉世騷動，江戶各地道場迅速增加，總數一下子竄至約二百家。流派有名無名的都有，竟超過五十派。隨之而來的卻是粗暴的年輕人為試身手，而開始流行在街上隨機攔人試刀。

「不過我還真佩服你們，竟敢找武士挑戰。」

為了不留下證據，龍馬盡量不露出土佐口音。他改變位置後又道：

「但兩個打一個就有點讓人不以為然了。」

「……」

「明晚開始單獨行動吧。不過，若二位……」

龍馬立刻又換了位置。

「今晚死在我手下，那就另當別論了。」

他邊說邊以腳試探地形，悄悄移動位置，然後出其不意竄至較矮、採下段架式那人的左側。

龍馬在大坂及江戶各有一次真刀對決的經驗，故已駕輕就熟。

他將刀高舉過頂，採「左上段」架式，並刻意踮起腳尖使身形更顯魁梧。

對方頓時產生錯覺，大概以為自己看到一隻巨大蝙蝠了吧。

於是倏地揚起刀尖。

這招顯然失算。只見那人的右側護手映著月光一閃，露出破綻。

龍馬趁機以迅雷不及掩耳的速度劈下。

「啊！」

矮個子大叫一聲跳了起來，但幾乎就在同一瞬間，又以超乎想像的速度重重摔落在漆黑的地上。

他右臂使力，試圖以刀支地撐起身體，但不一會兒就癱軟在地。

血腥味迅速擴散。

「抱歉啦。」

龍馬又改變位置，移至身型較高的男子左側。

那人迅速後退，同時道：

「龍馬，刀術又進步了啊。」

龍馬聞言大驚。

「你是誰？」

「不記得了嗎？後會有期！」

說著便撤退了。只聽得急促的木屐聲逐漸消失在黑暗中，被砍中手臂的男人也隨後逃走。

龍馬一時茫然不知所措。

過了不久，有位稀客到千葉道場來找龍馬。是寢待藤兵衛。

門房還有一小間房間空著，因此龍馬要他在等在那裡，直到日暮時分練完對決才來見他。

「好久不見了呀。」

龍馬一進屋就發現藤兵衛正燒著地爐中的柴。

「變冷了喲。」

「有何貴幹！」

「哪敢說什麼貴幹，我一是想來看看您，二是想求您幫個忙。如果您願意的話……」

「當然不願意。你的要求準沒好事，有時還硬把不正經的女人送上門來。」

「哦？您是說阿冴嗎？對了。」

藤兵衛似乎這才想起。

「她呀，已經死了。」

「哦？」

龍馬緊張地搔搔鼻子。

「又怎麼了？病了嗎？」

「是啊，就是因為那場霍亂。去年夏天您不在時流行霍亂，突然就死了。我正好外出旅行，回來才聽房東說的。據說當時凡是無人認領的死屍，都是像柴薪般疊成堆再一起火化的。因此無親無故的她，就連骨頭都不知在哪裡了。真可憐啊。」

「原來如此。」

龍馬難過地說。

「這也無可奈何啊。我和深川萬年町的惠然寺多少有些關係，就請那裡的和尚幫她取個戒名，順便請寺裡永久供養。」

「你這可是做了件好事啊，照顧到連後事都為她辦妥了。」

「這是我這輩子唯一做過的好事。因此我死後，即使無緣到極樂世界，至少在地獄也應該吃得開吧。」

「哎唷，還搬弄佛理啊。」

「真是的，別這麼說嘛。」

藤兵衛搔搔頭。

「最近腦袋不靈光，連原來的工作做起來也意興闌珊。」

「你是說行竊的工作嗎？」

「是啊。扒手或竊賊工作時要是夠專心，無論任何情況都不會被抓。一旦像我這樣，一定會出差錯。看來我在這人世也混不久了。」

「你將來也是無人認領的死屍吧？」

龍馬獰笑道：

「好吧。萬一你被梟首示眾，看在和你生前的交情上，我就去請和尚幫你上炷香吧。」

「大爺，您太過分了吧？我專程來找您，可不是為了求您這麼做的呀。」

「我就說嘛，你哪會這麼早就安排後事。」

「我要拜託的，是關於我還活著的事呀。我是真想洗手不幹了，所以這會兒是來請您收我當隨從的。」

「這我不敢答應。聽說從前源義經曾收慣竊伊勢三郎義盛為隨從，但我可不好此道啊。」

藤兵衛當然不會因遭到拒絕就乖乖離開。

「我可沒說要薪水喔。我的意思是，希望大爺出人頭地之前，讓我無償地伺候您，可以嗎？」

「隨你高興。」

龍馬懶得跟他辯。

「太好了，我一定會好好幹的。請大爺努力打拚，早日出人頭地，就可發薪餉給小的了。」

「對了，換個話題。前幾天夜裡，我在築地出雲松平的備用宅附近遇到一個奇怪的傢伙。」

「什麼怪事？」

「隨機擱街殺人。兩人一組。」

龍馬簡短地描述當時情形。

「當時一片漆黑，看不見對方容貌，但事後回想對方說話的聲音，才覺得很像信夫左馬之助。不，應該錯不了。他回江戶來了嗎？」

「這我也不清楚。」

藤兵衛只知他在會津城下開了家道場，後來情形如何無從得知。

「我看他大概瘋了。似乎對我還充滿恨意。」

「我來想想辦法，這種事我最在行了。先找出他的根據地吧。」

兩三天後藤兵衛又來了。

「果然已經悄悄返回江戶了。」

「住在哪裡？」

「還是住在從前的本所鐘下。門面整個都換了，幾乎認不出來。變成一家氣派的道場，叫『文武教授‧玄明館』。」

「文武教授？」

「正是。」

「『武』就算了，『文』也太讓人驚訝了吧？」

「時下可正流行呢。招攬門人，讓食客鎮日無所事事，只等必要時才起用，就是這樣。說什麼『文武教授』只是好聽罷了，其實就是攘夷浪人的巢穴。本所及深川一帶很多這種新成立的道場。」

原來如此。經他這麼一說，龍馬才想起自己久不在江戶，回來後明顯發現這種浪人四處橫行。要是幕府堅決實行攘夷政策，他們定會一馬當先衝上戰場，與戰國時期的野武士並無不同。

「連左馬之助都成了攘夷黨。這世間怎麼了？」

連阿貓阿狗都這樣。

要開放？還是要攘夷？兩派互不相讓，愈鬧愈凶。

龍馬的朋友武市半平太就是個急先鋒。

不過幕府的外交方針並不是攘夷，而是一種類似「恐夷」的態度。因恐懼列強的武力，一直採取軟弱的外交行動，反而可說是一種無奈的開國主義。

京都朝廷的態度就不同了。

當今天皇（孝明天皇）對外國人極其厭惡，甚至到了病態的地步。他當然是攘夷主義者。因此日本諸國的攘夷論者都聚集在京都，與幕府對立的論壇也一一成立。如此輿論形成尊王攘夷論，更進一步形成攘夷倒幕論。

龍馬此時仍是個大受時下流行的攘夷論影響而人云亦云、對政治沒什麼主張的青年。

「左馬之助既是攘夷主義者，那到神奈川去殺外國人就好了。何必夜襲我呢？真搞不懂。」

「世上真有這種怪人。」

龍馬不禁納悶。

龍馬早都忘了，但信夫左馬之助前幾年曾在薪河岸被龍馬打敗，定是因此耿耿於懷。

「對我懷恨在心，他到底要怎樣？」

「世上當然也有這種天生有著狸子秉性的男人，一旦產生恨意，就一輩子懷恨在心。」

藤兵衛似乎相當了解。

「我呀，雖是個低賤的鼠輩，卻是愛恨分明，也很執著。左馬之助的心情我可以了解。」

「哦？原來你個性也像狸子一樣陰險啊？」

龍馬驚訝地打量藤兵衛。藤兵衛不好意思地抹抹臉，笑道：

「討厭哪。」

「原來如此，那我大概懂了。」

這人對龍馬死忠到幾乎讓人困擾。但這份感情可能因情況改變而變質，一旦轉為恨意，不知將如何恨之入骨。

「大爺，您生性不著於物，恐怕無法了解吧？」

「我並沒特別不著於物。我以為自己這樣已經很執著了。」

「也算執著吧，但恐怕只限於對事物的愛恨。」

「啊，只限於愛恨嗎？這個嘛，不，或許我並不如外表所見，說不定內心其實很執著喔。」

「誰知道呢？少爺您呀……」

藤兵衛滿臉微笑，欲言又止。

「你是怎麼啦？好像有別的意思喔？」

「沒什麼。只是少爺一定要多加留意，您的無心之舉很可能招人怨恨。信夫左馬之助就是最好的例子。那傢伙恐怕一輩子都在伺機取您姓命。」

「藤兵衛，你是在對我說教啊？」

龍馬語帶嘲諷地說：

「男子漢大丈夫，若凡事都怕招人怨恨是無法成大事的。」

「哎呀，您說得對極了。不過最好還是多留意，因為世間有很多不可理喻之人哪。」

「我知道的可多了。這全拜信夫左馬之助所賜，說不定哪天興致一來，他又想對我下毒手。」

「那恐怕就是他人生的目標了。說不定這個惡棍就是為了少爺您才拚命鑽研刀術的。」

「真討厭。」

龍馬不禁苦笑。

「討厭也沒辦法呀。因為對方要怎麼想是他的事，您說對吧。正因有各形各色的傢伙又各懷鬼胎，江戶才會如此饒富趣味呀。」

這年安政三年也已接近尾聲。

快到過年時，大哥權平從老家派的飛腳抵達江戶。

龍馬有不祥的預感。

雖是老家派來的飛腳，但也不可能人好到把信件送至龍馬寄宿的千葉道場。

信只送至鍛冶橋藩邸。住在藩邸宿舍的武市半平太得知，立即請人特地到桶町通知龍馬。龍馬一趕到，武市就說：

「好像是你大哥從老家寄來的。」

說著遞給龍馬一個油紙包。

打開信一看，果然是大哥權平慣用的獨特筆調。

然而內容卻讓人震驚：

過世了。

父親八平……

「……」

龍馬兩眼空洞地發楞。

「怎麼回事？」

武市並未如此問。因為還來不及開口，龍馬就露出如此可怕的表情。

信上說，父親八平十二月四日突然昏倒，後來就斷氣了。享年五十四歲。

龍馬將目光拉回信上。信中簡潔地描述了八平臨終的模樣。

信上說，八平原本一直昏睡，斷氣前卻突然張開眼睛大喊：

——龍馬……

接著又不斷喊道：

——龍馬，龍馬……

喊完後就斷氣了。若說他死前曾留下遺言，就是這幾句了。

可見八平對么兒龍馬的前途有多麼放心不下。

八平名直足。

出身潮江村鄉士山本家，後入贅坂本家，繼承家業，並與龍馬之母幸子生有二男三女。

骨架較常人魁梧。權平、乙女、龍馬身型高大，可說都是得自八平的遺傳。年輕時就精通弓術及槍術，並分別取得「免許皆傳」的資格。不僅如此，還寫得一手好字，又擅作和歌。個性卻十分溫和，即使對龍馬也不曾大聲斥罵。

有如此父親在身邊總覺如沐春風。

龍馬十八歲到江戶之後，八平偶而就會黏著一家之主權平道：

「不知那小子還哭嗎？」

說著一臉擔憂。

「那個愛尿床的小鬼能平安長大已算是賺到了，但長大後還那麼散漫，也不知能不能順利在世間過活。我真放心不下呀，權平。」

他老是這麼叨念著。

臨終時喊了龍馬三次，恐怕也是想叮嚀龍馬：

「好好活下去啊！龍馬。」

「武市兄。」

龍馬微笑道。

「坂本君，是令尊的訃聞嗎？」

聰明的武市已猜出龍馬手上那封信的內容了。

「沒錯。」

龍馬點頭道。武市立即鄭重其事地以手支地道：

「請節哀順變。」

「沒事。」

龍馬硬擠出一絲笑容。

「這是天理。」

「你說什麼？令尊去世你還說是天理？」

「本來就是啊。要是我先父親而死，反過來豈不讓他哀慟。幸好是順應了天理。況且這也無可奈何呀。」

「話雖如此……」

武市生性耿直，對龍馬的態度相當不以為然，忍不住噙著眼淚怒道：

「身為人子可以如此淡然處之嗎？」

「當然啊。」

龍馬依然嘻皮笑臉。不同於常人，除了強顏歡笑，他不知如何排遣眼前的悲懷。

「龍馬，你接到父親的訃聞竟還笑得出來。真是太不正經了！」

「抱歉。我本就不正經。既然你看不慣，那我還是走好了。」

說著拾起佩刀離開。

「這傢伙怎麼這樣？這樣坂本家的八平老爺死也放心不下吧。」

武市心想。

之後兩三天龍馬都未出現在藩邸的宿舍，也未出現在桶町的道場。

「現在本應足不出戶在家守喪的，龍馬卻不知跑哪裡去了。」

武市對他身旁的年輕崇拜者如此嘀咕，甚至撲簌簌地掉下淚來。

武市很喜歡龍馬。

正因喜歡，見龍馬偶爾表現得太過桀傲不遜，總有些不滿。尤其目前的情況，以武市死板的儒教眼光看來，龍馬的態度可說嚴重違背了人倫。正因喜歡龍馬，才會心情鬱悶，甚至忍不住掉淚。

但就在龍馬失蹤後的第二天，藩邸的幾個守衛就交頭接耳地說：

「昨天夜裡，庭院的假山後方傳出詭異的聲音，你聽見了嗎？」

第二天夜裡也是一樣。據說那是有如野獸咆哮的聲音。

一名門衛戰戰兢兢摸近一看，原來松林裡有個男人，正蜷曲著睡在枯草堆裡。

「誰呀？」

就在此時，那男人又開始嚎啕大哭。哭聲就像桂濱的海鳴聲。

門衛提心吊膽地拿燈籠一照。那人立即生氣地翻身坐起，並以驚人的氣勢怒斥道：

「別靠近！」

把守衛嚇得從假山跌落下來。

「有可疑之人！」

他連忙趕回門房報告，與同僚再次回假山附近搜索，卻連個人影都沒找著。

於是有傳聞說那就是龍馬。四、五日後此事也傳入武市耳裡。

「這傢伙真怪。」

武市這才恍然大悟。

安政諸流比試大會

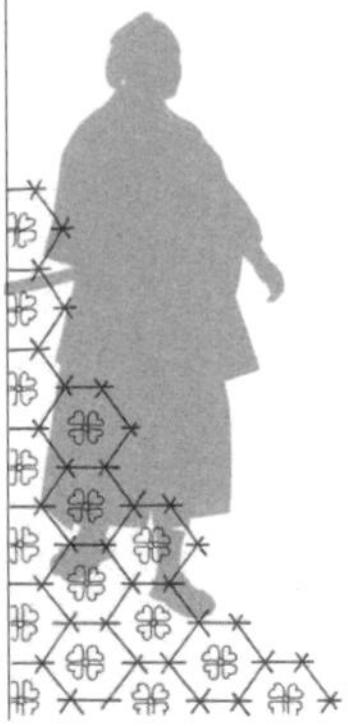

根據龍馬的相關傳記及資料，年方二十二的龍馬接獲父親訃聞時……

淚流不止，自江戶之地遙拜故鄉——向天地神明起誓：「龍馬誓報此恩！」

對龍馬而言，想必再無任何事情比這更教他痛心。日後龍馬把幕末諸藩之英雄豪傑耍得團團轉，憑著奇想奇策一手鎮住天下風雲，如此英姿實在很難聯想這時平凡的孝子之舉。但也許這正是龍馬真實的模樣吧。

因為自那天開始，一直到翌年安政四年間，幾乎都沒有任何有關龍馬的逸事。他把自己關在千葉道場，潛心致力於研習刀術。

龍馬喜四處走動，好奇心又強，以如此性格，這段期間實在乖到不像話。可見父親的死帶給他的衝擊之大。

不久龍馬即獲得北辰一刀流最高階的「大目錄皆傳」資格，並成為桶町千葉道場的塾頭。這年他才二十三歲。

提到千葉道場的塾頭，即使在人才濟濟的江戶劍客中，也算是頂尖高手。

當時長州的桂小五郎是麴町齋藤彌九郎道場（神道無念流）的塾頭，土州的武市半平太也已升格為京橋蜊河岸桃井春藏（鏡心明智流）的塾頭。

人人都說：

品格以桃井為最。

刀技以千葉為最。

力道則以齋藤為最。

當時刀壇由此三家鼎足而立，而各流之塾頭都成為日後維新要角，真可謂奇妙的巧合。

這年秋天。

江戶舉行一場大型比試，由諸流各自推選傑出代表參與。

夏天剛過，重太郎就把龍馬叫進房間。

「龍老弟，有件事要跟你商量。」

「什麼事啊？」

龍馬進房後隨即躺下側臥，並以肘枕頭。這陣子龍馬愈來愈沒規矩，平時很少正襟危坐。

「事實上是這樣的……」

重太郎把雙手置於膝上，正襟危坐盯著躺臥在榻榻米上的龍馬道：

「自寬永御前大賽以來的二百年間，江戶持續都有各流派的刀術比試賽會，從未間斷。今年秋季的比試大會將由土佐藩山內侯主辦。」

「山內侯？那不正是我家主君嗎？」

一般藩士提到自家主君通常得趕緊正襟危坐，龍馬卻仍以肘枕頭道：

「人名幫刀客舉辦比試大會，世道真變了呀。不過聽說這位大人好像天生怪咖一個。」

「姑且不管這些。桶町千葉只能派一位代表，為了道場聲譽，這場比試絕不能輸。好，究竟是你出場，還是我出場？」

「這個嘛……」

龍馬並未明確回答，只問究竟有哪些人參加。

「將會選出一百名選手。」
重太郎道：
「神道無念流的大師傅齋藤彌九郎也將親自出場。」
「齋藤師傅應該是裁判吧？」
「不，他既是裁判，也會下場比試。不過咱們北辰一刀流就……」
重太郎臉上頓時浮現陰影。
人稱「不世出之劍客」千葉周作總帥已於前年以六十三歲之齡過世，長男奇蘇太郎已先他而逝，因此神田玉池的千葉家只能派十多歲的三男道三郎為代表。
其實道三郎上面還有個次男榮次郎，是刀術高手，人稱「千葉小天狗」。提到榮次郎的「單手上段」，江戶劍客無不聞之色變。
可惜他很早就把家督之位讓給弟弟道三郎，自己改仕水戶德川家，常年駐守江戶，職位是祿高二百石的大番組。
因此礙於主君家而無法出賽。
「故由塾頭海保帆平代表出場，與齋藤彌九郎師傅對決。」
重太郎的表情彷彿是說：「帆平師傅多半會輸吧。」
海保帆平乃已故周作的得意門生，習刀已久，人品也相當不錯。玉池道場弟子多達數千名卻能順利經營，有人認為全拜此人擅於管理。
當然他並非只具管理才能。
論刀術，他是江戶屈指可數的高手，個性也夠老成。話雖如此，也不可能勝過自千葉周作死後即有「海內無雙」之名的齋藤彌九郎。
「真不甘心。不過如此情況下，玉池千葉根本毫無勝算。」
重太郎又道：
「所以咱們桶町千葉若不加把勁，北辰一刀流就要名譽掃地了。」

「重哥所言甚是。」
龍馬用力點頭，但仍搞不清楚重太郎究竟想說什麼。
「龍老弟，你就衝吧！」
「嗯，衝！」
龍馬隨口附和道。
「那麼……」
重太郎湊近龍馬的臉道：
「咱們桶町千葉道場就由龍老弟你代表出場。」
「你說什麼？」
龍馬連忙坐起身來。
「你不出場嗎？」
「不出場。」
「那像什麼話？」
龍馬瞪眼道：
「玉池千葉那邊咱們管不著，但你若不出場就沒有任何姓千葉的代表了。如此一來，千葉之名才真要一敗塗地吧。」
「出場也是必輸無疑，還不如不出場。總之桶町的北辰一刀流就請龍老弟充當代表了。」
最近龍馬的刀法已勝過重太郎不少。
龍馬於是成為桶町千葉的代表，與玉池塾頭海保帆平共同捍衛北辰一刀流的地位。但如何分組對決，得到當天才揭曉。
「管他是誰。」
龍馬保持如此心態。
翌日太陽已西傾，卻突然來了位意外的訪客。
是長州藩士桂小五郎。不過此時的他是以麴町齋藤彌九郎道場塾頭的身分來桶町千葉訪視的。
自與龍馬在相模三浦半島山中相遇以來，大概過了將近四年。
小五郎大龍馬兩歲，今年二十五。
果然堂堂一表人才。

整體來說骨架較小，但透過衣服都還能感覺他從肩膀一直到腳尖，全覆滿鋼鐵般的肌肉。

相貌也頗不凡。不僅眉清目秀、目光沉穩，也更凜然，簡直與當年判若兩人。

「好久不見啊。」

龍馬借了重太郎的房間，請小五郎入內。

「別來無恙，真可喜可賀。」

桂小五郎如此客套後，緊盯著龍馬頗有所感地說：

「你的面貌變了。變得相貌堂堂。」

龍馬的容貌似乎也與當年大不相同。他自己倒沒發覺，不過應已大幅成長。

「是嗎？」

龍馬故意裝傻。

「我又沒換過。」

「廢話！」

小五郎正色地說：

「臉怎麼可能換。」

跟小五郎開玩笑完全是白搭。他雖是才子，大腦結構卻只有在探究事理時才犀利，事理之外世界的趣味他一竅不通。

這點與龍馬完全相反。龍馬的表情看來總是完全狀況外，不過其實是天生如此相貌。後來他發現只要保持這種表情就萬事好辦，便大加利用（但似乎比不上薩摩的西鄉隆盛。後來與勝海舟並列幕府俊才的大久保一翁曾說：「不管怎麼說，坂本乃土佐首屈一指的英雄。一言以蔽之，他等於是具有精明周到優點的西鄉。」可見他給人的印象是較西鄉精明周到。關於這點，在此也附上西鄉本人對龍馬的評語：「天下有志之士我幾乎都交往過，但從未見過器量大如龍馬之人。龍馬器量之大實深不可測。」連西鄉自己都這麼說，可見龍馬的表情總是深不可測。）

「言歸正傳吧。我今天來是……」

桂小五郎單刀直入。他說話向來不拐彎抹角。

「為了貴道場的事。」
桂小五郎道。
「什麼事？」
龍馬又故作糊塗。但桂小五郎直視龍馬道：
「這回山內侯主辦的江戶百人大賽，貴道場將派誰當代表？」
「這個嘛……」
「由貞吉大師傅出場嗎？」
桂小五郎想打聽的似乎就是這件事，龍馬卻故意有所保留。
「不知道。」
「聽說貞吉大師傅病了？」
「是啊，是啊，醫生的確說是生病了。」
「即使醫生沒說，生病就是生病，總看得出來吧？」
桂小五郎決不容許曖昧不明的說法。

「那麼，」
桂小五郎又說：
「理應出少師傅重太郎代表出場，對吧？」
說曹操曹操到，千葉重太郎這時正好進來。
重太郎就像典型的江戶武士般毫無心機。
「桂爺，不好意思打斷你的話。」
他滿臉笑容地接著說：
「這回我們道場是派龍馬出場。」
說完後發現沒備酒。
「這傢伙真不懂得招呼客人。八寸！八寸！」
說著拍了拍手，要八寸趕緊備酒。這年輕人對這種事特別注意。
桂小五郎酒量不好卻愛喝，因此喝了酒之後就變得有點饒舌，五、六杯下肚後……
「坂本君，你真不老實！」
說著不甘心地撇下嘴角。龍馬也因重太郎的失言而不知如何解釋，這時便誠實地拍拍自己脖子道：

「是我不好，我道歉。因為不將己方祕策洩漏給敵方乃是首要軍略呀。不過既然都洩漏了，那敢問你們的代表人選是誰？」

「我們嗎？」

桂小五郎沉吟半晌之後道：

「不告訴你。」

他的表情彷彿是說，我既決定不說，就是撬開我的嘴我也不會說。提到桂小五郎的「石面」，日後在志士中也是人盡皆知的表情，表示毫無轉圜的餘地。

龍馬笑容可掬道：

「應該是由你代表出場吧？你這種高手不出場，麴町（齋藤道場）搞不好會一敗塗地哪。其他都只些微不足道的小雜魚。」

龍馬故意套他話。

「微不足道的小雜魚？」

桂小五郎果然生氣了：

「像我這種程度的，麴町有超過百人哪！」

「比方說有誰？」

「齋藤誠助、齋藤幾之助、齋藤四郎助。」

「哦？都是彌九郎師傅的親族嘛。」

「沒錯，其他還有島田逸作。」

「對喔。」

島田逸作在齋藤門下素有「今之武藏」的稱號。這麼一來，齋藤方的主要陣營就清楚了。

比試當天。

安政四年（一八五七）十月三日，江戶鍛冶橋的土佐藩邸聚集了四百名各流派精選的劍客。

龍馬自然也在其中。

寬敞的道場地板被選手、觀眾及工作人員佔去一大半。

武市半平太這天並未上場，他擔任藩內刀術指導石山孫六老師傅的隨行人員，輕鬆地四處打點張羅。

桂小五郎也出現了。

他坐在神道無念流的選手團中，依舊一臉嚴肅。

裁判除石山孫六老師傅之外，還有二位：

海保帆平。

齋藤彌九郎。

不過這兩位將在比試最後進行觀摩賽，此賽攸關各自流派的聲譽，可說是這天最精采的壓軸好戲。

不久，藩主山內土佐守豐信（容堂）就座主位。眾人同時平伏為禮。

其下座還有成列的重臣。

龍馬從下座遠端的北辰一刀流選手席緩緩抬起頭來偷看。

「原來我主君是這模樣呀。」

內心感嘆不已。鄉士身分不得直接參見主君，因此這是他第一次看見藩主的容貌。

藩主年約三十一、二歲。

大眼、瓜子臉、嘴角下彎。

（世人盛傳他個性乖戾，沒想到果真這副德行。）

他本為山內家分家（在土佐稱為「南屋敷」）之子，既是側室所生，一般說來是注定領一千五百石的米糧終身隱居的。偏巧本家的豐熙及豐惇兩兄弟相繼過世，因而由他繼承山內家二十四萬石的龐大領地。可見他有多幸運。

他個性剛愎，具有太多大名不需要的聰明才智。不僅如此，又善於詩文，讀史更有獨到見解，是當代一流的知識份子。

也因此，其他大名在他眼裡皆愚不可及。他老是在柳營（江戶城中）隨意發表辛辣的評論。

本有意跟隨水戶的大政治學者藤田東湖（已於前年的安政地震過世）學習，另一方面又寵信市井俠客相模屋政五郎，甚至自封「鯨海醉侯（大醉之諸侯）」的號，可謂人名中的異類。

接著，土佐藩江戶屋敷的刀術指導石山孫六老人走到道場中央，以低沉嗓音唸出抽籤決定的比試名單。

他的聲音十分低沉。

根本聽不清楚。

龍馬起初還拚命豎起耳朵，總算勉強聽到：

神道無念流　桂小五郎

鏡心明智流　福富健次

後來就覺得麻煩，乾脆自顧自挖起鼻孔來了。另一方面也因他自忖只要對手不是桂小五郎就好了，其他人根本不必放在眼裡。

比試總算開始。

最初兩場平手，接下來出場的是蜊河岸桃井道場的代表，也是目前聲名大噪的上田馬之助。

對手是齋藤道場的星野菊之助。

（這就是舉世聞名的上田馬之助嗎？）

龍馬瞪大眼睛望去。

他身型魁梧，高舉雙手準備擺出「諸手上段」架式，移動竹劍時竟俐落得幾乎捲起一陣風。這氣勢恐怕早已壓倒對手星野了。

上田馬之助的名氣頗大，不僅刀客，就連市井百姓也無人不知無人不曉。

去年秋天在銀座曾發生以下事件。

當時雖說是銀座，街道仍十分狹窄，若三人手牽手走在街上，旁邊兩人都得走在屋簷下。此處有家名為「松田」的小館子。

那是棟二樓的簡陋瓦屋，料理也便宜，只要有個兩銖錢就能上二樓吃上一頓（篠田鑛造氏《幕末百話》）。

店面雖簡陋，但畢竟地處銀座，因此樓下的土間座位和二樓的榻榻米席位總是座無虛席。

樓上席位雖鋪有榻榻米，但也僅二疊大小，且只簡單以屏風隔成包廂。當時在丸之內擁有宅邸的織田左近將監（領有天童二萬石之地）的刀術指導中川俊造正與門下兩名藩士在此對飲。

三人都已酩酊大醉。

據說當時約莫午後四時。

馬之助從道場返家途中，到親戚家接了個男孩到「松田」吃飯。

「這裡太擠了。」

不想坐在樓下，便隨女侍上了二樓。

不巧正好坐在中川等人旁邊的席位。

這時爛醉如泥的中川等人從旁品頭論足地打量馬之助的佩刀，並不斷調侃。

好吵啊。馬之助心想，便說：

「小弟，咱們到後面坐吧。」

小孩起身時，腳不小心碰到中川的刀。

中川立即盛氣凌人道：

「太無禮了！連個招呼都不打就想離開！」

「小孩子嘛，請別見怪。」

馬之助看事態有些麻煩，也不想到後面坐，便扶起小孩讓他先下樓，自己也隨後下樓。

才下到一半，中川就喊道：

「這傢伙想逃啊！」

說著衝到樓梯口，拔刀就往馬之助的肩膀砍落。

樓梯太窄了。

中川佔盡地利。馬之助立刻一屁股坐在樓梯上，不知他是如何拔刀的，只見他倏地一刀在手，隨即翻身朝頭上的中川來一記「逆袈裟」。

鮮血立刻四濺。

中川帶來的兩個藩士嚷著要為師傅報仇，也衝下樓梯朝馬之助猛砍，但反被砍中腰部而自樓梯跌落。

事後馬之助直接上奉行所自首，後來也被傳喚，但查明情況後並未被追究。

如今上場的就是這位馬之助。

至於上田馬之助的對手神道無念流的星野菊之助，龍馬就不太知道了。

星野採「中段」架式。

「呀——」

擺出極致上段架式的馬之助發出叫陣的吶喊聲，星野的劍卻仍文風不動。

他的個子小。

這點正好與馬之助相反。

「請問一下……」

龍馬轉頭問別派的人。

「那位星野菊之助是何方高人？」

「不認識。」

對方以出羽口音鄭重回答。

「哦？你也不知道啊？」

「……」

對方沒再回答，想必覺得龍馬很囉嗦。

總之似乎沒什麼名氣。

這位籍籍無名的星野只是不動如山，就以氣勢鎮住馬之助了。不管怎麼說，馬之助的劍看來已有些浮動不安。

馬之助似乎按捺不住，抬起右腳大步向前。

······························

就在這時，星野的劍突以迅雷不及掩耳的速度朝馬之助的右籠手砍去。

「籠手，一分。」

裁判海保帆平揚起手道。

接下來馬之助又迅速被擊中兩記，星野一連取得三分。

「名氣這麼大的上田馬之助竟然……」

龍馬大為驚訝。在銀座「松田」樓梯上，轉身一刀就砍中天童藩刀術指導的馬之助，竟慘敗在一個籍籍無名的劍士手下。劍道世界真是深不可測。

後來過了五、六組，上田馬之助再度上場與桃井道場的早田千助對決，又被早田擊中兩次「面」而落敗。

星野和早田都不如馬之助名氣大，龍馬忍不住嘆了口氣。

「這世間真是人外有人啊。」

龍馬心裡嘆道。

「我也絕不可目中無人。」

正當他如此自我警惕時，方才那個出羽口音的武士問道：

「恕我冒昧。請問閣下是千葉貞吉師傅門下的坂本龍馬嗎？」

「正是。」

龍馬點點頭望著對方，心裡納悶：這人到底想說什麼？那人微微低下出羽人特有的嚴肅臉孔道：

「事實上，在下被安排和閣下對決。」

「啊？是你嗎？」

比試開始前，石山孫六老人宣佈組別名單的聲音太小，龍馬根本沒聽見。

「原來如此。在下武藝不精，請多指教。」

說著討好地朝他笑笑。其實他渾然不知此人是何來頭，事到如今也不好意思問對方是誰了。於是假裝尿急，溜到道場出口抓住擔任工作人員的武市半平太問道：「那人是誰啊！」武市聽了嚇了一跳。

「你不知道嗎？他就是齋藤門下、人稱『當今武藏』的島田逸作呀！」

「原來他就是島田啊！」

讓龍馬感嘆的是島田逸作的壞心眼。

方才星野菊之助與上田馬之助對決時，龍馬曾問島田逸作：

——那位是何方高人？

當時島田還鄭重其事地回答：「不知道。」但依武市的說法，星野和島田屬同門，既是同門還說「不知道」，實在說不過去。

「不過……」

武市望著坐在遠處的島田逸作道：

「龍馬你要小心，他會使賤招。」

總之這人似乎並不單純。

問清楚後才知道，島田逸作慣使大小兩把竹劍。

「雙刀流嗎？」

果真如此，還真有點古怪。

齋藤彌九郎之師門為神道無念流，照理說不可能讓自己門人使雙刀才對。

「不是這樣嗎？」

龍馬提出如此疑問，武市點頭道：

「齋藤師傅似乎也不喜歡。」

雙刀法本為宮本武藏所創，但即便是武藏本身或許也未考慮將此法應用在實際對決，因他一生六十餘次的比試中從未使雙刀，都是以單刀擊敗對方的。

師傅齋藤彌九郎曾如此道：

——武藏的臂力乃萬中選一，因此才有可能使雙刀。以島田逸作的臂力要使雙刀是自不量力。

他多次提出告誡，島田卻頑固不從，凡是重要的比試都堅持使用自己獨樹一格的雙刀法。

然而他每次都不可思議地獲勝。

「恐怕連為師的齋藤彌九郎師傅都不敵島田逸作的雙刀吧。」

甚至有如此傳聞。

——只要能獲勝就對了，不是嗎？

島田似乎如此深信不疑。

但既然投入某門派，在取得「皆傳」資格前，不得擅自標新立異，也不得修習他種劍法。

「因此那人實戰經驗及刀術都十分出眾，卻遲遲未取得『皆傳』資格。」

武市道。

「不過……」

武市又補充道：

「這回島田若能取勝，齋藤師傅好像就要讓步，得藉此機會授他『皆傳』的資格。當然這只是傳聞。」

「這麼說，我若勝了島田，他就要恨我一輩子了。」

「哎唷，就不知……」

武市的眼神彷彿是說：「龍馬你贏得了嗎？」龍馬拉下臉來皺眉道：

「武市兄，你笑什麼？真沒禮貌！」

「不過……」

武市道：

「據說雙刀流有方法可破解。你若不知破解之法，這場比試多半就由島田逸作獲勝了。你知道破解之法嗎？」

「不知道。」

龍馬並未特別放在心上。

終於聽到：

「北辰一刀流坂本龍馬。」

聽到石山孫六老人唱到自己名字，龍馬便起身走至道場中央。

他身穿藏青道服及藏青道袴。

老舊的黑色護具「胴」上閃著金色的桔梗家紋。

「──」

整個道場鴉雀無聲。

彷彿踩著滿場的緊張氣氛，島田逸作從道場東側一隅走了出來。

黑色的「胴」裡面是一身純白道服。

「面」的背面塗著紅漆，右手持一般的三尺六寸竹劍，左手拎著二尺六寸的竹製短刀。島田一步步走近龍馬。

藩主土佐守豐信公的家老五藤主計低聲道：

「那位就是人稱『今之武藏』的島田逸作。」

土佐守豐信嘴角下垂的表情不變，只是點點頭。

「那個一身藏青的對手是誰？」

「他叫坂本龍馬，是北辰一刀流的『免許皆傳』。」

「哦？」

以藩主的身分來說聰明過頭的土佐守問道：

「哪一藩的？」

「回主公，那人是土佐藩士。」

「我們藩裡的嗎？怎麼沒見過也沒聽過，全然不識。」

「是呀。因他位階低，不得直謁主公。他只是城下本町筋一丁目的鄉士坂本權平之弟。」

「個子真高大啊。」

土佐守豐信此時只對龍馬體格感到驚訝。除非是預言家，任何人做夢也想不到這個名叫坂本龍馬的男人日後將如何撼動整個天下大勢。

大家的目光都被龍馬對手島田逸作的奇特裝備吸引。不僅土佐守如此，全場觀眾也一樣。

「三分定勝負。」

裁判一宣布完畢，兩人就迅速跳開，拉出距離。

島田將小刀置於中段，大刀置於上段，擺好架式。就防禦功能而言，找遍劍道所有架式，可說再無如此完美無破綻的招式了。

龍馬並未乘隙攻入島田構築之城郭。若與對方的小刀交鋒，他的大刀就會擊向自己的「面」或「胴」。而若只顧著提防大刀，對方的小刀就會刺向自己的「籠手」。

情況極不樂觀。

不僅防禦上毫無破綻，雙刀一旦發出攻擊也必勢如破竹。

島田大喊：

「啊——」

他不斷發出如此詭異的吶喊，同時一如張開雙翼的白色怪鳥逐步朝龍馬逼近。

龍馬的劍被制住了。

卻不見他滿頭大汗的狼狽樣，而是穩重且一派輕鬆地逐步移動，彷彿受制也如沐春風般愉快。

最後竟繞了道場一周。

繞了一周，龍馬在正好背對土佐守時突然定住腳步。

就在定住腳步的一剎那，三把竹劍同時在空中交纏並發出激烈的聲響。龍馬擊中對方的「胴」，島田的大刀也擊中龍馬的「面」。

「互擊，各得一分。」

裁判齋藤彌九郎低聲道。

還有兩分。

島田逸作往後跳，將雙刀交錯成「亂十字」，就像鳥收起雙翼般。

將大刀置於上段，小刀置於中段，是雙刀刀法常用的架式。島田卻捨棄如此架式，或許是因第一回合雙方雖互擊平手，但畢竟該架式已輕易被龍馬所破吧。

「亂十字」是從前宮本武藏研究出來的招式，但此式並不適於進攻。

然而異狀突生。

島田往後跳時，原以為龍馬會懼怕「亂十字」而就地保持，怎麼也沒想到龍馬卻傻傻地跟了上來。

島田再度往後跳。

龍馬同時跟上腳步。

島田緊張地拆開十字，以短刀砍向龍馬的竹劍。同時以大刀在空中劃了個圓，然後擊向龍馬側面。

龍馬趁此瞬間砍中對方左籠手，裁判齋藤彌九郎卻未抬手判決。

「雙方攻擊都太淺。」

意思大概是如此吧。

但如此淺擊卻引發雙方刀鍔相接的猛烈互擊。

可惜依然都太淺。

這些隔著竹劍的攻擊或垂擊是無法分出高下的。數度互擊後，龍馬單手格開島田迎面而來的攻擊，同時抓住島田握短刀的手，乘隙攻其右腰。

「胴！」

島田應聲彈起並摔在道場地板上。他連忙爬起身來。就在這節骨眼……

「面！」

龍馬重重地又是一記。對付雙刀法恐怕只有這方法了。

——面，一分。

接著是第三回合。

龍馬依然將劍尖穩穩置於中段。

島田不斷後退，直到雙方拉開九間距離。

然後倏地將大小竹劍拋至空中，左右交換後接回。

真是奇招。

他左手持大刀，擺的是「上段」架式；右手持小刀平刺，採「中段」架式。

此即所謂的「逆雙刀」。

據說連武藏也未想到此架式，這是名為「溫故知新流」的小門派祕傳的「左劍立合備崩」架式。不管怎麼說，此招極難對付。

島田擺好架式後隨即發出他獨特的吶喊聲並攻上前來。

龍馬也猛然往前衝。

九間的距離瞬間縮短。只剩三間距離時，龍馬突將竹劍直立。

島田見狀大驚。

這動作完全出乎島田意料。

龍馬突然豎起竹劍，導致島田無法抓準距離，呼吸因而亂了一拍。

就在這一瞬間——

龍馬發動猛烈的刺擊。一身白衣的島田宛如巨大的飛蛾翩然落在道場的地板上。

他一動也不動，大概是昏過去了。

龍馬這記刺擊稱為：

「家紋刺擊」。

一般刺擊都是瞄準「面」的下方，他卻刺在印有家紋的右胸。因該處護具較單薄，故許多流派在對決時都禁用此招。

「到此為止。」

齋藤彌九郎走到雙方之間，宣布龍馬獲勝。工作人員趕緊上場為島田急救，並將他抱出場外。

道場一時鴉雀無聲。

人稱「今之武藏」的島田逸作自鑽研雙刀流刀法以

來，據說在比試場上所向無敵。這回是他首次落敗。
「原來要破解逆雙刀法，只要使出家紋刺擊即可呀。」
坐在上首的土佐守豐信恍然大悟地拍了下大腿。這人會的可不是尋常主君學的唬人招式，他學過無外流的刀法，且已取得「皆傳」資格。
「那人功夫不錯。」
「大人所言甚是。」
家老五藤主計低頭表示贊同，又說：
「可惜他是個鄉士之子，空有這身好功夫。」
「若是上士，就能立刻找他來聊聊了。」
但這是不可能的。
鄉士之子一輩子都只是鄉士之子。不管學問或武功多麼優秀，也無法成為上士。而若非上士，就無法親近藩主。
這位土佐守豐信雖與薩摩的島津齊彬、越前的松平春嶽齊名，是幕末叱吒風雲的出色大名，但也是就此把龍馬的名字忘得一乾二淨。
後來龍馬脫藩，親率私設艦隊至西側日本海並叱吒時，據說他才猛然想起：
「坂本龍馬？是那個人嗎？是在江戶刀術比試中大顯身手的那個人嗎？」
言歸正傳。這回在江戶鍛冶橋土佐藩邸舉辦的諸流刀術比試結果，有好一陣子是江戶刀客間茶餘飯後的話題。最為人善道的是桂小五郎連續三次擊中土佐藩的福富健次而大獲全勝，以及壓軸的觀摩賽中，北辰一刀流代表海保帆平敗在神道無念流的齋藤彌九郎手下等。
桂小五郎的確刀術高強。
他在江戶刀客中的評價愈來愈高。
藩主毛利侯對自己藩內出了個如此傑出人物也十分自豪，特將桂小五郎的師傅齋藤彌九郎召至江戶屋敷，鄭重向他致謝。
此外大村藩藩主大村丹後守純熙及壬生藩藩主鳥

居丹波守忠舉等人，也為了欣賞桂小五郎的刀技而邀他至自己的江戶屋敷盛情款待。

此年初冬，龍馬卻不得不在蜊河岸的桃井道場，與刀術如此高強的桂小五郎公開對決。

這場比試不像上回是由諸侯主辦，而是道場場主主辦的。

主辦單位是由武市半平太擔任塾頭的鏡心明智流桃井道場。

一天，武市到桶町的道場來與千葉重太郎面談後，便把龍馬叫來。

「龍馬，上場啦！大比試來啦！」

「怎麼？又有比賽啦。」

武市不禁露出「你這人真是的」的表情。說起這個龍馬，隨時都是一副懶散的模樣，不，應該說從未見他精神抖擻過（然而凡事提不起勁是龍馬唯一的掩人耳目的表象，說不定是他掩飾尷尬的一種獨特方式。武市如此認為。）

「這場比試……」

武市以他一貫的鄭重語氣道：

「是攸關你能不能在江戶劍道界打開名聲的關鍵戰。」

「呵呵。」

「你這是什麼態度呀！」

「真好笑。」

龍馬道。

武市不悅地說：

「有什麼好笑？」

「什麼『攸關劍道界名聲的關鍵戰』？這類誇大的字眼實在跟原本忠厚老實的武市半平太不怎麼相稱喔。我聽說你最近出名了。」

「出什麼名？」

「喔，聽說武市兄結交了不少諸藩的慷慨份子（憂國憂世而痛批世情之士）。」

「沒錯。」

「你是被那些燕趙悲歌之士傳染，也學著用起強烈字眼了嗎？我真佩服你。」

「龍馬！」

武市氣得滿臉通紅。

「你是在嘲笑尊王攘夷嗎？」

「沒有啊。我也是尊王攘夷派。只是我才疏學淺，無法像你一樣高談闊論。」

「你所謂的『高談闊論』是什麼？『高談闊論』是什麼？」

「對不起，我修正一下，是『發表評論』。我無法自在地發表評論。」

「好啦，我知道了。」

武市已顧不得比試的事。

「那你剛剛為什麼笑？」

「哎呀，那是我的壞習慣啦。原諒我吧。我一看到你那副正經的表情，就忍不住想逗逗你嘛。」

「好吧，就原諒你。」

武市爽快地說。

武市雖是個男人，卻有雙難得一見的澄澈眼眸。

「對了，關於比試……」

「嗯……」

「這回是淘汰賽。」

這點與上回的比試不同。上回在土佐藩邸舉辦的比試是由各門派推出代表，與他派進行分組比試。而這回是不分流派，一路贏到最後者即為勝利者。

「當然這回藩的名譽更重於流派之名譽。」

「長州的桂小五郎也會出場嗎？」

「桂君當然也會出場。」

「那不用比也知道，一定是桂小五郎贏嘛。」

「你這人怎麼這樣？」

武市不禁大聲斥責。武市本是以冷靜著稱之人，但每次修養之好在年輕藩士中特別為人津津樂道，但每次與龍馬談起話來就不知不覺失去冷靜，連聲調都怪了起來。

「武市兄，太大聲了。」

龍馬有些吃驚。

「應該更大聲呢！龍馬，你仔細想想，武士出戰前怎能認定敵方必勝呢？你真是失言啊！」

「為什麼？桂小五郎的刀術早已名震全江戶。上回的比試，就連藩主都因他精妙的劍技而心折，據說他曾讚嘆：『桂小五郎身手靈巧一如蝗蟲啊』。被桂小五郎巧妙的竹劍掃中，坂本龍馬這麼不中用的傢伙定如試刀用的罪人屍體般碎裂。武市兄，我可不願代表土佐藩出場喔。」

「你……」

武市的語氣又粗暴了起來：

「武士豈能在敵前妄自菲薄！」

「我沒妄自菲薄。」

「那麼你到底是不是武士？」

「別武士長武士短的，聽得我耳朵都痛了。」

「那麼你究竟是什麼人？」

「就是坂本龍馬啊！」

龍馬滿不在乎地說。

這就是龍馬終其一生不變的思想。他堅信不管是武士或百姓，都是一層皮囊而已，自己是個頂天立地的人——坂本龍馬。

「我不喜歡強迫自己。明明技不如人，卻聳著肩膀武士長武士短地大喊，這和我個性完全不合。」

龍馬道。

「你是說武士是小魚乾？」

「武士之道固然有其優點，但不管怎麼說總是太小家子氣，一味怨天尤人卻不能怎麼樣。同為武士，戰國時期的大將就厲害多了。信玄也好，信長、秀吉甚至家康也好，他們的確曾明知必敗仍不惜一戰，但那只是年輕時賭上身家性命的決定，且僅止於一兩次。後來一定都是勝算在握才開戰。我認為這種人物才是英雄。」
「總歸一句話，龍馬，你非出場不可。」
「可是，武市兄。」
龍馬伸出舌頭舔舔人中。老實說，龍馬現在才提出他想知道的問題：
「你自己為什麼不出場？」
「別問這問題。」
「啊？」
「龍馬，是男子漢就別再問了。我都這麼低聲下氣求你了，請你什麼都別問，就算我求你出場吧。」
「……」
龍馬猶豫著。
他動心了。有意思出場了。
武市被土佐藩的年輕下士奉為神明般崇拜。事實上，論刀術、論器量、論學問，西國諸藩恐怕再也找不到如武市般優秀之人。有朝一日若有需要，只要武市登高一呼，恐怕連土佐的草木都要為之撼動。

在他的號召之下，年輕藩士必將立刻聚集。
龍馬深知他是具有如此魅力的男人，因此武市若不幸落敗，年輕人豈不大失所望。
「好吧，我就和桂小五郎一戰。」
龍馬簡短說道。

冬天的氣息轉濃。
冷得結霜的清晨，龍馬扛著刀術道具走出桶町千葉家的玄關。
跟在後頭的佐那子不斷敲著打火石（譯註：敲擊打火石的聲音與「勝利」諧音）同時唸著：
「勢必凱旋歸來。」
難得這位姑娘也溫柔地提醒他：
「龍大哥，你要特別提防桂小五郎攻擊手部。他身手靈巧，剛站定就立刻出招。」
「喔，我當然會提防。」
他好整以暇地走出道場。

甫出大門，藤兵衛就適時迎了上來，於是龍馬就把道具交給他。

藤兵衛步履輕巧地跟著龍馬，同時掩不住興奮道：

「連我都有點緊張呢。」

上回他曾央求龍馬收他為隨從，但許久不曾如此主從相隨了。

「咱們上哪兒去？」

「京橋。」

「去做什麼？」

什麼都問，真煩人。

「上蜊河岸去哪。」

「哦？是上桃井道場去嗎？那麼是有大型比試了？」

「沒錯。」

「這麼說我來得正是時候。照以前的說法就是隨主出征囉。對了，大爺……」

「你能不能靜一靜？」

龍馬邊走邊盤算如何與桂小五郎交手。

抵達道場時，發現寬敞的道場已擠滿與賽者。

武市迎上前來。

「龍馬，你的座位在那裡。各藩各有固定的席位。」

說著就為龍馬帶路，因為武市是此道場的塾頭。

依各藩劃定等候區，是因這場比試並非依派別對抗。主辦者只是鏡心明智流的一處道場，因此不好說是各流派對抗賽。話說回來，也不是採各藩對抗的形式，而是代表各藩的個人賽。

龍馬走進道場並到土佐藩的席位就座。

旁邊是藝州淺野家的位置。

再過去是加賀的前田家。

其他小藩的藩士和浪人則集中坐在一隅。

對面最旁邊是長州藩的位置。

桂小五郎也坐在其中。

他被眾藩士圍繞，身材雖不高大，卻穩重地端坐著，頗有率領大軍君臨戰場的大將風範。

「真令人震撼。他愈來愈有架勢了。」

裁判團坐在正面的左右兩邊。

桃井春藏。

齋藤彌九郎。

千葉榮次郎。

海保帆平。

如此陣容若再加上今日未出席的幕府重臣男谷下總守、松平主稅介等人，當代劍壇名人就齊聚一堂了。

不久比試就開始了。

依照規定，連贏三人者可暫時休息，再依次與其他獲勝者對決。

道場劃分為東西兩區，同時進行兩組比試。

第一回的初選共選出三十名連贏三人者。第二回及第三回的選拔賽中，刷掉落敗者、受傷者及棄權者，最後剩下六名優勝者。

這時已是中午時分。

桂小五郎和龍馬都在優勝名單內。但下午的比試勢必波濤洶湧。光看陣容就知道了：年輕選手幾乎全被刷掉，留下來的都是舉世聞名的資深刀客。年輕刀客只剩桂小五郎和龍馬兩人。

六人中，北辰一刀流的代表有龍馬及會津藩士森要藏二人。

森要藏已年過四十，是玉池大千葉的塾頭資格。回會津藩後，將依約到會津松平家的支藩飯野藩擔任刀術指導之職。

午餐是由桃井道場發放便當。

龍馬正在中庭的簷廊專心吃飯，背後卻傳來一陣刻意引人注意的咳嗽聲。回頭一看，原來是森要藏。

「啊，請使。」

森要藏不好意思地說：

「請繼續吃。我倆雖分屬不同藩及道場，但同是千葉師傅的流派，因此想來和您聊聊。請別客套，繼續吃吧。」

「哎呀，這怎麼好意思。」

龍馬只得放下筷子正襟危坐。對方可是同門大師兄呀。

森要藏個性剛強，外表卻溫文有禮，與土佐武士的粗野風氣大相逕庭。

森要藏頗有典型會津藩士的風範。

在三百多藩中，嚴守傳統武士道規範又講究俠義忠烈的，首推會津及薩摩二藩（據說數年後，會津藩主松平容保率會津軍負責守護京都時，原本在京都暗殺佐幕派的囂張浪人只聽說會津藩士將進駐就嚇得渾身發抖。而如此強悍的會津與薩摩卻分別形成對立的佐幕及勤王兩陣營，互爭明治維新的最後勝利。由此看來，歷史有時顯然比小說更具戲劇性——此為題外話。）

「對了。」

森要藏露出和氣叔叔的微笑道：

「待會排的是我和坂本老弟對決。」

「這……」

龍馬是標準土佐直腸子性格，所以一聽就拍了下脖子道：

「那我輸定了！」

「沒這回事。我們雖屬同一流派，但我還是希望全力以赴，請多指教。」

「我才該請您多指教呢。」

龍馬覺得很不好意思。

後來森要藏就拿著自己的便當坐到龍馬旁邊。

照理說森要藏是千葉周作在世時收的直屬弟子，龍馬算是晚輩，而他卻主動交談，這已是破例之舉。他為人想必十分和藹可親。龍馬根本沒想到日後會在京都與他為敵，因此十分高興。

森要藏這時身邊還帶著一個四、五歲的小男孩。

那孩子目光清澈，看來十分聰明伶俐。他端端正正地坐在森要藏背後，正吃著似乎是母親為他做的竹葉飯糰。

「這位是森師傅的公子嗎？」

龍馬問道。森要藏神情愉快地點點頭：

「是啊，難得有如此匯集全江戶刀客的大型比試，我想帶他來開開眼界。」

說完後，他又對那孩子說：

「這位是坂本師傅。快打招呼。」

那孩子趕緊把便當包好放到身後，然後規規矩矩地雙手支地，自我介紹：

「我叫寅雄。」

頗有武士之子的風範。龍馬點點頭：

「小少爺，你將來武功一定很高強喔。」

說著滿臉笑容。

以下先插入一段題外話。

十多年後，官兵與會津軍在會津若松城發生激烈的攻防戰，當時在白河口的那場戰役是由土佐藩士板垣退助指揮官兵，朝盤據於雷神山的會津軍發動猛烈攻擊。

相較於官軍，會津軍無論在武器或人數方面都遠遠不如。雷神山的會津軍大概也已不抱任何希望。

一名蓄著關公大鬍的老將突然張開繪有日之丸的軍扇，下令全軍殺入敵陣。

率先衝下山的，就是這位老將及緊隨其後的一名美少年。

此即日後的森要藏及向龍馬請安的這個四歲小男孩。

據說這對父子直殺進官兵陣營，施展如舞蹈般優美的刀技。

父親一旦陷入危險，少年就立即趨近相助；若少年情況危急，父親也會適時解救。兩人形影不離、相互支援且奮戰不懈的身影，據說曾讓官兵指揮官板垣退助一時暫停射擊。

最後兒子遭擊斃，父親也隨後喪命並跌落其上。這時戰鼓齊鳴，官兵才如怒濤般踩著遍地死屍佔領了雷神山。

這段情節是進入明治時代後，由倖存於世的白虎隊隊員——即後來的山川健次郎男爵——口述的。他當時曾遠遠目睹此情況，據說每提起當年情景，總是語帶哽咽甚至幾度泣不成聲。

昭和九年（一九三四）五月在天皇面前舉行的比試「昭和天覽試合」中獲得優勝、有「不世出之天才劍士」美稱的野間恒（東京府選出之練士。講談社創始者野間清治之子，此後不久即英年早逝）就是森要藏之外曾孫。看來刀術也有所謂的家族遺傳。

言歸正傳。

午後的比試正式開始。

龍馬從道場的正面走入場中。

對手是森要藏。

兩人一站定，即彼此迅速拉開九尺的距離。

雙方皆採「中段」架式。

隨即彼此縮短間距至六尺。這一切都發生在一瞬間。

龍馬揮劍，森要藏也揮劍。

雙方的竹劍咻咻地在空中劃出聲響。兩人再度往後跳開。

就技術面看，森要藏顯得老練，龍馬的腳步卻略嫌不夠穩重。

森要藏的刀術十分精妙，且招招熟練到無懈可擊。相對地，龍馬的劍彷彿南海的怒濤般猛烈而不拖泥帶水，但相較之下卻難掩粗枝大葉的缺點。

坐在工作人員席位上的武市半平太一看暗叫不妙。

「龍馬這傢伙這回輸定了。」

武市急得如熱鍋上的螞蟻。

「龍馬！以氣勢取勝呀！以你的年輕氣盛壓過他才有轉機呀。」

武市一直暗中為他祈禱。

一方面基於兩人之間的友情，但最主要還是為了土佐藩的聲譽。土佐藩士已逐一遭到淘汰，目前只剩龍馬一名代表。何況武市雖身為工作人員，但為了土佐藩的聲譽，倘若龍馬也敗下陣來，自己就非披掛上陣不可了。

即使解決得了森要藏，後面還有長州的桂小五郎。武市也覺得桂小五郎不好對付。

之前已有與他對決落敗的經驗。桂小五郎的刀術虛實難辨。以為他的目標是「面」，沒想到卻是衝著「胴」攻來，甚至能趁退後時攻擊「籠手」，搞得武市手忙腳亂，招架不住。

之前土佐藩邸舉辦的比試中，主君土佐守豐信也曾再三讚嘆：

——桂小五郎身手靈巧一如蝗蟲啊！

可見其劍之迅速。

「千萬別再讓我遇上了。」

……………………………………

武市暗中祈禱。他甚至暗想，若換成龍馬說不定有辦法治得了他。因為龍馬的刀法不墨守成規，總能因應對手的刀法即時變化，似乎沒什麼好不好對付的困擾。

「先把森要藏撂倒吧！」

然而龍馬卻不似平常那樣衝勁十足。不但老是被動招架，攻擊也多屬退後性攻擊。退後性攻擊的力道勢必過淺，裁判根本不可能判他得分。

「這樣不行呀！」

龍馬自己也這麼想。

滿腦子都是方才吃午餐時看到的那個四歲小男孩。那孩子也正注視著這場比試。

那孩子要是看到父親要藏敗在年紀小上一輪的年輕刀客手下，心裡不知作何感想。龍馬一想到這裡就下不了手。

「真不該看到那孩子。」

正當龍馬如此猶豫時，森要藏的三尺八寸劍就朝自己頭上飛來，龍馬頓時腦筋一片空白。

「面，一分。」

裁判抬起手宣判。

龍馬大受震撼。

「都是因為雜念太多！一定要全心全意與劍合為一體才行。」

轉念這麼一想，龍馬的劍尖隨即上揚，擺出「左大上段」架式。

「啊——」

猛然上前一步。

森要藏的「面」應聲遭到重擊。

還差一分決勝負。

接著森要藏突往「面」攻來。龍馬並不招架，只是仰身閃過，並趁森要藏露出破綻的好機會迅速進攻。

龍馬並未意識到自己擊中哪個部位，只聽得裁判抬起手宣布：

「面。比試結束。」

龍馬這才回過神來。

「贏了嗎？」

行禮回座之後，龍馬才發現自己氣喘如牛。龍馬很少如此，可見與森要藏對決耗費他多少心力。

抬頭一看，看見正走回會津席位的森要藏。

他個頭雖小，步伐卻從容不迫，感覺其心神依然一絲不亂。

以刀術而言他的確略遜龍馬一籌，但畢竟學刀更久，實戰經驗較豐富。

「劍之高明與否並非只由比試勝負來判斷，比試前後的表現更能看出真正實力啊。」

龍馬的呼吸仍未平復，可以的話還真希望能像平常那樣翻身躺下，但如此場合他自然不敢造次。

這時武市半平太走了過來。

「龍馬。」

他湊近龍馬的臉道：

「下一場就是了。」

「是什麼？」

「你這傢伙，還裝傻。就是和桂小五郎的比試啊。」

道場果然鴉雀無聲。

桂小五郎那邊的比試似乎也已結束。

「誰勝了？」

「想也知道一定是桂小五郎呀。」

「他在哪？」

「剛才是在長州藩的等候席休息，不過現在好像去喝水了。他那志氣高昂的模樣看來似乎很有把握取得這場淘汰賽的最後優勝。」

「武市兄，真不好意思，方才和森前輩比試贏得太僥倖，不管怎麼看都是意外的勝利。根本是僥倖獲勝的。我沒法和桂小五郎對決了。」

武市沒回答。

他只是瞪視著龍馬，那表情彷彿在說：「不由得你使性子！」

龍馬抱著頭道：

「好吧，只好上了。」

不知為何，他就是沒法違抗武市這張一本正經的臉。

「你願意上場了嗎？」

「與其看著你這張嘴臉，不如老實上場啊。」

「少貧嘴。」

武市說著就走開了。

關於坂本龍馬和桂小五郎這場對決有許多相關記載。

——知名的頂尖高手木戶準一郎（桂小五郎之別名）連續獲勝，無人可以匹敵。眾人力推之下，坂本龍馬才上場與之對決。

這是武市寫回土佐信中的一部分內容。

比試總算正式開始。

雙方一站定，隨即拉開六尺距離對峙。

桂小五郎採「中段」架式。

龍馬的動作叫等候席中的武市暗吃一驚。他擺出「單手上段」架式，這是龍馬第一次採如此架式。

武市見龍馬擺出「單手上段」架式。

「哇，對方想必出乎意料吧。」

真不愧是龍馬。武市內心如此讚嘆，但另一方面也擔心龍馬是一開始就存心打敗仗，才故意採此怪異架式。

武市心裡七上八下。

因龍馬整個胸前門戶大開。只見他高舉右手，將左手置於腰上。

然而龍馬自有其道理。

桂小五郎的刀法與性格相似，凡事一絲不苟，處處要求合情合理。他的厲害之處在於能迅速變化劍理，卻又不會超出劍理。

龍馬卻像個白痴，反而將整個「胴」敞露敵前。果然不出龍馬所料，桂小五郎一時猶豫不已。

——到底打什麼主意啊？

桂小五郎的竹劍顯得遲疑。

因猜不透對方企圖而不敢輕舉妄動。

桃井春藏是當時「江戶三老劍」之一，「上段」是他的得意招式，本就是大膽敞露腹部的完美架式。但他使的是雙手而非單手。

「單手上段」使得好的，全江戶只有一人，那就是素有「千葉小天狗」之稱的榮次郎（周作之次男）。但他用的是較尋常竹劍長的四尺刀。

——龍馬會使「單手上段」？既未見過也沒聽過。

這想必就是對手桂小五郎的真正心聲吧。

但龍馬似乎存心挨打。

他前進一步。

接著又前進第二步、第三步。

桂小五郎隨之步步後退。

龍馬又追了上去。他的「胴」敞得更開，在桂小五郎的眼裡就像個張開的血盆大口。

「要進攻嗎？」

但桂小五郎又不免猶豫。

說時遲那時快，把桂小五郎一路逼至道場一隅的龍馬冷不防地跳上前去，倏地朝桂小五郎的面部一擊。

就像打擊靜物般輕而易舉。

「面。一分。」

桂小五郎莫名奇妙地輸了一回合。

他從未如此，愣了半晌才回過神來。

「原來他真的只是傻傻地將「胴」露出來呀！」

都怪自己顧慮太多作繭自縛，才會做出自動把脖子伸到龍馬刀下的傻事。

「不妙，這人不好對付。」

桂小五郎重新握緊竹劍。

直接劈頭砍下。

龍馬架開這一劍。

接下來，桂小五郎便發揮開始實力進行迅速而猛烈的攻擊，不讓龍馬有絲毫喘息的機會。

不斷輪番進攻「面」、「胴」、「籠手」讓對手喘不過氣來，是桂小五郎最拿手的。土佐藩主見他這本事也忍不住嘖嘖稱奇。龍馬嚴重受制，雖設法在格開或閃避後發動攻擊，但都只能淺擊得手，不算有效刺擊。

桂小五郎也同樣只能淺擊得手。

雙方應已交手二十餘次了。若手上拿的是真刀，兩人早已身負十多處深淺傷，幾近昏厥了吧。

最後桂小五郎後退，並伺機往龍馬的「胴」重重一擊。

「胴。一分。」

勝負只差一分了。

第三回合開始。

桂小五郎猛然上前一步並大喊：

「呀──」

他的刀法已恢復自信。

「第一回合輸得可真冤枉。」

桂小五郎心想。當時是被龍馬的誇大動作唬住，以致高估他的力量才疏忽的。

第二回合稍微穩住陣腳就勉強擊中龍馬的「胴」。

「如今對手已不足為懼。」

劍道比試就是如此，一旦不將對手放在眼裡，身手自然就輕快起來，更何況是以機靈敏捷著稱的桂小五郎。

他的竹劍以快如閃電的速度移動。

奇怪的是，桂小五郎圍著龍馬不斷迅速移動，龍馬卻始終維持「中段」架式文風不動。

——我偏不動。

那模樣彷彿刻意如此。龍馬大概是認為若隨桂小五郎移動，勢必快不過他。

桂小五郎不斷做出假動作，但龍馬完全一反常態，並不積極回應。只沾住對方劍尖巧妙格開，再試著進攻手部，要不就稍作反擊攻其手部。

「怪了，龍馬怎麼畏縮不前了？」

恐怕不止武市一人有此想法吧。觀眾席上的每個人都這麼想。

雖不採取行動，但在桂小五郎凌厲的攻勢下一步步後退。

——真不愧是桂小五郎。

所有人都如此認為。沒有人發覺這其實是龍馬絞盡腦汁想出來的撒手鐧。桂小五郎也未發覺，甚至連擔任裁判的諸位劍士也渾然未覺。

終於被逼至道場牆板，這時龍馬突然揚起劍尖，改採「上段」架式。

這變化太突然了。

本想進攻的桂小五郎吃了一驚，但隨即放下心來。

「又是『上段』的老招。」

他完全沒放在眼裡。只因龍馬的變化幾乎完全不露痕跡，所以桂小五郎並未發覺隱藏在此架式中的祕密。

祕密在於此「上段」架式中的右肘。

龍馬的上段右肘彎度較一般小，因此桂小五郎錯算兩人之間的距離了。

「哎唷，小五郎，你這下可估算錯誤囉！」

龍馬心裡如此竊笑。這時桂小五郎正好一劍砍來，龍馬又倏地將右肘往前推出。這動作再度讓桂小五郎錯估兩人的間距。

進攻到一半的桂小五郎進退兩難，處境十分尷尬，導致瞬間的猶豫。

於是露出破綻。

龍馬抓住這一瞬間，使出猛烈的面部刺擊。

桂小五郎被一劍刺飛。據說「面」的下顎部分也翹起，幾乎脫落。

這一回合真是贏得漂亮。武市大概是太高興了，竟還將此情景畫下來寄給老家的父親。信上寫道：

「萬一坂本君不幸落敗，不肖兒就得遞補上場了。

幸好不必當眾出醜。高興之餘便以拙筆畫下。請笑納。」

（第一卷完）

日本館·潮　J0250

龍馬行一

作者……司馬遼太郎
譯者……李美惠
主編……吳倩怡
特約編輯……陳錦輝、陳巧宜
行政編輯……高竹馨
美術編輯……吉松薛爾
封面繪圖……林繪

發行人……王榮文
出版發行……遠流出版事業股份有限公司
104005 台北市中山北路一段十一號十三樓
電話……(02) 2571-0297
傳真……(02) 2571-0197
郵政劃撥……0189456-1
著作權顧問……蕭雄淋律師

初版一刷……二〇一一年十一月一日
初版三刷……二〇二二年六月一日

售價三〇〇元
若有缺頁破損，敬請寄回更換

ISBN 978-957-32-6888-8

國家圖書館出版品預行編目（CIP）資料

龍馬行 / 司馬遼太郎作 ; 李美惠譯. — 初版.
— 臺北市 : 遠流, 2011.11-
冊 ;　公分. —（日本館.歷史潮 ; J0250）
ISBN 978-957-32-6888-8(第1冊 : 平裝)

861.57　　100021093

YLib 遠流博識網
http://www.ylib.com
www.ebook.com.tw
e-mail: ylib@ylib.com

RYOMA GA YUKU <1> by Ryotaro SHIBA